Sybille Baecker wurde 1970 in Thuine geboren und wuchs in Gronau (Westfalen) auf. Sie studierte Betriebswirtschaftslehre in Münster und Neu-Ulm, anschließend war sie einige Jahre als IT-Prozessingenieurin in einem amerikanischen Unternehmen tätig. Heute lebt sie in der Nähe von Tübingen und arbeitet als Pressereferentin eines Sportfachverbandes in Stuttgart. Im Emons Verlag erschienen die Kriminalromane »Irrwege« und »Körperstrafen«.
www.lesezeit-sk-baecker.de

SYBILLE BAECKER

Eisblume

SCHWABEN KRIMI

emons:

Bibliografische Information der Deutschen Nationalbibliothek
Die Deutsche Nationalbibliothek verzeichnet diese Publikation in der Deutschen Nationalbibliografie; detaillierte bibliografische Daten sind im Internet über http://dnb.d-nb.de abrufbar.

Cäcilienstraße 48, 50667 Köln
info@emons-verlag.de

Umschlagzeichnung: Heribert Stragholz
Umschlaggestaltung: Tobias Doetsch, Berlin
Druck und Bindung: Books on Demand GmbH, Norderstedt
Printed in Germany
Erstausgabe 2010
ISBN 978-3-89705-782-1
Schwaben Krimi
Originalausgabe

Für Frank

DUNKELHEIT
UMGIBT MEINE SEELE
FÄNGT SIE EIN
MIT EINEM GROSSEN TUCH

HÄLT SIE FEST
SCHMIEGT SICH DICHT AN
HÜLLT SIE EIN
MIT EINEM GROSSEN TUCH

UMSCHLIESST SIE
MIT EINSAMEN SCHATTEN
BEDECKT SIE
MIT EINEM GROSSEN TUCH

IN DER NACHT
FÜHRT KEIN WEG ANS LICHT
VERSTECKE MICH
UNTER EINEM GROSSEN TUCH

ERWARTE
DEN TAG VERGEBENS

Dienstag

Schlechte Nachrichten haben die unangenehme Eigenschaft, zumeist völlig unerwartet einzutreffen. Sie tauchen auf aus dem Nichts. Treffen einen unvorbereitet. Kommen zu einem Zeitpunkt, der nie der richtige ist.

Normalerweise war er derjenige, der die schlechten Nachrichten überbrachte, an andere, Dritte, an Menschen, die er in der Regel nicht kannte.

Dieses Mal war es anders. Dieses Mal hatte es ihn getroffen, und es ließ ihn zurück. Ratlos. Hilflos. Ihn, Kriminalhauptkommissar Andreas Brander, vierundvierzig Jahre und seit mehr als zwanzig Jahren im Dienst.

Hatte er gedacht, nur weil er auf der einen Seite des Gesetzes stand, könne die andere nicht in sein Leben treten? Er stand am Fenster, starrte aus der dunklen Küche hinaus auf die Straße. Schneeflocken trieben in der Finsternis durch die Luft, wirbelten durcheinander, schwebten lautlos zur Erde. Es war kalt.

Statt zurück ins Bett zu gehen, ging Brander ins Wohnzimmer, nahm den Ballechin und ein Glas aus dem Regal. Es geschah automatisch, ohne sein Zutun. Er schaltete die kleine Stehlampe auf der Anrichte an und setzte sich auf das Sofa. Sein Kopf fühlte sich seltsam leer an. Nein, nicht leer, eher traurig. Ja, traurig, das traf es besser. Gedankenfragmente tauchten auf und verschwanden. Fragen blieben unbeantwortet. Traurig und ratlos. Das Gefühl, etwas übersehen zu haben, etwas nicht bemerkt zu haben. Auf jeden Fall, nicht zu verstehen, warum er nicht wenigstens etwas geahnt hatte. Leben. Sterben. Zwei Zustände, so gegensätzlich wie Licht und Dunkel. Hineingleiten in den Tod, sanft, vorbereitet sein. Aber nicht so plötzlich. So unerwartet. Nicht so. Er hatte genug Gewalt gesehen. Vielleicht schon zu viel.

Er nahm die Flasche aus der blauen Schmuckdose. *»For the UK Market«*, stand auf einem Aufkleber. Daniel hatte ihm die Flasche geschenkt. Er war beruflich in Schottland gewesen, und die Besichtigung der Edradour-Distillery hatte zu einem Ausflug mit den Kollegen gehört. Edradour galt als die kleinste Destillerie Schottlands. Brander kannte die Whisky-Brennerei. Weiße Häuschen mit roten Toren. Vor vier Jahren war er dort zum ersten Mal gewesen. Zum zehnten Jahrestag seiner Ehe hatte er mit Cecilia eine Tour durch die schottischen Highlands gemacht. So klein die Destillerie auch war, die Vielfalt an Whiskys war enorm. Sie hatten sechs verschiedene Sorten probiert und waren völlig betrunken im strömenden Regen die schmale Straße nach Pitlochry zurück ins Hotel gewandert. Sie hatten die nassen Kleider ausgezogen und unter der Bettdecke ihre nackten Körper aneinandergekuschelt, sich aneinander gewärmt. Und sie hatten sich geliebt.

Den Ballechin hatte er damals nicht probiert. Zumindest konnte er sich nicht an diesen Whisky erinnern – und wenn er ihn schon einmal getrunken hätte, dann hätte er ihn nicht vergessen. Vielleicht gab es ihn damals noch nicht. Es war ein starker Whisky mit einer für die Region untypischen rauchigen Note. Er hatte nicht die Rauchigkeit eines Laphroaig oder eines Talisker, die nach Asche und Torf schmeckten. Der Ballechin erinnerte ihn an eine Hütte, in der Aale geräuchert wurden, vermischt mit der süßen Note einer Sherryfass-Lagerung. Außergewöhnlich und vielschichtig. Der richtige Whisky, um an nichts anderes mehr zu denken. Brander öffnete die Flasche, schloss einen Moment lang die Augen, als er das herb-rauchige Aroma roch. Dann goss er die Flüssigkeit in sein Glas, hielt es vor sein Gesicht und betrachtete die Farbe im Schein der kleinen Stehlampe. Bernsteinfarben. Helles Bernstein. Er trank einen kleinen Schluck, wartete, dass sich das Aroma in Mund und Rachen ausbreitete. Es vermischte sich mit diesem seltsamen Gefühl ratloser Traurigkeit.

Eine Tür wurde geöffnet. Kurz darauf fiel ein Lichtstrahl vom Flur ins Wohnzimmer. Er hörte Schritte auf der Treppe. Sie war barfuß, meinte er am Geräusch ihrer Schritte zu erkennen. Sie sollte Hausschuhe tragen, die Fliesen sind eiskalt, ging es ihm durch den Kopf. Sie blieb an der Türschwelle zum Wohnzimmer stehen, die Arme fröstelnd um ihren Oberkörper geschlungen. Sie hatte keinen Morgenmantel übergezogen. Sie zog nie einen Morgenmantel an, und er fragte sich, warum er ihr eigentlich zum Geburtstag einen geschenkt hatte. Hatte sie sich nicht einen gewünscht?

»War das deine Dienststelle?«, fragte Cecilia. Sie hatte also das Läuten des Telefons gehört, dabei hatte er sich beeilt, das Gespräch entgegenzunehmen. Er hatte Bereitschaft und wollte nicht, dass ihr Schlaf gestört wurde.

Im Gegenlicht des Flurs konnte er ihr Gesicht nicht erkennen, sah nur ihre Silhouette, sehnte sich danach, sie in seine Arme zu nehmen und nie wieder loszulassen.

»Nein.«

Sie blieb schweigend im Türrahmen stehen, wartete darauf, dass er etwas sagte. Er schwieg.

»Und wer ruft dich dann mitten in der Nacht an?«, fragte sie schließlich.

Brander seufzte, nippte an seinem Glas. »Daniel.«

»Daniel?« Sie kam ein paar Schritte in den Raum. »Ist etwas passiert? Ist was mit Julian?«

Der Sohn von Branders Bruder Daniel hatte eine Zeit lang sehr über die Stränge geschlagen.

»Nein.«

Jetzt war es Cecilia, die laut seufzte. Sie legte den Kopf zur Seite. Er meinte zu erkennen, dass sie blinzelte, um sein Gesicht im matten Licht besser sehen zu können.

»Andi, ich bin müde und muss morgen früh raus. Dein Bruder ruft dich mitten in der Nacht an, und dann setzt du dich allein ins dunkle Wohnzimmer und trinkst Whisky. Irgendetwas muss doch passiert sein!«

»Babs …« Er stockte, spürte einen harten Kloß im Hals. Er räusperte sich, suchte nach den richtigen Worten. Wie etwas sagen, was man noch nicht begriffen hatte? »Babs liegt im Krankenhaus. Sie kommt vielleicht nicht durch. Sie …«

»Um Gottes willen.« In wenigen Schritten war Cecilia bei ihm, setzte sich zu ihm auf das Sofa.

Er fühlte ihre kühle Haut durch sein T-Shirt. Sie hätte den Morgenmantel überziehen sollen, dachte Brander. Er legte den Arm um ihre Schultern, zog sie fest an sich, wollte sie wärmen, wollte sie bei sich wissen. Sicher und geborgen.

»Was ist denn passiert?«, fragte Cecilia nach einer Weile. Sie strich sich eine Strähne ihres langen Ponys aus dem Gesicht und sah zu ihm.

»Sie ... sie hat versucht, sich das Leben zu nehmen.« Es tat weh, diesen Satz auszusprechen. Seit mehr als zwanzig Jahren kannte er seine Schwägerin. Eine fröhliche Frau. Eine Frau, die das Leben anpackte. Eine Frau, die sich nicht so leicht unterkriegen ließ. Hatte er zumindest immer gedacht. »Ich ...« Er schüttelte den Kopf, konnte es einfach nicht fassen. »Julian hat sie gefunden.«

Er spürte, wie sich Cecilias Körper verspannte. Er zog sie noch enger an sich, kippte den Rest des Whiskys in sich hinein.

»Warum?«, fragte Cecilia nach einer Weile.

»Ich weiß es nicht.« Daniel hatte nicht viel erzählt. Hatte nicht viel erzählen können. Die meiste Zeit hatte er geweint.

»Willst du nach Düsseldorf fahren?«

Brander schüttelte leicht den Kopf. »Daniel will nicht, dass ich komme.« Noch etwas, das er nicht verstand. »Er hat unsere Eltern angerufen. Sie fahren morgen zu ihm und kümmern sich um Julian.«

»Warum will er nicht, dass du kommst?«, wunderte sich Cecilia.

»Ich weiß es nicht.« Brander hatte das Gefühl, diesen Satz nicht mehr ertragen zu können. Er stellte das Glas auf den Couchtisch, wollte nach der Flasche greifen, als erneut das Telefon klingelte. Ohne aufs Display zu schauen, griff er nach dem Apparat, nahm das Gespräch entgegen.

»Daniel?«

»Ähm ... nein ... Polizeidirektion Tübingen, Sabrina Wilke. Andi, bist du das?«, hörte er die verdutzte Stimme der Kollegin aus der Zentrale.

»Ja, 'tschuldige.« Brander atmete durch, versuchte, sich zu sammeln. Profi sein. »Was gibt's?«

»Wir haben einen Toten. Der Mann wurde vermutlich zusammengeschlagen und verstarb kurz darauf im Krankenhaus«, erklärte ihm die Kollegin knapp.

Brander schloss die Augen und legte den Kopf in den Nacken. Warum jetzt? Warum ausgerechnet jetzt? Er hatte andere Sorgen. »Ist es notwendig, dass ich rauskomme?«

»Du bist der leitende Beamte.«

Das wusste er selbst. Er seufzte leise. Er wollte jetzt nicht zum Dienst, wollte sich nicht um fremde Probleme kümmern, auch nicht um fremde Tote. Seine Familie brauchte ihn, sein Bruder, seine Schwägerin und sicher ganz besonders sein Neffe. Was mochte in dem Jungen jetzt vorgehen?

»Tut mir leid«, bedauerte Sabrina ihren Anruf. »Soll ich …?«

»Nein, schon gut.« Ein Mann war tot. Er hatte Bereitschaft und würde in dieser Nacht sowieso keinen Schlaf mehr finden. »Ich brauche ein paar Minuten. Ruf Peppi an. Die ist schneller da.«

Vielleicht war der Fall schnell erledigt, wenn nicht, konnte er versuchen, ihn am nächsten Morgen an einen Kollegen abzugeben. Es würde ihn jetzt zumindest von stundenlangen, sinnlosen Grübeleien abhalten. Im Moment gab es nichts, was er für seinen Bruder und dessen Familie tun konnte. Er wusste, dass er sich selbst belog, dass er sich aus einer Verantwortung stahl.

»Wie viel hast du schon getrunken?«, fragte Cecilia, nachdem er aufgelegt hatte.

»Nur einen Whisky.«

»Fahr bitte vorsichtig. Es ist glatt draußen.« Sie fragte nicht, wie er in dieser Situation zur Arbeit gehen konnte. Sie ließ ihn gehen. Später. Später würden sie über alles reden.

Die Seitenstraßen waren zugeschneit, als Brander sich mit dem Wagen auf den Weg machte. Selbst die B 28, die von Entringen nach Tübingen führte, war mit einer kleinen Schneeschicht überzogen. Die Räumdienste kamen mit der Arbeit in dieser Nacht nicht nach.

Mehr als eine Dreiviertelstunde war vergangen, seit Sabrina ihn angerufen hatte. Er hatte sich nicht zur Eile antreiben können. Noch immer waren da zu viele Gedanken in seinem Kopf. Als er am Tatort ankam, waren die Arbeiten bereits voll im Gang. Brander parkte den Wagen am Straßenrand, schaltete die Scheinwerfer aus und starrte durch die Windschutzscheibe auf das geschäftige Treiben. Kollegen von der Schutzpolizei hatten den Tatort abgesperrt und hielten Schaulustige fern. Obwohl es fast zwei Uhr morgens war, hatte es einige Anwohner aus ihren warmen

Wohnungen getrieben. Fröstelnd standen sie im Schnee. Der Wagen des Erkennungsdienstes war vor Ort. Männer und Frauen in weißen Anzügen sicherten die Spuren. Sie würden nicht viel finden, ahnte Brander schon jetzt. Er entdeckte Hendrik Marquardt, der eigentlich keinen Bereitschaftsdienst hatte, aber anscheinend schon gerufen worden war. Vielleicht hatte Peppi das veranlasst, seine Kollegin mit dem griechischen Temperament und einer Ruppigkeit, mit der sie ihr weiches Herz zu verbergen versuchte.

Augenblicklich kehrte die Erinnerung an Daniels Anruf zurück. Was hatte Babs vor ihnen verborgen? Was hatten sie nicht gesehen? Seine Finger krampften sich um das Lenkrad. Einen Moment lang schloss er die Augen. Was machst du hier?, fragte er sich im Stillen. Er sollte jetzt auf dem Weg nach Düsseldorf sein. Aber nun war er in Tübingen und hatte Dienst, und außerdem wollte Daniel nicht, dass er kam.

Er nahm die Hände vom Lenkrad, rieb sich kräftig durch das Gesicht, als könnte er damit alle familiären Sorgen abwaschen. Er zog den Reißverschluss seiner Jacke hoch, setzte die bunte Strickmütze auf und stieg aus dem Wagen.

Brander brauchte einen Moment, bis er in der vermummten Gestalt neben dem Erkennungsdienstler seine Kollegin erkannte. In der weißen Daunenjacke und dem überdimensionalen hellblauen Schal, den sie dreimal um Hals und Gesicht gewickelt hatte, sah Peppi aus wie ein Marshmallow auf dem Weg zu einer Polarexpedition. Einer einzigen schwarzen Locke war es gelungen, sich aus der Kapuze hervorzustehlen.

»Hallo, Schneemann.« Er trat neben Peppi, versuchte, einen lockeren Ton anzuschlagen. Seine Sorgen waren Privatsache. Er nickte dem Kollegen vom Erkennungsdienst zu, bedauerte einen Augenblick, dass es nicht Manfred Tropper war.

»Schneefrau«, korrigierte Peppi Brander. Sie hob den Blick. »Schicke Mütze.«

Er ahnte ein boshaftes Grinsen unter dem blauen Schal. Die Mütze war sicherlich seit Jahren aus der Mode und hatte schon bessere Zeiten gesehen, aber er konnte sich nicht davon trennen.

»Man tut, was man kann.« Ihn befiel eine leichte Dankbarkeit dafür, dass Peppi hier war. Das lockere Geplänkel mit der Kollegin nahm etwas von der Last, die auf seine Schultern drückte.

»Du hast dir Zeit gelassen«, stellte Peppi fest.

Brander zuckte die Achseln. »Klär mich auf.«

Sie gab ihm mit einer Kopfbewegung zu verstehen, ihr zu folgen. Kurz darauf saßen sie im schützenden Inneren der grünen Minna, die allerdings im Rahmen der Europäisierung inzwischen blau war. Den Spitznamen hatte der Einsatzwagen dennoch behalten.

Sie zogen die Handschuhe aus, öffneten ihre dicken Jacken, und Peppi rieb fröstelnd ihre Hände aneinander. Brander wartete schweigend, bis die Kollegin mit ihrem Bericht begann.

»Also, kurz nach Mitternacht erhielten wir einen Notruf«, erklärte sie schließlich. »Ein Mann sei zusammengeschlagen worden und läge auf der Straße. Eine Streife ist rausgefahren. Ein türkisches Paar war bei dem Mann und versuchte, ihn mit Decken zu wärmen. Da hat er noch gelebt. Der RTW traf gegen halb eins ein und brachte ihn in die Klinik. Noch während im Krankenhaus die Not-OP vorbereitet wurde, erlag er seinen Verletzungen. Dann wurden wir gerufen. Der Tatort war bereits abgesperrt, allerdings hat das nicht viel genützt, weil die Rettungsassistenten und der Notarzt ja hier voll im Einsatz waren. Hinzu kam, dass durch die Sirenen und Blaulichter die Leute neugierig wurden und munter hin und her gelaufen sind. Und zu allem Glück schneit es auch noch pausenlos. Spuren dürften vermutlich gegen null gehen.« Sie unterbrach kurz und blies heißen Atem in ihre kalten Hände. »Ist das kalt, verflucht.«

»Was wissen wir über den Toten?«

Peppi zog ein kleines Notizbuch aus der Jackentasche. »Der Tote hatte einen Pass bei sich. Er heißt Nael Vockerodt, ist zweiundzwanzig Jahre alt, farbig. Der Pass wurde in Kapstadt ausgestellt. Er hat eine zweckgebundene Aufenthaltsgenehmigung. Er ist Student.«

»War«, sagte Brander mehr zu sich als zu seiner Kollegin.

»Ja, er war Student. Scheiße. Kapstadt. Da kommt einer aus Kapstadt und wird in Tübingen erschlagen.«

»Hmm.« Er lehnte sich zurück und sah zum Fenster. Kleine

Eisblumen hatten sich an den Scheiben des Einsatzwagens gebildet und funkelten im Schein der aufgestellten Strahler wie die Stars einer Varieté-Show. Glitzerten höhnisch kalt. Er schüttelte den Kopf. Was hatte er für absurde Gedanken?

»Hallo? Hörst du mir zu?«, hörte er Peppi fragen.

»Hm? Ja, ja, natürlich.« Er atmete tief durch, füllte seine Lungen mit Luft, um die Stricke zu lösen, die sich um seine Brust schnürten. Daniels Anruf ließ ihn nicht los. »Was hast du gerade gesagt?«

Peppi verzog kurz das Gesicht, dann wiederholte sie: »Ich sagte, dass wir noch nicht wissen, wo er gewohnt hat. Er hatte eine Aufenthaltsgenehmigung, das heißt, dass er nicht erst heute Nacht aus Kapstadt eingereist ist. Vermutlich lebte er hier irgendwo in Tübingen.«

»Vermutlich, ja«, murmelte er. Er musste sich zusammenreißen. Er war im Dienst. Ein Mann war zusammengeschlagen worden. Der Mann war gestorben. Vielleicht hatten sie eine Chance, den Täter noch in dieser Nacht zu finden.

»Was wissen wir über den oder die Täter?«

»Nichts.«

»Was heißt ›nichts‹? Jemand hat die Polizei gerufen. Hier sind Häuser, hier wohnen Menschen. Jemand muss doch etwas gesehen haben!«

»Das türkische Paar, das uns gerufen hat, sagte, dass sie den Mann erst gesehen haben, als er schon am Boden lag. Sie wohnen in einem der Häuser direkt hier vorne. Sie hatten etwas gehört, und als sie aus dem Fenster sahen, lag der Mann auf der Straße. Der Täter war bereits weg. Wir wissen nicht einmal, ob es nur einer war oder vielleicht zwei oder drei.«

»Wenn sie nichts gesehen haben, woher wissen sie dann, dass der Mann zusammengeschlagen wurde?«

Peppi zuckte die Achseln. »Keine Ahnung. Frag sie.«

»Vielleicht ist er nur gestürzt? War er betrunken?«

»Wir wissen es nicht. Die Kollegen sagen, er hatte Gesichtsverletzungen. Mehr kann ich dir im Moment auch nicht sagen. Wir fangen gerade an, die Nachbarschaft zu befragen. Ich hab schon Mann und Maus zusammentrommeln lassen. Ein paar Kollegen von der Schutzpolizei fahren die Gegend ab und nehmen die Personalien der Leute auf, die jetzt noch unterwegs sind. Werden nicht so viele sein bei dem Wetter und um diese Zeit. Jens ist im Büro und versucht herauszufinden, wo Vockerodt in Tübingen gewohnt hat. Die Staatsanwaltschaft haben wir informiert.«

Branders Blick wanderte wieder zum Fenster. Der Tatort war mit Planen überdacht worden, die Kollegen vom Erkennungsdienst versuchten, an Spuren zu retten, was zu retten war. Er meinte, dass die Zahl der Schaulustigen auf der Straße weniger geworden war. Wahrscheinlich beobachteten sie nun aus der Sicherheit ihrer warmen Zimmer die Arbeit der Polizei. Vielleicht waren sie auch wieder schlafen gegangen. Was sollten sie auch tun? Es betraf sie ja nicht. Brander bemerkte das Paradoxe seiner Gedanken. Zum einen verurteilte er sie als Schaulustige, zum anderen warf er ihnen mangelnde Anteilnahme vor. Was erwartete er? Wie sehr nahm er denn Anteil am Leben der Familie seines Bruders, dass ihn die Nachricht von Barbaras Selbstmordversuch so überraschte? Es hatte keinen Zweck. Er sollte die Ermittlungen Peppi übergeben und sofort nach Düsseldorf fahren. Er wandte sich wieder Peppi zu.

»Danke.«

»Wofür?«

»Dass du dich um alles gekümmert hast.«

Sie bedeutete ihm mit einer Geste, dass es nicht der Rede wert sei. »Ich mach den Job ja auch nicht erst seit gestern.«

»Wir müssen das Auswärtige Amt und die Südafrikanische Botschaft informieren«, fiel ihm ein. Peppi nickte, machte sich eine Notiz.

Er starrte wieder einen Augenblick aus dem Fenster des Wagens. »Ich will noch mit diesem türkischen Paar reden, und dann lass uns ins Krankenhaus fahren und mit den Sanis sprechen. Vielleicht hat der Mann noch irgendetwas gesagt, bevor er starb.« Das eine denken, das andere tun. Er hatte das Gefühl, sich selbst zu beobachten, ohne zu verstehen, was er tat.

»Das sind keine Sanis, das sind Rettungsassistenten«, belehrte ihn Peppi.

»Kriminalhauptkommissar Andreas Brander«, stellte er sich kurz darauf den Eheleuten Achmed und Ebru Iscan vor.

Peppi hatte das türkische Paar, das noch nicht wieder in seine Wohnung zurückgekehrt war, zum Einsatzwagen gebracht. Sie mochten Mitte oder Ende vierzig sein, schätzte Brander, waren beide in lange dunkle Mäntel gehüllt. Ebru Iscan verbarg ihr Haar unter einem dunklen Kopftuch, während ihr Mann zum Schutz vor Kälte und Schnee eine Fellmütze aufgesetzt hatte. Er sah Brander mit einem so aufmerksamen Blick an, dass es den Kommissar kurz irritierte.

»Können Sie mir bitte genau erklären, was Sie gehört und gesehen haben?«, begann er.

»Ihre Kollegen sagen, der Mann ist gestorben?«, stellte Ebru Iscan eine Gegenfrage. Sie sprach ein fast akzentfreies Deutsch, und Brander wunderte sich, dass sie das Wort ergriff anstelle ihres Mannes. Er sah in ihr ebenmäßiges Gesicht, entdeckte braune, ernste Augen. Sie saß aufrecht vor ihm, die Hände ruhten sanft in ihrem Schoß. Eine würdevolle Schönheit ging von dieser Frau aus. Achmed sah konzentriert von seiner Frau wieder zu Brander.

»Ja, der Mann ist gestorben. Wenn Sie bitte …«

Sie ließ ihn nicht aussprechen, nickte mit teilnahmsvollem Blick und begann zu reden: »Achmed und ich saßen im Wohnzimmer. Wir wohnen dort.« Sie zeigte auf eines der Mehrfamilienhäuser, das auch Peppi ihm schon gezeigt hatte. »Wir haben einen Film angesehen. Und plötzlich hörte ich Stimmen. Laute Stimmen. Ich verstand nicht, was gesprochen wurde, aber es hörte sich nicht gut an. Die eine Stimme klang sehr wütend. Ich habe es meinem Mann gesagt. Aber dann war alles plötzlich wieder still. Ich bin dann trotzdem zum Fenster gegangen. Ich war irgendwie beunruhigt. Und da lag der Mann auf der Straße. Ich habe Achmed geholt und es ihm gezeigt. Wir haben Decken genommen und sind schnell zu dem Mann gelaufen, um ihm zu helfen.« Sie hatte ruhig gesprochen, keine Hektik, keine Aufregung in der Stimme. Sachlich hatte sie das Geschehen erklärt, als täte sie so etwas nicht zum ersten Mal.

»Herr Iscan, haben Sie auch etwas gehört?«, wandte sich Brander an ihren Mann. Achmed Iscan sah ihn schweigend an, wobei er die Stirn in Falten legte und leicht die Schultern hob. Sein Gesicht war faltig, zwei Narben zogen sich über die linke Schläfe. Vielleicht spricht er kein Deutsch, dachte Brander und sah wieder zur Ehefrau des Türken. Auf ihrem Gesicht entdeckte er den Ansatz eines nachsichtigen Lächelns.

»Achmed ist taubstumm«, erklärte sie. »Er hat nichts gehört.«

»Aber ... sagten Sie nicht gerade, Sie hätten einen Film angesehen?«

»Mit Untertiteln«, erklärte sie, und das Lächeln wurde deutlicher, verschwand jedoch gleich wieder, als ihr Blick zum Fenster ging. Sie drehte sich zu ihrem Mann und erklärte ihm in einer Mischung aus Lippenbewegungen und Gebärdensprache, was sie dem Kommissar gesagt hatte.

»Waren es Männer- oder Frauenstimmen, die Sie gehört haben?«, fuhr Brander schließlich mit der Befragung fort.

»Männerstimmen. Laute Männerstimmen.«

»Wie viele?«

»Ich weiß nicht. Zwei, vielleicht drei. Ich bin nicht sicher. Es war nur ganz kurz.«

»Und als Sie aus dem Fenster sahen, haben Sie niemanden sonst auf der Straße gesehen?«

Sie überlegte, schüttelte schließlich den Kopf. »Nein, da war nur der Mann. Ich habe auch ehrlich gesagt auf nichts anderes geachtet. Ich dachte nur, da liegt ein Mensch und braucht Hilfe.«

»Vielleicht waren der oder die Männer schon weiter weg? Haben Sie jemanden weglaufen sehen? Etwas weiter entfernt vielleicht?«

Wieder überlegte sie einen Augenblick lang. Brander sah in das konzentrierte Gesicht der Frau. Eine schöne Frau, ging es ihm, ohne dass er es wollte, durch den Kopf.

»Nein, wirklich. Ich habe sonst niemanden gesehen.«

»Und Ihr Mann?«

Sie übersetzte seine Frage für ihren Mann. Achmed Iscan sah zu Brander, verzog bedauernd das Gesicht, zeigte die offenen Handflächen und schüttelte den Kopf.

»Ich danke Ihnen. Wenn Ihnen noch irgendetwas einfällt, dann melden Sie sich bitte bei mir.« Er reichte ihr seine Visitenkarte.

Das Ehepaar erhob sich und verließ den Einsatzwagen. Brander wollte ihnen ins Freie folgen, als Ebru Iscan unvermittelt stehen blieb und sich noch einmal zu ihm umdrehte.

»Hätten wir noch irgendetwas für den Mann tun können, um ihn zu retten?«, fragte sie.

Brander roch einen dezent süßlichen Duft. Rosen. Der Duft blühender Rosen mitten im Winter. »Ich weiß nicht. Vermutlich nicht, nein«, antwortete er vage.

Sie blickte Brander traurig an, und einen Moment lang hatte er das unsinnige Gefühl, sie könne in ihn hineinsehen, in das Chaos, das gerade in ihm herrschte.

»Man kommt meistens zu spät, nicht wahr?«

Brander spürte eine eiskalte Hand in seinem Nacken. Er antwortete nicht.

Nael Vockerodt war nicht wieder zu Bewusstsein gekommen. Brander und Peppi waren zur Unfallklinik auf dem Schnarrenberg gefahren und hatten mit dem Notarzt gesprochen, der zum Tatort gerufen worden war. Der Tote hatte kleine Blessuren im Gesicht, die von einem Schlag stammen konnten. Gestorben war er vermutlich an einer Kopfverletzung. Näher wollte sich der Notarzt nicht zur Todesursache äußern. Sie würden die Obduktion abwarten müssen. In der Kleidung des Toten fanden sie seinen afrikanischen Ausweis und einen kleinen Lederbeutel mit neun Euro zweiunddreißig Bargeld. Keinen Hinweis auf einen Wohnsitz in Tübingen oder eine Adresse sonst irgendwo in Deutschland.

Brander atmete auf, als sie das Klinikum wieder verließen. Als er die typische Krankenhausluft beim Betreten des Gebäudes gerochen hatte, waren unweigerlich die Sorgen um seine eigene Familie wieder in den Vordergrund getreten. Knappe fünfhundert Kilometer entfernt lag seine Schwägerin auf der Intensivstation einer Düsseldorfer Klinik. Ob Daniel bei ihr war? Natürlich war er bei ihr! Wo sollte er sonst sein? Und Julian? Brander hatte die Gedanken mühsam zurückgedrängt, während sie durch die nächtlichen Gänge der Klinik liefen und den Notarzt suchten.

Mit einem Seufzen ließ er sich nun wieder auf den Fahrersitz seines Wagens fallen.

»Und jetzt?«, fragte Peppi, während sie nach dem Sicherheitsgurt fischte.

»Wir fahren zur Dienststelle. Vielleicht hat Jens etwas herausgefunden.«

Jens kam aus seinem Büro gestürmt, als Brander und Peppi angekommen waren und auf die Kaffee-Ecke zusteuerten.

»Hey, da seid ihr ja. *I've some news for you.* Wir haben einen Kontakt von Nael Vockerodt in Tübingen«, berichtete er stolz, wobei er unaufhörlich vor sich hin schniefte. Erfolglos suchte er in seinen Taschen nach einem Taschentuch.

»Und der wäre?« Brander reichte ihm ein Tuch von der Küchenrolle.

»Danke.« Nachdem Jens sich geräuschvoll die Nase geputzt hatte, erklärte er: »Er hatte eine Freundin. Jasmin Risch. Ich hab auch schon ihre Adresse aus unserer Datenbank gefischt.«

»Und wie hast du das herausgefunden?«, erkundigte sich Peppi.

»Leute, lasst da mal einen Computerfachmann ran«, sagte Jens mit selbstgefälligem Grinsen. »Twitter, Facebook, Xing, studiVZ, irgendwo sind die Digital Natives doch immer vernetzt.«

»Digital Natives?«

»Yep, das ist die Generation, die mit diesem ganzen Computer-Schnickschnack aufgewachsen ist. Wir, hm …« Jens grinste Brander und Peppi frech an, hustete bevor er fortfuhr: »Also, eher ihr … ihr gehört zur Generation Digital Immigrants.«

»Ganz toll. Ich wollte schon immer ein Digital Immigrant sein, du auch, Andi?« Peppi verzog spöttisch das Gesicht.

»Ein Traum geht in Erfüllung.« Brander schüttelte stirnrunzelnd den Kopf. Er betrachtete Jens besorgt, der erneut hustete und schniefte. Seine Augen sahen etwas fiebrig aus, und die Nase war gerötet. »Sag mal, bist du krank?«

»Ach was, kleiner Schnupfen«, wehrte Jens ab.

»Schweinegrippe«, diagnostizierte Peppi. »Wehe, du steckst uns an!«

»Blödsinn.« Jens schnalzte missbilligend mit der Zunge. »Also, Vockerodt habe ich bei Twitter gefunden, zwitschert da unter dem Namen Navo3.«

»Woher weißt du, dass er es ist?«, fragte Brander

»Wenn ich dir das jetzt erklären wollte, wären wir morgen

Mittag noch nicht fertig. Wichtig ist doch, dass wir einen Kontakt haben.«

»Ist diese Jasmin Risch *eine* Freundin oder seine Freundin?«, hakte Brander nach.

»Dem Gezwitscher nach müsste sie seine Freundin gewesen sein.« Er sah abwechselnd zu den Kollegen. Das stolze Grinsen aus seinem Gesicht verschwand. »Ich habe meinen Job erledigt. Hinfahren dürft ihr.« Er reichte Brander den Zettel mit der Adresse.

»Seit wann sagst du mir, was ich zu tun habe?«, fragte Brander und nahm den Zettel entgegen.

Jens zuckte entschuldigend die Achseln, deutete mit dem Zeigefinger auf seine Nase. »Ich bin krank.«

»Ich hätte mich impfen lassen sollen«, murrte Peppi vor sich hin, als sie wieder im Auto saßen. Sie hatten den Dienstwagen genommen, und Brander hatte der Kollegin den Platz am Lenkrad überlassen. Noch immer fiel der Schnee in schweren, nassen Flocken.

»Ich dachte, du hättest …«

»Ich wollte, aber weißt ja, wie es ist. Erst war so viel zu tun, dann war ich im Urlaub, und jetzt hab ich gedacht, die Grippewelle wäre vorüber.«

»Du hast aber schon mitbekommen, dass sich letzte Woche bereits fünf Kollegen krank gemeldet haben?«, fragte Brander.

»Verflucht, und ich bin nicht geimpft.«

»Tja.«

»Jedes Jahr lasse ich mich impfen. Jedes Jahr! Ich hab keinen Bock auf Grippe. Ich will Weihnachten nach Rhodos. Ich hab meine Eltern schon so lange nicht mehr gesehen.« Peppis Vater war Grieche, und vor einigen Jahren hatten er und seine Frau Liliane beschlossen, in die Heimat von Philipos Pachatourides zurückzukehren.

»Mann, so ein Mist! Bist du dir eigentlich im Klaren, dass jährlich mehr Menschen an so einem blöden Virus sterben als …«

»Peppi«, bremste Brander die Kollegin.

»Ja?«

»Jetzt nicht.« Er hatte nicht das Bedürfnis nach einer Diskussion über Grippe, Impfungen und das Gesundheitssystem in

Deutschland. Sie waren auf dem Weg zu einer jungen Frau, die sie mitten in der Nacht wecken mussten, um ihr zu sagen, dass ihr Freund tot war. Branders Magen rebellierte bei diesem Gedanken. Er schluckte trocken. Tot. Das Wort hatte in dieser Nacht eine so vielschichtige Bedeutung für ihn, dass er Schwierigkeiten hatte, einen klaren Kopf zu behalten. Immer wieder tauchten Fragmente aus dem Gespräch mit seinem Bruder in seinem Kopf auf. Wir wissen nicht, ob sie durchkommt. Eine Gänsehaut zog sich über seine Arme. Er suchte in seiner Jackentasche nach seinem Handy, sah auf das Display. Keine Nachricht. Es war vier Uhr morgens. Er konnte jetzt unmöglich anrufen. Vielleicht hatte Daniel gerade einen leichten Schlaf gefunden, und er wollte ihn nicht wecken. Brander nahm sich vor, gleich morgens, Punkt sieben Uhr anzurufen und sich zu erkundigen, wie es Babs ging. Nein, bitte komm nicht, hatte Daniel gesagt. Warum? Brander seufzte leise. Sieben Uhr war eine Zeit, zu der er anrufen durfte.

Jasmin Risch wohnte in Tübingens Weststadt in einem dreigeschossigen Haus in der Gösstraße. Die schmale Straße lag verlassen vor ihnen, als Peppi das Auto in eine kleine Parklücke zwischen aneinandergereihten Kleinwagen manövrierte. Brander warf einen Blick auf die Gebäude. Es herrschte fast ausnahmslos Dunkelheit hinter den Fenstern. Kein Mensch war zu dieser Stunde unterwegs. Lautlos fiel der Schnee in dicken Flocken auf den Asphalt, knirschte unter dem Gewicht ihrer Schuhe auf dem Weg zur Eingangstür.

»Du oder ich?«, fragte Brander die Kollegin, als sie vor der verschlossenen Haustür standen.

Peppi hob kurz die Schultern, was unter der dicken Daunenjacke kaum auffiel. »Mach du«, murmelte sie unter ihrem Schal hervor.

Brander suchte die Klingel, drückte auf den Knopf. Sie warteten eine Weile, als nichts geschah, klingelte Brander erneut. Weitere Sekunden verstrichen, bis sich eine verschlafene Frauenstimme aus der Gegensprechanlage meldete.

»Ja?«

»Kriminalpolizei Tübingen. Wir würden gern mit Frau Risch sprechen.«

»Kriminalpolizei?«, kam es misstrauisch aus dem Lautsprecher.

»Ja. Kriminalhauptkommissar Andreas Brander. Sie können bei der Polizeidirektion Tübingen anrufen und sich nach mir erkundigen«, versuchte Brander, der Frau ihr Misstrauen zu nehmen.

»Kommen Sie rauf, ganz oben, rechte Tür.« Der Türsummer wurde betätigt.

Sie bemühten sich, möglichst leise die Treppe hinaufzusteigen, blieben vor einer verschlossenen Tür stehen. Brander klingelte erneut, und die Tür wurde einen Spalt weit geöffnet. Er sah einen Teil eines jungen Gesichts mit kurzen blondierten Haaren.

»Haben Sie einen Ausweis?«

Brander hielt ihr den Ausweis hin. Sie warf einen Blick darauf und öffnete schließlich die Tür so weit, dass die Kommissare eintreten konnten.

»Sind Sie Jasmin Risch?«, erkundigte sich Brander.

»Ja.« Sie rieb sich etwas Schlaf aus den Augen, unterdrückte ein Gähnen. »Ist etwas mit Nael?«

»Ähm ... ja ...«, entgegnete Brander. Er hätte auf diese Frage gefasst sein müssen, doch er fühlte sich überrumpelt. Sein Blick wanderte durch den schmalen Flur. Eine Garderobe war mit Jacken, Pullovern, bunten Mützen und Schals überladen. Schuhe standen durcheinander auf dem Fußboden davor. Die Wände waren in einem erdigen Orange gestrichen und mit Postkarten, Bierdeckeln und Fotos dekoriert. Eine Kiste Bier und zwei Tetrapacks Orangensaft standen neben einer Tür. »Könnten wir uns vielleicht kurz setzen?«

»Ich ... ich habe nur zwei Zimmer. Das Wohnzimmer ist auch mein Schlafzimmer ... es ist nicht sehr ordentlich.«

»Das ist kein Problem.«

Anscheinend hatte er einen zu besorgten Ton angeschlagen. Vielleicht lag es auch an seinem Blick. Jasmin Risch sah ihn mit großen Augen an. Die Müdigkeit war verschwunden.

»Was ist mit Nael?« Sie trat einen Schritt auf Brander zu. »Was ist mit Nael? Wo ist er?« Sie wurde lauter. Griff nach Branders Jacke. »Wo ist er? Sagen Sie doch ...«

Brander erstarrte. Er konnte es nicht. Er konnte dieser jungen

Frau nicht sagen, dass ihr Freund tot im Krankenhaus lag. Die Panik in ihren Augen. Er meinte, seine eigene Panik darin zu sehen.

Peppi sah verwundert zu Brander. Warum reagierte er nicht? Sie griff nach den Händen der jungen Frau, löste sie von seiner Jacke und drängte sie ein Stück zurück. »Gehen wir ins Wohnzimmer. Bitte.«

Widerwillig gehorchte Jasmin Risch, schaute dabei immer wieder zu Brander.

Nur eine kleine Tischlampe spendete Licht in dem Raum. Peppi schaltete die Deckenbeleuchtung ein. Das Zimmer wirkte durch die Doppelfunktion als Wohn- und Schlafraum unordentlich. Das Bett war zerwühlt, Kleidungsstücke lagen auf den Stühlen, in den Ecken stapelten sich zahlreiche Bücher und Ordner.

»Was ist mit Nael?«, wiederholte sie ihre Frage. Dieses Mal fixierte sie das Gesicht der Kommissarin.

»Frau Risch, es tut mir leid, Nael Vockerodt ist tot.« Peppi versuchte, es so behutsam wie möglich zu sagen. Die ganze Zeit ruhten ihre dunklen Augen auf der jungen Frau, die nun nicht nur die Augen, sondern auch den Mund weit aufriss. So verharrte sie eine Sekunde, dann schlug sie die Hände vors Gesicht, krümmte sich jäh zusammen, und ein entsetzlicher Schrei entfuhr ihrer Kehle. Ihr Oberkörper fiel vornüber, sie ging in die Knie und schrie weiter. Keine Worte. Laute eines abgrundtiefen, unerwarteten Schmerzes. Peppi legte einen Arm um ihre Schultern, strich ihr beruhigend über den Rücken. Sie sah zu Brander, schüttelte den Kopf. Eine Vernehmung konnten sie vergessen.

Jemand klopfte aufgeregt an die Wohnungstür. Anscheinend hatte das Schreien die Nachbarn geweckt. Brander ging zur Tür. Eine Frau, im selben Alter wie Jasmin Risch, stand vor ihm, Jogginghose, Kapuzensweatshirt, in der rechten Hand ein Nudelholz. Wäre die Situation nicht so tragisch gewesen, hätte der Anblick Brander amüsiert.

»Wer sind Sie? Was ist mit Jasmin?«, rief die Frau aufgeregt.

»Brander, Kripo Tübingen. Und Sie sind?«

»Oh.« Die Anspannung der jungen Frau ließ nach. »Laura Gille. Ich … ich wohne nebenan. Was ist denn passiert?«

»Sind Sie mit Frau Risch befreundet?«

»Ja, schon …«

Aus dem Wohnzimmer drangen wieder laute Klagerufe.

»Um Gottes willen! Bitte, kann ich zu ihr?«, bat Laura Gille den Kommissar.

Brander nickte stumm und ließ sie an sich vorübergehen. Er atmete still tief durch, bevor er ihr folgte.

Sie hatten sich entschieden, einen Arzt zu holen, der Jasmin Risch ein Beruhigungsmittel verabreichte. Ihre Freundin bot an, bei ihr zu bleiben. Von ihr erfuhren sie, dass Jasmin Risch vor drei Jahren aus Leipzig zum Studium nach Tübingen gekommen war. Sie studierte Politik- und Medienwissenschaften. Nael Vockerodt hatte sie während eines Praktikums, das sie vor einem Jahr in Kapstadt absolviert hatte, kennengelernt. Erst im Oktober war er nach Deutschland gekommen, um in Tübingen Medizin zu studieren. Er hatte gemeinsam mit Jasmin Risch in der kleinen Dachgeschosswohnung in der Gösstraße gewohnt.

Brander und Peppi verließen das Haus, befreiten die Windschutzscheibe von einer dicken Schneeschicht und setzten sich in den Wagen. Die Räumdienste waren im unermüdlichen Einsatz bemüht, die Hauptstraßen von dem stetig fallenden Schnee zu befreien. Die ersten Frühaufsteher machten sich auf den Weg zur Arbeit. Ein Zeitungsausträger schlich dick vermummt durch die Straßen. In einigen Wohnungen brannten die ersten Lichter. Obwohl es noch stockfinster war, hielt der nächste Tag bereits Einzug. Brander spürte die Schwere seiner Arme, seiner Schultern und vor allem seiner Augenlider.

»Wir wissen noch immer nicht, woher er kam und wohin er wollte«, stellte er fest. Er massierte sich mit beiden Händen die Kopfhaut, gähnte laut. »Wen hat er getroffen? Was genau ist passiert?« Ihm fielen die Augen zu, und er merkte, dass er in der Wärme des Wagens und bei dem gleichmäßigen Brummen des Motors kaum noch gegen die Müdigkeit ankam. »Verdammt, ich brauch 'ne Mütze Schlaf.«

»Lass uns zu mir fahren. Du kannst dich aufs Sofa legen. Ich würde mich auch gern ein paar Minuten ausruhen«, schlug Peppi vor.

Brander überlegte kurz, nach Hause zu fahren, verwarf den

Gedanken wieder. Peppi wohnte in einer kleinen Eigentumswohnung im Französischen Viertel, die sie sich gegönnt hatte, nachdem ihr Mann vor fünf Jahren beschlossen hatte, mit einer neunzehn Jahre jüngeren Frau eine Familie zu gründen. Von Peppis Wohnung aus war er wesentlich schneller in der Polizeidirektion, als wenn er jetzt erst die zehn Kilometer nach Entringen fahren würde. Er wollte so schnell wie möglich mit den Ermittlungen fortfahren. Das Entsetzen, die Trauer, die er bei Jasmin Risch gesehen hatte, hatten ihn getroffen. Mehr, als es ihn sonst traf. Vielleicht lag es an seiner eigenen Situation, dass er die Gefühle nicht von sich fernhalten konnte. Vielleicht war er auch einfach nur übermüdet.

Mittwoch

Brander lag auf dem Sofa und versuchte, die Müdigkeit aus seinem Kopf zu vertreiben. Es war kurz nach sieben. Peppi hatte ihn geweckt und war anschließend in der Küche verschwunden, um Espresso zu kochen. Er stand auf, nahm sein Handy vom Tisch und ging zum Fenster. Noch immer fielen kleine Flocken aus einer dichten Wolkendecke, hinter der sich der Ansatz einer Morgendämmerung erahnen ließ. Straßen und Dächer waren schneebedeckt. Er mochte das Viertel mit den bunten, unterschiedlich gestalteten Wohnblöcken. Aus dem ehemaligen Militärgelände der französischen Truppen war in den letzten fünfzehn Jahren ein schönes Wohngebiet geworden. Auch Cecilia und er hatten vor sieben Jahren, als er von Stuttgart zur Polizeidirektion Tübingen wechselte, überlegt, hier eine Wohnung zu kaufen. Doch dann hatten sie die Doppelhaushälfte in dem kleinen Dorf am Rande des Schönbuchs entdeckt und beschlossen, von der Landeshauptstadt aufs Land zu ziehen.

Aus der Küche drang das zischende und blubbernde Geräusch des Bialetti und kündigte einen heißen Espresso an. Brander streckte sich und wählte Daniels Nummer.

»Der von Ihnen gewünschte Teilnehmer ist …«

Er legte auf, wählte Cecilias Nummer.

»Hallo, Andi«, hörte er ihre vertraute Stimme.

»Hey, Ceci.«

Durch das Fenster sah er Menschen in dicken Winterjacken die Wege entlanggehen – zur Arbeit, zum Bäcker, einer führte einen Hund spazieren. Brander holte tief Luft, als müsste er Kräfte sammeln, um ein schweres Möbelstück zu verrücken. »Weißt du etwas Neues?«

»Ich habe mit deinen Eltern telefoniert. Sie sind bereits unterwegs. Sie fahren mit dem Zug nach Düsseldorf.«

»Gut.« Brander spürte für einen kurzen Augenblick Erleichterung. Ihm war nicht wohl gewesen bei dem Gedanken, dass seine Eltern bei diesem Wetter so eine lange Strecke mit dem Auto fahren wollten. Mitteldeutschland hatte der Schneefall noch stärker getroffen als den Süden. Die Verkehrsnachrichten überschlugen sich mit Meldungen über kilometerlange Staus und Straßensperrungen.

»Daniel und Julian waren die ganze Nacht im Krankenhaus«, fuhr Cecilia fort. »Es sieht so aus, als ob Babs durchkommt. Man weiß nur noch nicht ...«

Sie hielt inne, und Brander ahnte, wie schwer es ihr fiel, weiterzusprechen. Sie musste ihm nichts erklären. Er wusste, welche Folgen eine Überdosis Schlaftabletten haben konnte. Atemdepression, dadurch Unterversorgung des Blutes mit Sauerstoff, infolgedessen auch Unterversorgung des Gehirns mit Sauerstoff, Ausfall von Gehirnfunktionen.

»Hmm«, sagte er in ihr Schweigen. »Und du? Wie geht es dir?«

»Ich mache mir Sorgen. Um Babs, um Julian, um Daniel ... um dich.«

»Mach dir keine Sorgen um mich«, versuchte er, seine Frau zu beruhigen. »Ich bin beschäftigt.«

»Darum mache ich mir ja Sorgen.«

»Ach, Ceci ...« Er starrte auf das Fenster, erkannte in der Scheibe undeutlich sein Spiegelbild vor dem Hintergrund der winterlichen Morgendämmerung.

Es waren kaum acht Stunden seit Eingang des Notrufs vergangen. Auf Branders Schreibtisch stapelten sich bereits zahlreiche Protokolle. Er überflog die Aufzeichnungen der Anwohnerbefragungen. Die meisten waren ergebnislos. Man hatte weder etwas gehört noch gesehen. Erst als das Martinshorn der Einsatzwagen durch die stille Nacht schallte, hatte man auf die Straße gesehen. Niemandem war etwas Ungewöhnliches aufgefallen.

Eine paar Informationen fand er in den Berichten der Kollegen, die mit dem Streifenwagen die Umgebung abgefahren waren. Ein Student, der von einem Besuch bei Freunden kam, berichtete von einem jungen Mann oder vielleicht auch einer jungen Frau, da war er sich nicht sicher, der oder die an ihm in der Steinlachallee auf Höhe des Finanzamtsgebäudes in Richtung Bahnhof vorbeigerannt wäre. Allerdings lagen zwischen Eingang des Notrufs und dieser Begegnung mindestens vierzig Minuten. Vermutlich war es jemand gewesen, der noch schnell die letzte Bahn erwischen wollte.

Ein Rentner, der einen kotzenden Hund an der Leine mit sich führte – so stand es im Bericht –, behauptete, zwei verdächtige Personen in der Schellingstraße gesehen zu haben. Was an diesen Menschen jedoch so verdächtig war, konnte er nicht genau sagen. Er beschrieb die beiden als Anfang bis Mitte zwanzig und dunkel gekleidet. Die eine Person mindestens ein Meter neunzig groß, die andere ein gutes Stück kleiner. Es könnte auch eine Frau gewesen sein. Sie hätten sich seltsam bewegt. Was hatte das zu bedeuten? Vielleicht war es ein Pärchen, das betrunken von einer Party kam. Außerdem waren die Wege voll Schnee und teils vereist. Vielleicht hatten sie unpassendes Schuhwerk an und fanden keinen Halt auf den rutschigen Wegen.

Frustriert schob Brander die Unterlagen zusammen. Konnte es nicht sein, dass der Mann einfach nur unglücklich gestürzt war? Wie leicht konnte unter der Schneedecke eine Eisfläche übersehen werden? Die Blessuren im Gesicht? Faustschläge? Oder war er mit dem Gesicht aufgeschlagen? Wie hatte der Mann überhaupt gelegen, als Ebru Iscan ihn entdeckt hatte? Auf dem Bauch? Auf dem Rücken? Auf der Seite? Verdammt! Brander schlug mit der Hand auf den Tisch, sodass Peppi erschrocken zusammenzuckte.

»'tschuldige«, brummte er. »Weißt du, wie der Mann auf der Straße gelegen hat, als man ihn gefunden hat?«

Peppi zog die Stirn in Falten und kaute auf ihrer Unterlippe. »Frau Iscan sagte, er lag auf dem Rücken, am Rand des Gehsteigs. Müsste aber auch im Protokoll stehen, oder?«

Brander betrachtete missgelaunt den Stapel Papiere auf seinem Schreibtisch. »Ja, vermutlich.« Er sah das schöne und ernste Gesicht von Ebru Iscan vor sich. *Man kommt meistens zu spät, nicht wahr?*

»Hat jemand Fotos gemacht, bevor der Rettungsdienst eintraf?«

»Ich denke, die Kollegen von der Streife werden Bilder gemacht haben. Ansonsten war da sicher auch irgendein Schaulustiger, der sein Handy gezückt hat.« Sie ahmte mit den Händen die Bewegung eines Fotografen nach.

»Peppi!«

»Nix, Peppi! Ist doch so! Die Leute machen erst mal Fotos

und Videos und stellen die online, bevor sie vielleicht mal einen Notarzt rufen«, ereiferte sich die Kollegin.

»Die Iscans sind ganz bestimmt nicht so!«

»Hast ja recht«, lenkte Peppi ein. »Aber es waren auch genug andere da.«

»Er hat also auf dem Rücken gelegen. Ist er so gestürzt oder hat er sich vielleicht umgedreht, nachdem er am Boden lag?«

Peppi zog ratlos beide Schultern hoch. »Ich denke, da müssen wir auf den Bericht der Rechtsmediziner warten.«

Die Soko-Sitzung war spärlich besetzt. Außer dem noch halbwegs gesund gebliebenen Team der Kriminalinspektion 1 waren nur der Kollege von der Presseabteilung und einige Beamte von der Schutzpolizei im Raum sowie ein Mann, dessen Gesicht Brander noch nicht kannte. Vom Erkennungsdienst war noch kein Mitarbeiter anwesend.

»Darf ich fragen, wer Sie sind?«, wandte sich Brander an den unbekannten, gut gekleideten Enddreißiger mit sportlicher Kurzhaarfrisur.

»Staatsanwalt Marco Schmid.« Der Mann erhob sich und streckte Brander artig die Hand entgegen. »Und Sie sind …?«

»Andreas Brander.« Er verzichtete darauf, ihm seinen Dienstgrad zu nennen, reichte dem Mann seine Rechte.

Schmid nickte. »Ich dachte es mir schon. Herr Lehmann hat Sie genau so beschrieben.«

Was auch immer er mit »genau so« meinte, er verpackte es in einen so freundlichen Ton, dass es Brander nicht gelang, auf der Stelle eine Antipathie für den neuen Staatsanwalt zu entwickeln.

»Kriminalhauptkommissarin Persephone Pachatourides«, hörte er Peppis Stimme hinter sich.

Der Staatsanwalt wandte sich Branders Kollegin zu, und Brander meinte, ein Leuchten in seinen Augen zu sehen, als er ihre Hand nahm.

»Enchanté!«, sagte Schmid, ohne den Blick vom Gesicht der schwarzhaarigen Kollegin zu nehmen.

Peppi quittierte es mit einem freundlichen »Ganz meinerseits«, entzog dem Staatsanwalt ihre Hand und ging zu ihrem angestammten Platz.

Hendrik Marquardt fing Branders Blick ein und grinste hintergründig, was dieser mit einem Stirnrunzeln beantwortete. Er begab sich an das Kopfende des Konferenztisches.

»Nael Vockerodt, gebürtig aus Kapstadt, Südafrika, zweiundzwanzig Jahre, seit Anfang Oktober in Tübingen. Medizinstudent. Lebte mit seiner Freundin Jasmin Risch, dreiundzwanzig Jahre, gemeinsam in der Gösstraße. Vorstrafen sind nicht bekannt«, fasste Jens Schöne zusammen, der weiterhin mit seiner schweren Erkältung kämpfte. Er hatte einen dicken Schal um den Hals gebunden, war blasser, als er ohnehin immer war, und hustete nach jedem dritten Wort.

»Andi, schick diese Virenschleuder nach Hause!«, beschwerte sich Hendrik und erhielt zustimmendes Kopfnicken von den Kollegen.

»Ist nur ein Schnupf…« Der Rest ging in einem Hustenanfall unter.

»Jens, es ist vielleicht wirklich besser, wenn du nach der Sitzung erst einmal nach Hause gehst und dich auskurierst«, schlug Brander vor. Er wollte ungern auf Jens verzichten, aber der Kollege sah hundeelend aus. Widerwillig nickte dieser.

»Zum gegenwärtigen Zeitpunkt haben wir nicht viel«, wandte Brander sich wieder dem gesamten Team zu. »Wir wissen nicht, was passiert ist, und uns fehlen noch die Auswertungen des Erkennungsdienstes.«

Als hätte er auf sein Stichwort gewartet, öffnete Manfred Tropper die Tür. »Sorry, ich dachte, die Sitzung wäre um neun«, erklärte Tropper seine Verspätung.

»Demnach wärst du zu früh«, entgegnete Brander nach einem Blick auf die Uhr. Tropper lächelte gequält und setzte sich. Er war zwar nachts nicht am Tatort gewesen, sah aber dennoch aus, als hätte er nicht viel geschlafen.

»Dann mal raus mit der Sprache«, forderte Brander den Bericht des Kollegen.

»Tja, da gibt es nicht viel zu sagen. Die Auswertung der Spuren läuft. Macht euch aber bitte nicht zu viel Hoffnung. Die Obduktion ist auf heute Nachmittag um halb vier angesetzt.«

Brander verdrehte die Augen. Halb vier. Das bedeutete, dass er frühestens am Abend erste Ergebnisse haben würde. »Gibt es irgendetwas, was du uns auch ohne Obduktion verraten kannst?«

»Er hatte leichte Blessuren im Gesicht und eine schwere Kopfverletzung. Vockerodt war einen Meter achtundsiebzig groß und schlank.« Tropper zeigte seine leeren Handflächen. »Das war's.«

So viel hatten sie auch schon vorher gewusst.

»Gibt es definitive Hinweise auf ein Kapitalverbrechen oder könnte es sich auch um einen Unfall handeln?«, meldete sich Schmid zu Wort.

Tropper sah erst zu ihm und dann zu Brander.

»Unser neuer Staatsanwalt, Marco Schmid«, erklärte dieser.

»Das kann ich im Moment leider nicht genau sagen. Ich selbst war heute Nacht nicht vor Ort, und meine Kollegen wurden erst hinzugerufen, nachdem das Opfer bereits abtransportiert und kurz darauf verstorben war. Wie gesagt, die Auswertung der Spuren läuft, und wir müssen sehen, was die Obduktion bringt.«

»Eine Zeugin sagt, sie hätte laute Stimmen gehört. Es hätte sich wie ein Streitgespräch zwischen zwei oder drei Männern angehört. Kurz darauf hat sie den Mann auf der Straße liegen sehen«, ergänzte Brander Troppers Antwort. »Wir konnten leider noch nicht rekonstruieren, woher das Opfer kam und wohin es wollte. Seine Lebensgefährtin war in der Nacht nicht vernehmungsfähig.«

Schmid machte sich Notizen in einem kleinen Block. »Wurde die Südafrikanische Botschaft informiert?«

»Das haben wir bereits in die Wege geleitet, sowohl Botschaft als auch das Auswärtige Amt«, kam Peppi Brander zuvor.

»Wir werden heute noch einmal versuchen, mit der Freundin des Opfers zu sprechen«, begann Brander, die Aufgaben festzulegen. »Karl-Heinz, bitte koordiniere die weiteren Befragungen in der Umgebung des Tatorts mit den Kollegen der Bereitschaftspolizei«, wandte er sich an den Kollegen Barowsky. »Hendrik, nimm dir ein paar Leute und fahr zur Uni. Versuch, mehr über Vockerodt herauszufinden.«

»Wo warst du letzte Nacht?«, erkundigte sich Brander im Anschluss an die Sitzung bei Tropper. Sie hatten als Letzte den Konferenzraum verlassen und stoppten in der Kaffee-Ecke.

»Ich hatte ausnahmsweise mal keine Bereitschaft. Ich habe mein Handy ausgeschaltet, war mit meiner Exfrau essen, und danach hab ich mir einen halben Liter Whisky einverleibt«, sagte Tropper. Es klang nicht nach einem fröhlichen Fest.

»Warum triffst du dich mit deiner Ex, wenn es dir nicht guttut?«, wunderte sich Brander.

»Es tut mir gut, sie zu sehen«, widersprach Tropper. »Was mir nicht guttut, ist, wenn ich hinterher allein nach Hause gehen muss.«

»Ähm …« Brander sah den Kollegen stirnrunzelnd von der Seite an. »Sag mal, wie lange seid ihr jetzt geschieden?«

»Neun Jahre. Aber sie ist immer noch so verdammt sexy, und sie ist die Mutter meiner Kinder«, erklärte Tropper mit ernster Miene.

»War es wenigstens ein guter Whisky?«

Tropper nickte zufrieden. »Ardbeg ten. Und ich hab mir noch 'ne Zigarre dazu gegönnt.«

Der Islay-Whisky hatte bereits ohne die Unterstützung einer Zigarre ein sehr rauchiges und torfiges Aroma. »Du weißt, dass Rauchen ungesund ist?«, fragte Brander.

»Deswegen trinke ich jetzt ja auch einen Vitaminsaft.« Tropper ließ eine Brausetablette in ein Wasserglas fallen.

»Ich habe gerade mit Laura Gille telefoniert. Sie bringt Frau Risch zu uns«, erklärte Peppi, als Brander in ihr gemeinsames Büro zurückkehrte.

»Gut. Geht es ihr besser?« Er setzte sich an seinen Schreibtisch.

Peppi zuckte die Achseln. »Wir werden es sehen.«

Branders Blick fiel auf den Schreibtisch seiner Kollegin. »Oh Peppi, bitte nicht!«

»Was denn?«

»Das da!« Er deutete auf ein kleines, grinsendes Plüschrentier.

»Es ist bereits der zweite Dezember, und da muss Rudolph hier stehen.« Sie drückte boshaft lächelnd auf den Bauch des Tieres, und eine ohrenschädigende Melodie, die entfernt an »Jingle Bells« erinnerte, klang durch den Raum, dazu wippte das Rentier munter von links nach rechts und nickte fröhlich mit dem Kopf. Brander sah gequält zu der Kollegin. Sobald sie das Büro das nächste Mal verließ, würde er die Batterien aus dem Untier entfernen.

»Sag mal, ich wusste gar nicht, dass wir einen neuen Staatsanwalt haben«, sagte Peppi, nachdem Rudolphs Gesangs- und Tanzeinlage beendet war.

»War doch klar, dass ein Neuer kommt, wenn Lehmann in Pension geht.«

»Hmm.«

Brander hob den Blick zu seiner Kollegin, die nachdenklich auf dem Ende ihres Kulis kaute. Er konnte sich ein Grinsen nicht verkneifen. »Und?«, fragte er schließlich.

»Und was?« Sie nahm den Kuli aus dem Mund.

»Ach nichts«, entgegnete er, und sein Grinsen wurde breiter. *»Enchanté.«*

»Ein kultivierter Mann, was man hier in der Dienststelle nicht von jedem sagen kann.«

»Hey!« Brander hob drohend den Zeigefinger.

»Jeder zieht sich den Schuh an, der ihm passt«, entgegnete Peppi mit einem herablassenden Wimpernaufschlag.

»Ich denke, mit Rudolph wirst du richtig viel Eindruck auf Herrn Schmid machen.«

»Konzentrieren wir uns auf unsere Arbeit.«

»Deswegen sind wir hier.« Brander widmete seine Aufmerksamkeit wieder den Papieren auf seinem Schreibtisch. Er durchsuchte die Unterlagen nach Fotos vom Tatort und fand zwei Bilder, die das Opfer im Schnee liegend zeigten, als der Rettungsdienst bereits vor Ort war. Die Iscans hatten Decken um den Mann gewickelt. Am Hinterkopf des Opfers war der Schnee dunkel verfärbt. Die Bilder waren schlecht beleuchtet, sodass die Farben nicht gut zu erkennen waren. Dennoch wusste er, dass der dunkle Fleck im Schnee Blut war.

Brander nahm ein leeres Blatt, skizzierte mit einem Bleistift die Szene. Häuser links und rechts der Straße, ein paar Autos am Straßenrand, ein schwer verletzter Mann auf dem Gehsteig im Schnee. Er deutete im oberen Drittel der Zeichnung den Sternplatz an und skizzierte weiter entfernt eine Kirchturmspitze als Symbol für die Eberhardskirche. In einigen Häusern in der Eugenstraße waren in den unteren Etagen Läden, erinnerte er sich, aber nicht in den Häusern direkt am Tatort. Er nahm einen roten Stift, zog einen Pfeil vom Haus der Iscans zu dem Mann.

Was gab es in der Umgebung? Wohin konnte der Täter geflüchtet sein? Die Diskothek Top10 an der nahen Reutlinger Straße war dienstagnachts geschlossen. McDonald's lag ebenfalls in der Nähe und hatte rund um die Uhr geöffnet. Der Hauptbahnhof war nicht allzu weit entfernt. Aber auch in dem Wohngebiet hätte sich der Täter sonst wo verstecken können. Nach wie vielen Tätern suchten sie? Einer? Zwei? Er ging die Gesprächsprotokolle der Anwohnerbefragungen, die bereits in der Nacht gemacht worden waren, noch einmal durch. Nein, nichts davon half ihm weiter.

Sein Telefon klingelte, und Paul Heimle von der Eingangszentrale kündigte Jasmin Risch an. Peppi ging hinunter, um sie abzuholen.

Die einzige Farbe in Jasmin Rischs Gesicht waren die dunkelroten Ränder unter den Augen. Der Rest war so blass, als gäbe es kein Blut mehr in ihrem Körper. Die blondierten Stoppelhaare unterstrichen diesen Eindruck noch. Kraftlos saß sie vor Branders Schreibtisch auf dem Besucherstuhl und starrte ihn mit leeren Augen an.

Brander spürte das gewohnte Unbehagen, als er mit der Befragung begann.

»Frau Risch, geht es Ihnen etwas besser?«, versuchte er, das Gespräch in Gang zu bringen.

Sie zuckte stumm mit den Schultern. Es ging ihr nicht besser, aber sie war etwas ruhiger.

»Ich muss Ihnen leider ein paar Fragen stellen ...«

Ein kaum merkliches Nicken deutete ihm an, dass er fortfahren sollte.

»Frau Risch, wissen Sie, wo Herr Vockerodt gestern Nacht war?«

»Nein.« Ihre Stimme klang so leer und verloren, als gehöre sie zu keinem Körper, der ihr Ausdruck verleihen konnte.

»Er wurde in der Eugenstraße gefunden. Hatte er vielleicht Freunde, die er dort in der Gegend besucht hat?«

»Nein. Vielleicht. Nein. Ich glaube nicht. Er wollte doch nur spazieren gehen.« Sie sprach so leise, das Brander Mühe hatte, sie zu verstehen. Tränen liefen über ihr Gesicht.

»Mitten in der Nacht?« Brander rief sich den Tübinger Stadtplan ins Gedächtnis. Für einen nächtlichen Spaziergang war er ziemlich weit gelaufen.

Jasmin Risch zuckte wieder mit den Schultern.

»Wann haben Sie Ihren Freund zum letzten Mal gesehen?«

»Gestern Abend. Navo hatte für uns gekocht. Ein afrikanisches Gericht. Es hat gut geschmeckt, aber er war nicht zufrieden. Es wären nicht die richtigen Zutaten gewesen, und die Gewürze würden hier nicht so schmecken wie in seiner Heimat. Er war traurig. Nachdem wir gegessen hatten, sagte er, er müsse ein bisschen allein sein. Er wollte spazieren gehen. Ich fragte ihn, ob wir gemeinsam spazieren gehen sollen, aber das wollte er nicht. Ich wusste, dass ich ihn gehen lassen musste. Manchmal braucht er einfach Zeit für sich ...« Sie brach ab, begann wieder stärker zu weinen.

»Um wie viel Uhr ist er gegangen?«, fragte Brander, nachdem er ihr Zeit gegeben hatte, sich wieder zu beruhigen.

»Ich weiß es nicht genau. Um zehn vielleicht. Es war nicht ungewöhnlich. Er ging oft nachts spazieren. Ich glaube, er hatte fürchterliches Heimweh«, erklärte sie. »Es verunsicherte ihn, dass er die Straßen nicht kannte. In seiner Heimat, da wusste er, wo er hingehen musste, was sich hinter der nächsten Kreuzung verbarg. Hier war er fremd. Die Menschen waren ihm fremd, die Stadt, unsere Kultur, alles war ihm fremd. Er hat mir einmal erklärt, er müsse die Stadt in Ruhe, in der Stille kennenlernen, um ihren Puls zu spüren. Tagsüber mit all dem Verkehr, den vielen Menschen und ihrer Hektik, da würde er nichts fühlen. Nur ein ständiges Getriebensein. Navo war ein sensibler, feinfühliger Mensch, und er war so traurig gestern. Ich hätte ihn nicht allein gehen lassen dürfen.« Sie putzte sich die Nase, wischte die Tränen aus ihrem Gesicht, straffte ein wenig die Schultern und sah Brander an. »Wie ... wie hat er es getan?«

»Er ...« Brander stutzte. Er? Ging sie davon aus, dass es ein Mann gewesen war? Ein einzelner Täter? Hatte sie vielleicht eine Ahnung, wer es gewesen sein könnte? »Wie hat wer was getan?«, fragte er.

»Navo! Wie hat er es getan? Ist er vor einen Zug gesprungen?« Sie wurde lauter, wütend, brauchte die Wut, um nicht gleich wieder bei diesen Worten zusammenzubrechen. »Von einer Brücke?«

In der Eugenstraße gab es weder Bahngleise noch Brücken. Es war ein verkehrsberuhigter Bereich. Ein Wohngebiet nahe der B 28.

»Frau Risch, Ihr Freund hat sich nicht umgebracht«, antwortete Brander so behutsam wie möglich. Die Frau hatte ihren ersten Schock noch nicht überwunden, nun musste er ihr einen zweiten versetzen. »Er ... wir wissen es nicht genau, vielleicht war es ein Unfall. Vielleicht gab es einen Streit ...«

Jasmin Risch schüttelte ungläubig den Kopf. Starrte ihn mit weit aufgerissenen Augen an. »Streit?« Sie brauchte einen Moment, um Branders Auskunft zu verstehen, schüttelte wieder den Kopf. »Nein ... das ... Nein! Oh Gott, nein!« Die Wut half nicht. Sie begann wieder zu weinen, schluchzte verzweifelt. Brander reichte ihr ein frisches Taschentuch.

»Gab es irgendjemanden, mit dem Ihr Freund vielleicht Streit hatte?«, versuchte er nach einer Weile, das Gespräch fortzuführen.

»Nein, er kannte hier doch kaum jemanden.«

»Frau Risch, was hatte Ihr Freund gestern Abend bei sich, als er das Haus verließ?«

»Wie meinen Sie das?«

»Wie viel Bargeld hatte er bei sich? Kreditkarten? Ein Handy?«

»Er hatte sein Handy zu Hause liegen lassen. Ich glaub nicht, dass er viel Geld bei sich hatte, vielleicht zehn oder zwanzig Euro, und die Kreditkarte nahm er eigentlich nie mit.«

Einen Raubmord konnten sie unter diesen Umständen sehr wahrscheinlich ausschließen. Sowohl Geldbeutel als auch Ausweispapiere waren noch in den Jackentaschen gewesen. Andererseits musste der Täter nicht gewusst haben, dass es bei Nael Vockerodt nichts zu holen gab.

»Wir sind genauso weit wie vorher«, resümierte Brander, nachdem Jasmin Risch gegangen war.

»Vielleicht war es doch nur ein tragischer Unfall. Vockerodt ist auf dem Schnee ausgerutscht und unglücklich gestürzt«, überlegte Peppi.

Brander schüttelte den Kopf. »Ich weiß nicht. Er hatte Blessuren im Gesicht, und die Iscan hat verschiedene Männerstimmen gehört.«

»Wie machen wir jetzt weiter?«

»Bis wir die Befragungsprotokolle und den Obduktionsbericht bekommen, dauert es noch eine Weile. Ich fahre raus und schau mir den Tatort noch mal bei Tageslicht an. Kommst du mit?«

Peppi sah zum Fenster. Noch immer wirbelten vereinzelt Schneeflocken durch die Luft. »Nicht, wenn ich nicht muss.«

Brander grinste hämisch. »Dann lass uns fahren.«

»Och, Andi!«

Brander hatte Peppi erlaubt, in der Dienststelle zu bleiben. Eigentlich war er ganz froh, eine Weile mit sich allein zu sein. Es erschreckte ihn, wie leicht er die Gedanken an Babs und seinen Bruder zur Seite geschoben hatte. Schuldgefühle machten sich in ihm breit. Er versuchte, sie durch Pflichtgefühl zum Schweigen zu bringen. Nachdem er den Wagen wie in der Nacht zuvor am Straßenrand in der Eugenstraße geparkt hatte, wählte er Daniels Mobiltelefonnummer. Aber noch immer war das Handy ausgeschaltet. Er probierte es über den Festnetzanschluss seines Bruders, aber auch dort ging niemand ans Telefon. Gerade als er überlegte, seine Eltern anzurufen, sah er Ebru Iscan die Straße entlanggehen. Er stieg aus.

»Frau Iscan!«

Die Frau blieb stehen und drehte sich zu Brander um. Sie lächelte, als sie ihn erkannte. »Sie sind der Kommissar von heute Nacht, nicht wahr?«

»Ja.« Er ging die wenigen Schritte, bis er vor ihr stand. Sie war einen Kopf kleiner als er. »Hätten Sie einen Moment Zeit? Ich würde Ihnen gern noch ein paar Fragen stellen.«

»Ja, natürlich.« Ihr Gesichtsausdruck wirkte entspannter als in der Nacht. Erwartungsvoll sah sie Brander an.

»Kommen Sie.« Gemeinsam gingen sie zu der Stelle, an der Nael Vockerodt gelegen hatte.

»Wie hat der Mann hier gelegen, als Sie ihn von Ihrem Fenster aus gesehen haben?«

»Er lag auf dem Rücken.«

»Können Sie mir genau zeigen, wo und wie der Mann auf der Erde gelegen hat?«

»Das ist schwierig. Es ist so viel Schnee gefallen.« Sie deutete mit der flachen Hand auf den Boden. »Er lag nahe an der Bordsteinkante. Der Kopf ungefähr hier, die Füße da. Die Arme vielleicht so, ich weiß nicht mehr genau.« Sie hielt ihre Arme ein Stück seitlich ihres Körpers, um es ihm zu zeigen.

»Haben Sie etwas verändert?«

»Wir haben Decken um ihn gelegt, um ihn zu wärmen.«

Brander nickte nachdenklich und sah zu der Wohnung, in der die Iscans wohnten.

»Von welchem Fenster aus haben Sie auf die Straße geguckt?«

»Das da, an der Seite.« Sie deutete mit dem Finger zu dem Fenster.

Wäre der Täter in Richtung Reutlinger Straße geflohen, hätte sie ihn vielleicht noch sehen können. War er in die andere Richtung, zur Steinlach oder zum Hauptbahnhof gelaufen, wäre er schnell aus dem Blickwinkel verschwunden. Er wandte sich wieder Frau Iscan zu.

»Ist Ihnen vielleicht sonst noch etwas eingefallen?«

»Nein, ich habe wirklich über alles noch einmal nachgedacht. Es tut mir sehr leid.«

Sie blieb wartend vor Brander stehen, während der Kommissar nach einer Frage suchte, die ihn der Lösung des Falls näher brachte.

»Es war gut, dass Sie sich gestern um den Mann gekümmert haben«, sagte er schließlich.

»Wenn ich helfen kann, dann helfe ich. Oh …« Sie griff in ihre Manteltasche und zog ein Handy hervor, las die Kurzmeldung auf dem Display. »Entschuldigung. Das war mein Mann. Er hat uns vom Fenster aus gesehen.« Sie winkte an Brander vorbei zum Haus.

Brander sog die Luft ein. »Ich hoffe, Sie bekommen keine …«

»Nein, nein. Drehen Sie sich bitte noch einmal zum Fenster um, damit er sieht, wer Sie sind. Er macht sich immer große Sorgen. Wir haben nur noch uns.« Sie sagte es mit einem wehmütigen Lächeln.

»Sie haben keine Kinder?«, rutschte es Brander heraus. Er biss sich auf die Lippen. Das Privatleben dieser Frau ging ihn nichts an.

»Wir hatten zwei kleine Mädchen. Sie starben bei einem Bombenattentat. Mein Mann verlor dabei sein Gehör und seine Sprache.«

So viel Leid. Brander fehlten die Worte.

Er ließ Ebru Iscan nach Hause gehen, schlenderte weiter den Weg entlang. Ein Laden mit dem Namen »Bongoroots« weckte seine Aufmerksamkeit. »Afro-Caribbean-Kitchen, Catering, African Products« stand werbend auf einer Leiste neben der Eingangstür. War Nael Vockerodt deswegen nachts hier gewesen? Er wollte den Laden betreten, aber es war geschlossen. Er würde später die Kollegen noch einmal hier vorbeischicken.

Brander setzte seinen Weg fort, vorbei am Südstadtbäcker und einem kleinen Lottoladen, bog gedankenverloren hier und da links und dann wieder rechts ab, ohne wahrzunehmen, wohin er ging. In seinem Kopf sprangen die Gedanken von einem zum nächsten, ohne dass er auch nur einen einzigen davon zu Ende bringen konnte. Da war die Sorge um seine Schwägerin, die Trauer von Jasmin Risch, das Leid der Iscans. Andere Fälle tauchten auf. Zwei Morde im Spätsommer, deren grausame Wahrheit ihn tief erschüttert hatte. »Lass das alles nicht so nah an dich ran«, bemühte er sich um Abstand, als plötzlich ein Wagen langsam neben ihn fuhr und das Seitenfenster automatisch herunterließ.

»Hallo, schöner Mann. So allein heute?«

Dieser Spruch konnte nur von einem einzigen Menschen kommen. Brander blieb stehen, und der Wagen neben ihm hielt am Straßenrand. Er trat an das Auto, beugte sich zum Beifahrerfenster herunter.

»Hallo, Karsten.«

»Wohin willst du? Steig ein, ich nehm dich mit.« Karsten Beckmann grinste freudig überrascht, Brander so unerwartet getroffen zu haben.

»Nicht nötig, ich steh da ...« Brander wollte in eine Richtung zeigen und stellte fest, dass er nicht genau wusste, wo er eigentlich entlanggelaufen war. Leicht desorientiert sah er sich um. Beckmann lachte.

»Soll ich dich bei der Polizeidirektion abliefern? Vielleicht rufen sie Cecilia an, damit sie dich abholt.«

»Scherzkeks. Krieg ich bei dir 'nen Kaffee?«

»Espresso, Cappuccino, Latte macchiato – was dein Herz begehrt.« Karsten zwinkerte ihm zu, und Brander stieg ein.

Eigentlich hätte er die wenigen Meter zu Beckmanns Wohnung in der Katharinenstraße auch noch zu Fuß gehen können. Sie mussten nur noch einmal links abbiegen, dann rangierte Karsten den Wagen in eine enge Parklücke.

»Ich war gerade einkaufen. Du kannst mir tragen helfen.« Beckmann stieg aus und ging zum Kofferraum. »Nimmst du die Kiste mit dem Saft?«

Sie schleppten die Einkäufe in die erste Etage und stellten alles in der Küche ab.

»Cappuccino?«

»Weibergesöff«, lästerte Brander. »Ich brauch einen doppelten Espresso.«

Beckmann lächelte ihn begehrlich an. »Ja, du bist ein richtiger Kerl, Süßer«, kam umgehend die Retourkutsche.

Brander ignorierte die Anmache. Er war ja selber schuld, bei der Vorlage, die er ihm gegeben hatte.

»Geht gleich los, ich pack schnell noch die Sachen in die Gefriertruhe. Hast du schon gegessen?«

Brander sah auf die Uhr. Es war zwei Uhr mittags vorbei. An Essen hatte er überhaupt nicht gedacht. »Nein.«

»Prima, ich auch nicht. Was hältst du von Spaghetti mit Pesto? Geht ganz schnell.«

»Danke, gern.«

Nachdem Beckmann einen Topf Wasser auf den Herd gestellt hatte, ging er mit dem Kommissar ins Wohnzimmer.

»Wow.« Brander blieb einen Moment lang sprachlos im Türrahmen stehen. Vor gut einer Woche, als sie Beckmanns achtunddreißigsten Geburtstag gefeiert hatten, hatte der Raum noch anders ausgesehen. Jetzt lag auf dem Couchtisch ein roter Läufer, darauf stand ein riesiger Adventskranz mit dicken roten Kerzen und allerlei Goldschmuck. Kleine Glitzersterne waren auf dem ganzen Tisch scheinbar wahllos verstreut. Die Kissen auf dem Sofa waren mit neuen Bezügen mit weihnachtlichen Motiven bezogen. Im Fenster hingen Lichterketten, und ein Nussknacker hatte auf der Fensterbank Posten bezogen. Auf dem Esstisch war ein Kerzenständer ebenfalls mit vier roten Kerzen bestückt, daneben eine Schale mit Nüssen und Lebkuchen. Im Regal stand ein anscheinend selbst gebastelter Adventskalender, bei dem die ersten zwei Türchen geöffnet waren.

»Der ist von Angie«, erklärte Beckmann, der Branders Rundumblick verfolgt hatte. Mit Angie meinte er seine Nachbarin Angelika Januscheck. »Süß, oder?« Dabei kräuselte er kurz die Nase.

»Oh ja, süß«, versuchte Brander einen, wie er meinte, seichten Ton anzuschlagen. »Seid ihr hier gerade alle im Weihnachtswahn?«

»Andi! Letzten Sonntag war der erste Advent. Wenn nicht jetzt, wann dann?« Sein zum Weihnachtsfetischist mutierter Kumpel lotste ihn in Richtung Couchgarnitur, als das Telefon klingelte. »Entschuldige, ich muss kurz rangehen. Geht um einen wichtigen Auftrag.«

Brander ließ sich auf den Sessel fallen, lehnte sich zurück und schloss einen Moment lang die Augen. Anderthalb Stunden Schlaf waren definitiv zu wenig. So oft hatte er schon auf diesem Sessel gesessen, und einige Nächte hatte er auch schon – meistens nach reichhaltiger Whiskyverkostung – auf dem Sofa verbracht. Er mochte diesen Mann mit seiner unkomplizierten, direkten Art, und die kleinen Sticheleien zwischen ihnen konnte er mittlerweile genießen, ohne zu befürchten, dass Beckmann sich in ihn verlieben würde. Sie waren Freunde. Gute Freunde.

Er musste eingeschlafen sein, denn er schreckte hoch, als Beckmann wieder in den Raum zurückkehrte und »Essen ist fertig!« rief.

Brander stöhnte auf und erhob sich schwerfällig.

»Müde?«, fragte Karsten mitfühlend.

»Ja, war ‘ne kurze Nacht.«

»Musstest du arbeiten?«

»Du hast nichts mitgekriegt?«, wunderte sich Brander. So weit war die Eugenstraße nicht von der Katharinenstraße entfernt, und die Pressemitteilung der Polizeidirektion stand sicher auch schon auf der Homepage des Schwäbischen Tagblatts.

Beckmann hob entschuldigend beide Hände. »Ich war beschäftigt …«

»Ach so?« Brander sah ihn fragend an.

»Willst du Details?« Karsten warf ihm einen Blick zu, der Brander ahnen ließ, welche Details er bereithielt.

»Nein, es reicht mir zu wissen, dass du ein Alibi hast.«

Beckmann zog eine Grimasse und setzte sich an den Tisch. »Und wofür brauche ich ein Alibi?«

»In der Eugenstraße wurde heute Nacht ein Toter gefunden.«

»Ermordet?«

Brander zuckte die Achseln. »Steht noch nicht so genau fest. Könnte auch ein Unfall gewesen sein.« Das konnte er Beckmann sagen. Die gleiche Information hatten sie in der Pressemitteilung herausgegeben.

Sie verspeisten eine ungeheure Portion Spaghetti mit Pesto und frisch geriebenem Parmesan, und anschließend bereitete Beckmann Brander den versprochenen doppelten Espresso.

Er leerte die Tasse in einem kräftigen Schluck und drehte den Stuhl ein Stück zur Seite, sodass er Beckmanns Aquarium sehen konnte. Er liebte den Anblick der still umherschwimmenden Fische und der beruhigenden Grüntöne der Pflanzen. Bald, ganz bald, würde er sich auch ein Aquarium kaufen. Drei grüne Sumatrabarben schwammen gemächlich an der Scheibe vorbei, während es sich am Boden zwei Welse gemütlich gemacht hatten. Eine angenehme Ruhe ging von dem stillen Treiben aus.

Doch irgendetwas schien heute anders. Brander blinzelte, sah genauer hin. Im oberen Drittel, links und rechts der Frontscheibe … Nein, er konnte es nicht glauben.

»Ich fass es nicht! Du hast Glitzersterne an dein Aquarium geklebt.«

»Klasse, oder? Das sind phosphoreszierende Sterne, die leuchten im Dunkeln. Du musst dir das mal nachts angucken. Sieht super aus.«

Brander zeigte ihm einen Vogel.

»Mir war danach. Ich brauchte ein bisschen Licht und Freude

in meinem Leben. Und die Fische sollten auch etwas davon haben.«

»Aber dir geht es gut, oder?«

»Schlechten Leuten geht's immer gut.«

Brander stand auf, streckte sich. »Danke fürs Essen und für den Espresso.«

»Jederzeit.« Auch Beckmann erhob sich. »Kommst du mit Ceci am Sonntag? Ich würd mich freuen, euch im Ziel zu sehen.«

Das erste Dezemberwochenende. Der Nikolauslauf. Den hatte Brander schon völlig verdrängt. Mit Mühe und Not und mittels Bestechung mit einem sechzehnjährigen Aberlour Double Cask hatte Brander Beckmann davon abhalten können, auch ihn zum Lauf anzumelden. Drei Monate Training waren nicht lang genug, und er wollte nicht vom Schlussläufer von der Strecke geschickt werden.

»Sofern es die Arbeit zulässt, bin ich da.«

Peppi kehrte gerade mit Hendrik Marquardt und Karl-Heinz Barowsky vom »Il centro« zurück, als Brander wieder in die Dienststelle kam.

»Und? Fündig geworden am Tatort?«, begrüßte ihn Peppi.

Brander schüttelte den Kopf. »Was gibt's hier Neues?«

»Ich war mit den Kollegen in der Uni«, berichtete Hendrik, als sie gemeinsam die Stufen in die erste Etage hinaufstiegen »Wir haben mit einigen Dozenten und Studenten und mit den Mitarbeitern der Akademischen Beratungsstelle gesprochen. Die Protokolle liegen inzwischen vermutlich alle auf deinem Tisch.«

»Die Botschaft möchte von uns einen Bericht über die genaue Todesursache«, erfuhr Brander von Peppi.

Sie gingen in Branders und Peppis Büro. Während sich die anderen noch mit Kaffee versorgten, warf Brander einen unwilligen Blick auf den neuen Stapel, der sich neben den Papieren vom Morgen auf seinem Schreibtisch türmte.

Hendrik kam zu ihm, ließ sich auf den Besucherstuhl fallen und streckte die Beine von sich.

»Was steht da alles drin?«, fragte Brander den Kollegen und zeigte mit dem Finger auf die vor ihm liegenden Protokolle.

»Vockerodt war nett, höflich, unauffällig, zurückhaltend. Er kam bei den Mädels wohl ganz gut an. Da waren einige sehr angetan von ihm.«

»Aber er hatte eine Freundin«, warf Peppi ein.

»Ja und? Deswegen kann er doch mit den Mädels ein bisschen rumschäkern.«

Eine andere Antwort hatte Brander von Hendrik nicht erwartet. Peppi verzog ärgerlich das Gesicht.

»Was hast du noch?«, kam Brander einem Vortrag seiner Kollegin über körperliche und geistige Treue zuvor.

»Ein Dozent meinte, er wäre etwas phlegmatisch.«

»Inwiefern?«

»Langsam, gemächlich, träge. Komm ich heut nicht, komm ich morgen.«

»Sprach er eigentlich gut deutsch?«

»Musste er ja. Um in Deutschland zu studieren, musst du deutsch sprechen. Die Bewerber müssen ihre Sprachkenntnisse vor Beginn des Studiums nachweisen oder eine Sprachprüfung machen. Allerdings, da fällt mir ein ...« Hendrik hielt inne.

»Ja?«, hakte Brander nach.

»Gib mal her.« Hendrik deutete auf den Papierstapel. Brander reichte ihn über den Tisch, und Hendrik blätterte durch die Protokolle.

»Hier haben wir es. Aussage Liane Vogd, Kommilitonin, Medizinstudentin erstes Semester: ›Er hatte einen süßen Dialekt. Und war eigentlich immer nett und gut gelaunt.‹ Blabla ... blabla ... Hier geht's weiter. ›Einmal gab es Ärger in der Mensa. Da hat so ein Typ Nael angerempelt. Ich glaube, die kannten sich. Der andere hat Nael beschimpft. Nael blieb erst stumm, aber als es ihm zu bunt wurde, hat er zurückgeschimpft. Aber nicht auf Deutsch. Ich vermute, dass es Afrikaans war. Wenn Nael aufgeregt war, dann fehlten ihm oft die deutschen Worte. Das kam auch manchmal in den Vorlesungen vor, wenn er unerwartet etwas gefragt wurde.‹ – Frage: ›Wissen Sie, worum es bei dem Streit ging?‹ – Liane Vogd: ›Nein.‹ – Frage: ›Kennen Sie den Mann, mit dem Nael den Streit hatte?‹ – Vogd: ›Nein, tut mir leid. Ich kannte ihn nicht. Aber vielleicht würde ich ihn erkennen, wenn ich ihn wieder sehe.‹ Tja ...«

Hendrik gab Brander die Protokolle wieder zurück. »Soll ich

morgen mit Fräulein Vogd in der Mensa essen gehen? Vielleicht taucht der Typ ja auf?«

»Vielleicht keine schlechte Idee. Wir sollten die Risch auch noch befragen. Könnt ja sein, dass die weiß, mit wem Vockerodt Streit hatte.«

Das Klingeln von Branders Handy unterbrach das Gespräch. Brander sah auf das Display, spürte ein unangenehmes Zwicken in der Bauchgegend. »Entschuldigt mich.« Er verließ eilig das Büro und nahm den Anruf entgegen.

»Ja?«

»Hallo, Andi«, meldete sich seine Mutter. Es tat gut, ihre ruhige, vertraute Stimme zu hören. »Wir wollten dir kurz Bescheid geben, dass wir gut in Düsseldorf angekommen sind. Wir waren auch schon in der Klinik.«

»Wie geht's Babs?« Branders Herz begann automatisch heftiger zu schlagen.

»Ihr Zustand ist stabil. Die Ärzte machen gerade einige Tests mit ihr. Es sieht gut aus.«

Bei diesen Worten fühlte er, wie die Anspannung der letzten Stunden mit einem kräftigen Ruck von ihm wich. Es sieht gut aus. Er stand im Flur, starrte aus dem Fenster, stützte sich mit einer Hand an der Mauer ab. Seine Knie zitterten leicht. Es sieht gut aus. Ihm stiegen Tränen in die Augen. Tränen der Erleichterung, der Dankbarkeit. Gleichzeitig meldeten sich wieder seine Schuldgefühle, weil er jetzt nicht an der Seite seiner Familie stand.

»Wie ...« Ein Kloß im Hals verhinderte, dass er weitersprechen konnte.

»Viel mehr kann ich dir im Moment leider noch nicht sagen. Wir melden uns heute Abend noch einmal, ja?«

»Ja.«

Er blieb noch eine Weile am Fenster stehen, wartete, dass die Gefühlswallung nachließ, wischte sich verstohlen eine Träne aus dem Augenwinkel, dann wählte er Cecilias Nummer. Er erreichte nur den Anrufbeantworter. Anscheinend hatte sie gerade einen Patienten. Er sprach ihr die Nachricht seiner Eltern auf das Band. Noch immer war ein inneres Zittern in seinem Körper. Vor siebzehn Stunden erst hatte Daniel ihn angerufen. Es kam ihm vor, als läge dieser Anruf Jahrzehnte zurück. Daniels Frau würde überleben, das war die eine Nachricht. Sie würde weiterleben, das war die Aufgabe, der sie sich nun stellen mussten. Alle. Warum hatte Babs versucht, sich das Leben zu nehmen?

Die Sitzung der Soko war spät, weil sie noch auf Troppers Rückkehr von der Obduktion gewartet hatten. Brander sah in die müden Gesichter seiner Kollegen. Kaum einer hatte in der Nacht mehr als ein, zwei Stunden geschlafen.

»Nael Vockerodt starb an einer Hirnblutung infolge einer schweren Schädelfraktur«, erklärte Tropper den anwesenden Kripobeamten. »Er bekam zwei Faustschläge ins Gesicht, dabei wurden die rechte Schläfe und das Auge getroffen. Daher die Verletzung des Augenlids und der Haut unterhalb des Auges. Dann wurde das Opfer vermutlich von vorne auf Höhe von Brustkorb und Solarplexus getreten. Wir haben Teile eines Schuhabdrucks auf der Kleidung des Verstorbenen gefunden. Durch den Tritt geriet das Opfer aus dem Gleichgewicht. Bei der Ausweichbewegung kam er dann vermutlich ins Straucheln und rutschte auf einer vereisten Fläche aus. Er verlor das Gleichgewicht und fiel relativ ungeschützt rücklings auf den Gehsteig, wobei der Hinterkopf unglücklich auf der Bordsteinkante aufprallte. Die Kapuze ist entweder beim Sturz oder schon vorher durch die Schläge ins Gesicht vom Kopf gerutscht, hätte aber eh nicht viel Schutz geboten. Es kam zu einer Längsfraktur des Schädelknochens, was wiederum zu einem Epiduralhämatom führte.«

»Epiduralhämatom? Du meinst 'ne Beule?«, hakte Hendrik nach.

»Nein, umgangssprachlich spricht man von einer Hirnblutung. Das epidurale Hämatom drückt die äußere Hirnhaut und das Gehirn nach innen.«

Hendrik hob abwinkend die Hand. »Okay, erspar mir weitere Details.«

Tropper fuhr fort: »Das Opfer war alkoholisiert. Es wurden eins Komma zwei Promille nachgewiesen. Das könnte eine Erklärung für den ungeschützten Sturz sein. Verlangsamung der Reflexe. Nachdem das Opfer am Boden lag, wurde er noch zwei-, dreimal seitlich unterhalb des linken Rippenbogens getreten.«

Einen Moment lang herrschte betroffenes Schweigen.

»Was für ein Schuhabdruck war das?«, meldete sich Hendrik als Erster zu Wort.

»Ein grobes Profil, schwere Winter- oder Wanderschuhe«, erklärte Tropper.

»Springerstiefel?«, fragte Peppi.

»Denkst du an Nazis?«, wandte sich Brander an die Kollegin.

»Ja, es könnte sich um einen Fall von Fremdenhass handeln. Immerhin war Nael Vockerodt schwarz.«

»Rechtsradikalismus in Tübingen?« Brander zog nachdenklich die Stirn in Falten. »Ich weiß nicht. Das ist hier doch alles Multikulti, liberal, alternativ, meinetwegen auch links. Aber dass der Mann von Neonazis zusammengeschlagen wurde?«

»Ich glaub, dann hätte er auch anders ausgesehen. Die geben sich nicht mit ein, zwei gezielten Faustschlägen zufrieden. Die hätten richtig zugelangt«, gab Tropper zu bedenken.

»Und wenn sie gestört wurden?«, erwiderte Hendrik.

»Ausschließen lässt es sich nicht«, räumte Brander ein. Bisher hatte es in Tübingen nur wenige Probleme mit Nazis gegeben.

»Vor ein paar Jahren gab es doch mal diesen Aufmarsch von so ein paar Kleinhirnigen«, erinnerte Hendrik an eine Demonstration der Jungen Nationaldemokraten. »Wann war das? Im Sommer 2007, oder?«

»Ja«, bestätigte Karl-Heinz Barowsky mit rauer Stimme. Anscheinend bahnte sich auch bei ihm eine Erkältung an. »Weit sind die aber nicht gekommen. Haben kurz mal die Nase aus dem Bahnhof gesteckt und konnten dann wieder abmarschieren. Die Tübinger Bürger hatten eine Gegenveranstaltung auf die Beine gestellt: Bürgerfest für Toleranz und Demokratie. Vielfalt statt Einfalt. Zehntausend Gegendemonstranten gegen zweihundertdreißig Hohlköpfe. Da haben wirklich mal alle an einem Strang gezogen.«

Es gab keinen im Raum, der sich nicht an diesen Tag erinnerte.

»Karl-Heinz, kannst du mit dem Kollegen vom Staatsschutz sprechen? Vielleicht gibt es Personen, die wir überprüfen sollten«, bat Brander den Kollegen.

Barowsky nickte.

»Danke.« Brander machte sich eine Notiz. »Freddy, wie sind die Chancen auf Fingerabdrücke oder DNA-Spuren?«

»Vergiss es. Der Schlag ins Gesicht wurde mit der Faust ausgeführt, das heißt keine Fingerabdrücke, maximal gäbe es Abriebspuren der Fingerknöchel. Da haben die Rechtsmediziner aber auch nichts entdecken können. Der Täter hat sehr wahrscheinlich Handschuhe getragen. Wir versuchen, an der Kleidung des Opfers noch was zu finden, aber mach dir keine Hoffnung. Die Spuren dürften gegen null tendieren.«

»Umgebungsspuren? Du weißt schon, verlorene Zigarettenkippe, gebrauchtes Tempo ...«

Tropper schüttelte den Kopf. »Ich bin noch nicht dazu gekommen, alles zu sichten, aber es sieht ganz, ganz schlecht aus.«

Brander spürte jeden einzelnen Knochen im Leib, als er abends sein Haus in Entringen betrat. Licht drang aus dem Wohnzimmer, und er hörte die Dialoge eines Fernsehfilms. Er zog seine Schuhe aus, hängte Jacke und Mütze an die Garderobe und ging zu seiner Frau, die auf dem Sofa lag. Er setzte sich neben sie, strich mit der Hand zärtlich über ihre Wange und küsste sie auf den Mund.

»Du siehst müde aus«, stellte Cecilia fest.

»Bin ich auch.«

Sie nahm die Fernbedienung und schaltete den Fernseher aus. »Ich habe mit deiner Mutter gesprochen. Babs wird noch ein paar Tage im Krankenhaus bleiben. Der Kreislauf ist sehr schwach und ihre Psyche ist völlig instabil. Die Ärzte haben zu einer stationären Behandlung in einer psychiatrischen Klinik geraten. Allerdings muss Babs einwilligen, was sie im Moment wohl noch nicht tut.«

Brander hörte ihr schweigend zu.

»Ich glaube, Julian geht es sehr schlecht. Deine Eltern sagen, er würde kaum ein Wort von sich geben. Sie werden eine Weile oben bleiben, um zu helfen.«

»Es muss schrecklich für ihn gewesen sein, seine Mutter so zu finden.«

»Aber er hat gut reagiert. Anscheinend hat er sofort die Situation erkannt und den Notarzt gerufen.«

Brander strich sich über das Kinn, spürte die Bartstoppeln seines Zwei-Tage-Barts. »Ich wünschte, ich könnte irgendetwas für den Jungen tun.«

»Ruf ihn an.«

»Meinst du?«

Cecilia nickte ihm aufmunternd zu, und er griff zum Telefon. Er wählte den Festnetzanschluss seines Bruders, sprach kurz mit seiner Mutter, die ihm sagte, dass Daniel in der Klinik übernachten würde, und ließ sich dann Julian ans Telefon geben.

»Ja?«, hörte er kurz darauf die trotzige Stimme seines Neffen. Julian hatte den Stimmbruch hinter sich und die dunkle, kräftige Stimmlage seines Vaters geerbt. Bei jedem Anruf war Brander im Zweifel, wen er tatsächlich am anderen Ende der Leitung hörte. Doch diesen trotzigen Ton kannte er nur von Julian.

»Hey, Julian, ich bin's, Andi.« Es hörte sich verkrampft an, unsicher, falsch. Mit seinen Eltern konnte er reden, aber was sollte er Julian sagen?

»Hm.« Nur ein kurzer Laut, der ihm zeigte, dass er am anderen Ende gehört wurde.

»Julian, ich wollt dir sagen, dass …«

»Dass es dir leidtut? Dass ich mich jederzeit bei dir melden kann? Ihr könnt mich alle mal.« Julian hatte aufgelegt, bevor Brander auch nur einen weiteren Ton von sich geben konnte.

»Oha«, stöhnte Brander leise. Er starrte auf das Telefon in seiner Hand, spürte eine fürchterliche Leere in seinem Kopf. Er hatte falsch angefangen, hatte nicht die richtigen Worte gefunden, nicht den richtigen Ton.

Cecilia legte ihm eine Hand auf den Rücken. »Was hat er gesagt?«

»Dass wir ihn alle mal können. Am Arsch lecken, meint er vermutlich.« Er verstand, dass der Junge durcheinander war, dennoch trafen ihn die Worte hart.

»Es ist gut, wenn er seine Wut rauslässt«, sagte Cecilia nachdenklich.

»Meinst du, ich sollte ihn gleich noch einmal anrufen?«, brachte Brander einen Funken Galgenhumor auf. Er griff nach Cecilias Hand, streichelte mit dem Daumen über ihren Handrücken, spürte ihre warme, weiche Haut. »Was ist da oben los? Ich versteh das nicht. Babs war doch immer so ein fröhlicher Mensch.«

»Jeder Mensch kann in eine schwere Krise geraten.«

»Wir sprechen hier von einem Selbstmordversuch. So etwas

kommt doch nicht von heute auf morgen. Warum haben wir nichts bemerkt?«

»Andi, ich weiß es nicht. Ich bin genauso ratlos wie du.«

Brander konnte nur ahnen, was in Cecilia vor sich ging. Sie war Psychologin, arbeitete seit Jahren als Psychotherapeutin und war genauso überrascht von der Seelennot der Schwägerin wie er selbst.

Er zog sie an sich, nahm sie fest in seine Arme.

Donnerstag

Als Brander aus der morgendlichen Soko-Besprechung kam, stand auf seinem Schreibtisch ein Weihnachtsteller mit vielen kleinen Päckchen verschiedener Form und Maße.

»Was ist das denn?«, fragte Brander verdutzt. Er sah zu Peppi, die unwissend die Schultern hob.

Brander setzte sich an seinen Tisch, legte die Unterlagen neben den Teller. »Also von dir ist das nicht?«

»Nein, aber vielleicht ist es ja für mich und wurde nur versehentlich auf deinem Tisch abgelegt.« Peppi kam näher und betrachtete neugierig den Teller.

Die Geschenke waren in Weihnachtspapier verpackt. Auf jedem Päckchen klebte ein Glitzerstern mit einer Nummer. Ein Adventskalender. Brander begann zu ahnen, wer ihm diesen Gruß geschickt hatte. Er hob den Teller an, suchte nach einer Karte oder einem anderen Hinweis, der seine Ahnung bestätigte, fand jedoch nichts.

»Los, pack mal aus. Heut ist der Dritte«, forderte Peppi, die ihre Neugier nicht verbergen konnte.

Brander nahm das Päckchen mit der Nummer drei und wickelte es aus dem Papier. In einem kleinen Schächtelchen lag eine einzelne Praline: Whisky-Sahne-Trüffel.

»Och, das ist ja nett! Ist der von Cecilia?«

»Nein, ich glaube nicht.« Er nahm sein Handy.

»Yep?«, meldete sich sein Gesprächspartner am anderen Ende.

»Süß!«, zwitscherte Brander ins Telefon, und Beckmann brach in schallendes Gelächter aus.

»Das ging aber schnell«, stellte er fest.

»Wir haben deine Fingerabdrücke in unserer Datenbank.«

»Verdammt, wann werden die endlich gelöscht?«, schimpfte Beckmann noch immer lachend. »Ich hatte gestern das Gefühl, du wärst ein bisschen neidisch auf meinen Adventskalender, und als ich abends über die chocolART schlenderte, dachte ich mir: Karsten, du könntest mal wieder einen Bullen bestechen.«

Das Schokoladen-Festival Anfang Dezember gehörte inzwischen schon zu Tübingen wie der Weihnachtsmarkt am dritten Adventswochenende. Fast eine ganze Woche wurden internationale Schokoladenspezialitäten an zahlreichen Ständen in der Altstadt zwischen Neckargasse, Holzmarkt und Rathaus angeboten. Hinzu kam ein buntes Rahmenprogramm mit Schoko-Tasting, Schoko-Massagen und Schoko-Menüs in den Restaurants. Ein Eldorado für Schokoladenfans. Eigentlich hatte Brander vorgehabt, nach der Arbeit mit Cecilia über den Markt zu gehen. Im Moment verspürte er jedoch wenig Lust dazu.

»So, so. Und der Bulle bin ich.« Brander sah auf den Teller. »Ich vermisse die Nummern eins und zwei.«

»Was soll ich sagen?« Beckmann seufzte theatralisch. »In einem hemmungslosen, unkontrollierbaren Anfall von Heißhunger auf Whiskytrüffel habe ich für einen kurzen Augenblick die Beherrschung verloren. Ich weiß auch nicht, wie das über mich kommen konnte. Andi, es war grauenvoll!«

Brander schmunzelte. »Und welchen Gefallen schulde ich dir jetzt?«

»Im Moment keinen, aber wer weiß …«

»Becks, bleib anständig, ja?« Auch wenn Brander wusste, dass Karsten mit seiner kriminellen Vergangenheit abgeschlossen hatte, wollte er nicht so leichtfertig mit derartigen Scherzen umgehen.

»Du denkst viel zu schlecht von mir.«

»Berufskrankheit. Jedenfalls danke ich dir.«

»Der ist von deinem Becks?«, fragte Peppi, nachdem Brander aufgelegt hatte. Sie verzog angewidert das Gesicht. Brander hatte noch nicht herausfinden können, warum die Kollegin so eine offene Antipathie für Beckmann hegte.

»Ja, und wärst du nicht immer so biestig zu ihm, hättest du vielleicht auch einen bekommen.« Brander steckte sich demonstrativ die Praline vor Peppis Augen in den Mund. »So, und jetzt fahren wir zu Jasmin Risch«, nuschelte er mit vollem Mund und leckte sich die Finger ab, bevor er nach seiner Jacke griff.

Eine Frau, die sich als Jasmins Mutter vorstellte, ließ Brander und Peppi in die Wohnung. Jasmin Risch saß auf dem Sofa, blass, verheult, apathisch. Ihre Mutter bot den Kommissaren zwei Stühle und Tee an.

»Das ist ein Kräutertee mit Ingwer. Er wirkt belebend und wärmend«, erklärte sie, während sie die hellgrüne Flüssigkeit in zwei Tassen goss.

Brander war froh, dass die Mutter der Studentin dabei war. Vielleicht konnte sie der jungen Frau bei seiner Befragung ein wenig Halt geben.

»Frau Risch, ich muss Ihnen leider noch ein paar Fragen stellen«, begann er vorsichtig. »Es hat sich herausgestellt, dass es vor dem unglücklichen Sturz Ihres Freundes aller Wahrscheinlichkeit nach eine Auseinandersetzung mit einer anderen Person gegeben hat.«

Jasmin Risch sah ihn mit ausdruckslosem Gesicht an. Brander fragte sich, ob sie ihn überhaupt hörte.

»Gibt es vielleicht jemanden, mit dem Herr Vockerodt einen Streit oder eine Meinungsverschiedenheit hatte?«

Sie machte eine stumme Kopfbewegung, die Brander als ein Nein interpretierte.

»Uns wurde von einer Auseinandersetzung in der Mensa berichtet. Hat Herr Vockerodt Ihnen davon erzählt?«

Er musste sich gedulden, bis Jasmin Risch eine kurze Antwort von sich gab. »Das mit Mike? Das ist doch vorbei …« Sie hauchte die Worte kraftlos in den Raum.

»Mike?«, hakte Brander nach.

»Mike Lüdke«, erklärte die Mutter. »Jasmin und Mike waren einige Jahre befreundet. Er hat damals seinen Zivildienst in einer Klinik in Leipzig absolviert, dabei haben sie sich kennengelernt.«

»Mutter«, protestierte Jasmin Risch schwach.

Frau Risch legte eine Hand auf ihren Arm. »Da ist doch nichts dabei.« Sie wandte sich wieder den Kommissaren zu. »Mike kommt hier aus der Gegend. Sindelfingen, oder?« Sie sah ihre Tochter fragend an.

»Ja«, bestätigte diese widerwillig.

»Nach dem Zivildienst begann er vor drei Jahren sein Studium in Tübingen. Politikwissenschaft und Geschichte?«

»Sport und Politikwissenschaft«, korrigierte Jasmin Risch. »Das ist doch alles vorbei.«

»Das weiß ich ja. Aber wir können es doch trotzdem erzählen.

Also, Jasmin folgte Mike nach Tübingen. Sie schrieb sich ebenfalls für Politikwissenschaft ein und studiert außerdem noch Medienwissenschaft. Das ist ein Bachelorstudiengang.« Dies sagte Frau Risch nicht ohne eine Portion Stolz in der Stimme. »Die beiden haben zusammengelebt. Im Herbst letzten Jahres ging Jasmin für ein Praktikum ein paar Monate nach Afrika, und dort lernte sie Nael kennen. Sie kehrte wieder zurück, und als feststand, dass Nael nach Deutschland kommt, hat sie sich von Mike getrennt.«

»Wann war das?«

»Vor fünf oder sechs Monaten«, antwortete Jasmin Risch.

»Könnten Sie uns bitte die Adresse von Herrn Lüdke geben?«, bat Brander.

Jasmin Risch warf ihrer Mutter einen finsteren Blick zu und nannte ihnen die Adresse eines Studentenwohnheims im Wohngebiet Waldhäuser Ost.

Der Schneefall hatte eine Pause eingelegt und den Räumdiensten eine Chance gegeben, die Hauptstraßen von den weißen Massen zu befreien. Die letzten achtundvierzig Stunden mussten sie unaufhörlich im Einsatz gewesen sein. An den Straßenrändern türmten sich abgasverdreckte Schneehaufen, dafür floss der Verkehr wieder ungehindert über den Asphalt.

»Griaß God, Peppi, Andi«, donnerte eine Stimme den Kommissaren an der Eingangstür zur Polizeidirektion entgegen.

»Hallo, Magnus. Du hier und nicht auf deiner Obstwiese?«, erwiderte Brander.

Magnus Neidhart lachte kurz und laut und hielt ihnen die Tür auf. »Ha-noi, da isch au Winter. Da hôt's grad nix zum schaffe.« Sein Gesicht wurde ernster. »Ihr hen oin dode Afrikaner?«

»Ja.«

»Des'sch ofassbar. Vor drei Monat diese Pranger-Geschicht mit zwoi Dode, nu wird oin Afrikaner erschlage. Da woisch nimmer meh … Hen ihr genug Leut?«

»Kommt drauf an, wie viele Kollegen noch krank werden.«

»Ruf mir an, wenn i ebbes helfe kann.«

»Danke, machen wir.«

Neidhart verließ das Gebäude, während Brander und Peppi Richtung Treppenhaus gingen.

»Ruf mir an. Wann werdet ihr Schwaben endlich lernen, dass das grammatikalisch völlig falsch ist?«, schimpfte Peppi. »Da kräuseln sich mir die Fußnägel.«

»Erstens bin ich kein Schwabe und verwende daher zweitens diese Redewendung nicht, und drittens liegt es jawohl im Auge des Betrachters oder in diesem Fall vielmehr im Ohr der Zuhörerin. Im schwäbischen Dialekt ist ›Ruf mir an.‹ völlig korrekt.«

»Pah. Du kannst mir mal!« Peppi streckte Brander die Zunge raus, der ihr galant die Tür aufhielt. Um ein Haar wäre sie mit Marco Schmid zusammengestoßen. Es war ihr anzusehen, wie unangenehm es ihr war, dass der Staatsanwalt ihre Alberei mitbekommen hatte.

»Frau Pachatourides, Herr Brander, da habe ich ja Glück. Mir wurde gesagt, dass Sie noch unterwegs sind.« Schmid strahlte sie an, als könnte er sein Glück tatsächlich nicht fassen.

»Wir sind gerade eben zurück. Was können wir für Sie tun?«, fragte Brander mit freundlichem Lächeln. Schmid war nicht Lehmann.

»Ich wollte mit Ihnen über den Stand der Ermittlungen sprechen.«

»Ah.« Das freundliche Lächeln auf Branders Gesicht verzog sich augenblicklich. So einer also. Statt eines peniblen Korinthenkackers hatte er es nun mit einem Kontrollfreak zu tun. Reichten ihm nicht die Berichte, die er täglich bekam? »Kommen Sie mit.«

Brander marschierte voran in sein Büro und bot dem Staatsanwalt den Besucherstuhl an.

»Herr Brander, ich habe Ihre Berichte gelesen. Wir können also davon ausgehen, dass es sich um Körperverletzung mit Todesfolge handelt?«

Brander deutete mit einem leichten Kopfnicken an, dass er dem Staatsanwalt zustimmte.

Schmid lehnte sich zurück und griff nachdenklich mit einer Hand an sein Kinn. »Was ist mit dem Verdacht, dass es sich um eine Tat mit rechtsradikalem Hintergrund handelt?«

»Zum gegenwärtigen Zeitpunkt können wir nichts ausschließen.«

»Sehr beunruhigend.« Er behielt die Hand am Kinn, sah kurz

zu Peppi, lächelte sie an, als wollte er ihr sagen, dass sie nichts zu befürchten habe.

Brander verschränkte die Arme vor dem Körper. War der Staatsanwalt tatsächlich gekommen, um mit *ihm* zu sprechen?

»Die Südafrikanische Botschaft wird nicht begeistert sein, wenn sie davon hört«, wandte sich Schmid wieder an den Kommissar.

Brander zuckte die Achseln. »Dann sagen Sie es denen nicht.«

»Aber, Herr Brander!«

»Was aber?« Brander beugte sich ein Stück weit über seinen Schreibtisch zu dem Staatsanwalt. »Was wollen Sie denen denn erzählen? Was haben wir bis jetzt? Nichts! Gar nichts! Der Mann wurde erschlagen. Es gibt keine Zeugen. Wir haben noch kein Motiv. Die Abfrage beim Staatsschutz ist erst einmal nur Routine. Sollten sich Verdachtsmomente ergeben, dann ist es immer noch früh genug ...«

»Herr Brander.« Schmid hob beschwichtigend die Hände. »Ich denke, ich habe Sie verstanden, aber ...«

Brander schnaufte verärgert. »Tun Sie mir einen Gefallen und ziehen Sie hier keine voreiligen Schlüsse.«

»Herr Brander ...«

»Und hören Sie auf, mit diesem ewigen ›Herr Brander‹! Ich kenne meinen Namen!«

Schmid presste die Lippen zusammen, atmete tief durch, bevor er fortfuhr: »Gibt es andere Spuren?«

»Ja.«

»Die da wären?«, forderte Schmid, nachdem Brander nicht weitersprach.

»Eine Tat im Affekt.« Das war keine Spur, das war eine blanke Vermutung. »Von irgendeiner Person, die wir nicht kennen«, setzte Brander noch eins drauf.

»Wie bitte?« Schmid schien sich nur mit Mühe zu beherrschen. Dieses Mal war er es, der sich ein Stück weit zu seinem Gegenüber vorbeugte. »Das soll ja wohl ein Witz sein.«

Brander fixierte den Staatsanwalt. »Ich denke, Sie haben die Berichte gelesen? Was erwarten Sie?«

»Ich ...« Schmid stand auf. »Ich wollte nicht Ihre Arbeit kritisieren, Herr Brander. Ich war gerade im Haus und dachte mir, ich nutze die Gelegenheit zu einem kurzen Gespräch mit Ihnen. Kommunikation ist ein wichtiger Bestandteil vertrauensvoller Zusammenarbeit.«

Vertrauen verdient man sich, das bekommt man nicht durch fadenscheiniges Geschwätz, dachte Brander grimmig. »Sie halten mich damit von meiner Arbeit ab. Oder haben Sie vielleicht eine Idee, nach wem wir suchen müssen?«

»Nein, leider nicht. Tut mir leid, ich wollte Sie nicht stören.« Er bemühte sich um einen sachlichen Ton und streckte Brander die Hand entgegen. »Ich möchte einfach nur eine gute Zusammenarbeit.«

»Wer will das nicht?«, antwortete Brander und reichte dem Staatsanwalt zum Abschied widerwillig die Hand.

»Bisschen empfindlich, unser Neuer«, lästerte Brander, als er wieder mit seiner Kollegin allein im Büro war.

»Du kannst aber auch manchmal stur sein«, ergriff Peppi Partei für den Staatsanwalt.

»Vockerodt hat Medizin studiert. Vielleicht war ja ein Medizinerhasser unterwegs. Sollten wir nicht zur Sicherheit die Ärztekammer informieren?«

»Jetzt bleib mal sachlich! Was ist denn los?«, schimpfte Peppi.

»Nichts.« Er wusste es selber nicht. Eigentlich fand er den neuen Staatsanwalt recht sympathisch und hatte auf eine kollegiale Zusammenarbeit gehofft. Er war wohl einfach noch zu sehr an den Konfrontationskurs mit Lehmann gewöhnt.

»Du könntest freundlicher zu ihm sein«, beharrte Peppi.

»Ich fand mich sehr kooperativ in Anbetracht dessen, dass der Schnösel hier reinspaziert und eigentlich gar nicht weiß, was er will.«

»Er ist kein Schnösel.«

»Ach so, ist er das nicht?« Brander gelang ein süffisantes Grinsen. Peppi konterte, indem sie wütend die Augenbrauen zusammenzog.

»Kannst du bitte einen Termin mit diesem Mike Lüdke ausmachen? Ich will ihn so schnell wie möglich sprechen«, beendete Brander die Diskussion.

Brander hatte seine Skizze vor sich auf den Schreibtisch gelegt und suchte nach Ansatzpunkten, die ihm Hinweise auf einen möglichen Täter geben könnten.

Die Kollegen waren essen gegangen. Er hatte Peppi gebeten, ihm ein belegtes Brötchen mitzubringen. Er brauchte etwas Ruhe, musste seine Gedanken sortieren und wollte die innere Anspannung lösen, die sich in seinem Nacken festgebissen hatte. Er hatte die ganze Zeit das Gefühl, wie ein Schauspieler zu agieren, die Texte zu sagen, die er sagen musste, die Aufgaben zu erledigen, die er erledigen musste. Im Hinterkopf versuchte sein Gehirn jedoch, die Probleme in seiner Familie zu lösen. Probleme, die er nicht lösen konnte. Die einzige sinnvolle Lösung schien ihm zu sein, nach Düsseldorf zu fahren. Aber was würde es helfen, wenn er da war? Wäre er nicht nur im Weg? Vielleicht brauchten sie erst einmal Zeit für sich? Oder waren das nur Ausreden, die er sich selber gab, um das schlechte Gewissen zu beruhigen? Es wunderte ihn, dass er überhaupt arbeiten konnte, und es irritierte ihn, dass er mit den Kollegen und mit Beckmann herumflachsen konnte. Fehlte nur noch, dass er über einen Witz herzlich lachte.

Er sah auf das Blatt. Konnte sich nicht konzentrieren. Er drehte den Stuhl ein Stück zur Seite, legte die Füße auf den Schreibtisch, strich sich mit beiden Händen über den Kopf.

»Scheiße, Scheiße, Scheiße«, fluchte er leise vor sich hin. Eine Weile starrte er stumm auf die Wand. Schließlich strich er sich erneut über den Kopf, tastete über die kahle Stelle am Hinterkopf und nahm mit einem entschlossenen Ruck die Füße vom Tisch. Er würde jetzt herausfinden, wer Nael Vockerodt umgebracht hatte, und er würde noch einmal mit Daniel sprechen. Und wenn Daniel wollte, dass er nach Düsseldorf käme, verdammt noch mal, dann würde er hier alles stehen und liegen lassen und nach Düsseldorf fahren! Und wenn Daniel es nicht wollte, dann wollte er verdammt noch mal wissen, warum!

Mike Lüdke war ein durchtrainierter junger Mann mit einem breiten Kreuz und maß mindestens einen Meter neunzig. Er hatte sich bereit erklärt, am späten Nachmittag vor seinem Training in die Polizeidirektion zu kommen. Peppi holte ihn vom Empfang und führte ihn in ihr gemeinsames Büro. Seine Bewegungen, die Art, wie er den Raum betrat, hatten etwas Ehrgeiziges, Dynamisches an sich. Lüdke reichte Brander zur Begrüßung freundlich lächelnd die Hand. Fester Händedruck, energische Gesichtszüge, registrierte Brander.

»Herr Lüdke, nehmen Sie bitte Platz.« Brander wies auf den Stuhl vor seinem Schreibtisch. Peppi bezog am Fenster Position, von wo aus sie den jungen Mann von der Seite beobachten konnte.

»Danke.« Lüdke setzte sich, den Rücken an der Stuhllehne, eine Hand locker auf dem Oberschenkel abgestützt, die andere offen im Schoß ruhend.

»Meine Kollegin sagte, Sie müssen gleich noch zum Training?«

»Ja, ich spiele Basketball.«

Brander durchforstete sein Gehirn. Hatte er den Namen Mike Lüdke schon einmal in der Aufstellung der Walter Tigers gelesen? Ihm fielen nur ausländische Namen ein. Kenny Williams, Michael Jenkins, Jay Thomas – spielte der überhaupt noch für die Tigers?

»Aber nicht in der Bundesliga, oder?«

Lüdke lachte. »Wo denken Sie hin? Ich habe mal in der Regionalliga gespielt, aber zurzeit mach ich nur noch Hochschulsport. Muss mich ein bisschen aufs Studium konzentrieren. Mögen Sie die Tigers?«

»Sie sind nicht schlecht, oder?«, entgegnete Brander vage. Auf welchem Tabellenplatz stand die Mannschaft gerade? Irgendwo im Mittelfeld?

»Na ja, die Saison könnte besser laufen.«

»Was machen Sie sonst noch so für Sport?«

»Bisschen Kraftsport, und ich habe angefangen zu klettern. Das ist mal ein guter Ausgleich, und man kriegt den Kopf frei. Und Sie?«, fragte Lüdke entspannt.

»Ich laufe hin und wieder durch den Wald.«

»Das ist auch nicht schlecht, bietet sich ja an, mit dem Schönbuch direkt vor der Haustür.«

Der Schönbuch war das Naturschutzgebiet, das sich am Rande von Tübingen bis zum Herrenberger Gäu im Westen und nördlich bis ins Aichtal erstreckte. Von seinem Haus am Entringer

Ortsrand musste Brander nur einen stetig steigenden Feldweg hinauflaufen und schon befand er sich inmitten eines herrlichen Waldgebietes. Fichten, Kiefern, Eichen, Buchen und fröhliches Vogelgezwitscher. Er erinnerte sich daran, wie er im Spätsommer mit einem regelmäßigen Lauftraining begonnen hatte, und für einen kurzen Augenblick sehnte er sich nach Frühling und einer erholsamen Joggingrunde auf den endlosen Wegen.

»Herr Lüdke«, Brander richtete sich auf, stützte die Unterarme auf den Schreibtisch und verschränkte die Finger. »Sie kennen Nael Vockerodt?« Brander beobachtete den Studenten, dessen Sorglosigkeit augenblicklich verpuffte. Er versuchte, weiterhin einen entspannten Eindruck zu machen, dennoch nahm Brander sofort die kleinen Regungen in seinem Gesicht wahr. Auch dass sich die Finger verkrampften, war ihm nicht entgangen.

»Ja«, Lüdke nickte leicht mit dem Kopf. »Den kenn ich.«

»Sie wissen, dass er tot ist?«

»Ich hab's gehört, ja.«

»Wer hat es Ihnen gesagt?«

»Ein Kommilitone. So was spricht sich schnell rum.«

Brander nickte. »Wann haben Sie Herrn Vockerodt zuletzt gesehen?«

Lüdke zuckte die Achseln. »Ich weiß nicht. Irgendwann, in der Mensa. Da habe ich ihn ein paarmal gesehen.«

»Und sonst?«

»Wie – und sonst?«

»Haben Sie sich mal privat mit ihm getroffen?«

»Privat? Der Typ hat mir meine Freundin ausgespannt. Sie glauben doch nicht ernsthaft, dass ich mit dem abends ein Bierchen trinken gehe?«

»Das heißt also nein. Sie hatten mal eine Meinungsverschiedenheit mit ihm in der Mensa?«

Lüdke holte tief Luft, bohrte seine Zungenspitze in die Innenseite seiner Wange. Er sah zur Decke, dann wieder zu Brander. »Ja, hatte ich. Mir ist einfach der Hut hochgegangen. Der kommt hierher mit seinem selbstgefälligen Grinsen und groovigen Gang, zeckt sich bei Jasmin ein und gräbt nebenbei sämtliche Mädels an. Das hat Jasmin nicht verdient! Ich hab ihm gesagt, dass er ein Arschloch ist und dass er wieder in seine Heimat zurückgehen soll. Mann, die haben da doch genug Mädels. Muss er mir meine Freundin ausspannen?« Er hob beide Hände und ließ sie wieder in den Schoß fallen. »Warum fragen Sie mich das?«

»Sie mögen Jasmin Risch noch sehr?«

Mike Lüdke sagte nichts, aber die Antwort stand ihm ins Gesicht geschrieben.

»Herr Lüdke, wir versuchen, die letzten Stunden von Herrn Vockerodt zu rekonstruieren, und wir wissen, dass er Streit mit jemanden hatte, bevor er …«

»Was? Das glaub ich ja nicht! Das ist nicht Ihr Ernst!« Lüdke hob erneut beide Hände, die Augen schreckgeweitet auf Brander gerichtet. »Das … das können Sie mir jetzt nicht anhängen! Sie meinen doch nicht … oh nein … das … Ich hab dem Kerl nie etwas getan!«

»Jetzt mal ganz langsam, Herr Lüdke«, versuchte Brander den jungen Mann zu beruhigen. »Niemand unterstellt Ihnen irgendetwas.«

»Wann … wann ist es passiert?«, fragte er hastig.

»Dienstagnacht.«

»Ich … Dienstag …« Lüdke überlegte kurz. »Da war ich abends in Reutlingen bei einem Freund. Er heißt Marcus Armbruster. Ich kann Ihnen die Telefonnummer geben. Ich bin irgendwann zwischen zehn und elf nach Hause gefahren. Es hat tierisch geschneit, das weiß ich noch. Ich glaube, so gegen halb zwölf war ich zu Hause.«

»Sie leben allein?«

»Ja.«

»Keine neue Freundin?«

»Nein.« Er wurde wieder ruhiger, sank ein Stückchen in sich zusammen. »Nachdem das mit Jasmin passiert war, bin ich ausgezogen. Ist nur eine kleine Studentenbude, aber das reicht mir. Ich wollte nicht in eine WG. Ich muss erst einmal ein bisschen allein sein. Das war alles so eine Scheiße.«

Lüdke wandte den Kopf zum Fenster. »Jasmin war plötzlich so komisch, als sie in Kapstadt war. Da war ich schon misstrauisch. Aber dann kam sie zurück, und es war eigentlich alles wie immer. Dachte ich jedenfalls. Aber sie hat ständig mit diesem Nael gechattet und gemailt. Und dann, vor einem halben Jahr, sagt sie mir, dass es vorbei ist mit uns. Sie hätte sich in Nael verknallt, und er käme nach Deutschland und solle bei ihr wohnen. Das hat mir echt den Boden unter den Füßen weggezogen.« Er atmete tief durch. »Klar war ich sauer auf den Typen. Und ich hätte ihm auch liebend gern mal richtig eine reingehauen, das gebe ich ja zu. Aber ich hab ihm echt kein Haar gekrümmt. Schon allein wegen Jasmin nicht.«

Brander betrachtete den jungen Mann einen Moment lang still. Er litt noch immer unter der Trennung, die mittlerweile ein halbes Jahr zurücklag. Aber er würde seiner Exfreundin anscheinend durch nichts wehtun wollen. Ein Sportler. Auch wenn das Spiel verloren war, wollte er fair bleiben.

»Ich danke Ihnen. Wenn Sie mir noch die Telefonnummer Ihres Freundes geben, dann wäre es das für heute.«

Mike Lüdke zog sein Handy aus der Jackentasche und diktierte Brander die Nummer. Brander sah, dass seine Finger zitterten.

»Wäre zu simpel, oder?« Peppi kaute auf dem Ende ihres Kulis und sah Brander nachdenklich an. »Athletischer Typ mit Mordswut im Bauch. Verliert mal kurz die Kontrolle. Er wollte ihn ja nicht umbringen.«

»Glaub ich nicht. Er würde nichts tun, womit er seiner Exfreundin wehtun würde«, wiederholte Brander seine Gedanken, die er vor wenigen Minuten gehabt hatte, laut.

»Mag sein. Die Kontrolle über sich kann man trotzdem mal verlieren.« Peppi sprach aus Erfahrung. »Lass ihn betrunken gewesen sein.«

»Gehen wir mal logisch an die Sache ran. Er wohnt im Osten Tübingens, oben im Studentendorf. Vockerodt haben wir unten in der Südstadt gefunden. Wie ist er dorthin gekommen? Warum war er dort? Woher wusste er, dass er Vockerodt dort trifft?«

»Er kam in der Nacht aus Reutlingen. Das heißt, er fuhr die B 28 entlang.« Peppi zog einen Stadtplan aus der Schublade und breitete ihn auf ihrem Schreibtisch aus.

Brander stand auf und stellte sich hinter sie. »Wenn er Auto gefahren ist, war er sehr wahrscheinlich nicht betrunken«, gab er zu bedenken.

»Na, dann war er eben nicht betrunken, sondern sehr, sehr

schlecht drauf, als er auf dem Heimweg war. Also, er fährt die B 28 nach Tübingen rein.« Peppi fuhr mit dem Finger über die Karte. »Durch Zufall sieht er Vockerodt in die Eugenstraße laufen, der – warum auch immer – mitten in der Nacht hier spazieren geht. Lüdke bekommt eine Mordswut, weil er jetzt allein in seine kleine Studentenbude muss, während sich Vockerodt bei seiner Freundin eingenistet hat. Er weiß, dass Jasmin nicht in dieser Gegend wohnt, und er fragt sich, warum Vockerodt da nachts allein herumläuft. Er denkt vielleicht, dass Vockerodt von einem kleinen Tête-à-Tête mit einer anderen kommt. Wie hat Lüdke vorhin gesagt? ›Das hat Jasmin nicht verdient.‹ Also verfolgt er Vockerodt, um ihn zur Rede zu stellen. Es kommt zu einem Streit, Lüdke schlägt zu …«

»Hm.« Brander starrte auf den Stadtplan. »Vielleicht.«

»Er hat ihn ja nicht umbringen wollen. Ein Unfall. Totschlag. So was passiert«, ergänzte Peppi, die spürte, dass Brander diese Variante nicht gefiel.

»Klär bitte die Uhrzeiten mit dem Marcus Armbruster ab. Wir müssen wissen, wann genau Lüdke bei ihm weggefahren ist.« Brander ging wieder zu seinem Schreibtisch. »Hat Barowsky schon mit den Kollegen vom Staats…«

»Ist dir ein Nazi lieber als dieser junge Sportstudent?«

Brander verdrehte zur Antwort die Augen. »Am liebsten wäre es mir, es wäre gar nichts passiert. Ich hab nämlich gerade andere Sorgen.«

»Was ist denn los?« Peppi sah überrascht zu ihrem Kollegen.

»Nichts.« Brander winkte ab.

Freitag

Neben dem üblichen Papierkram fand Brander am nächsten Morgen eine Krankmeldung von Jens Schöne und auch eine von Karl-Heinz Barowsky auf seinem Schreibtisch. Beide waren über das Wochenende hinaus bis zum Dienstag krankgeschrieben. Brander hoffte, dass nicht noch mehr Leute ausfielen. Zum Glück hatte es Barowsky noch vor seinem Ausfall geschafft, mit dem Kollegen vom Staatsschutz zu sprechen. Brander überflog den Bericht.

»Guten Morgen, Andi.« Peppi ließ sich müde auf ihren Stuhl fallen und gähnte herzhaft.

Brander sah auf und runzelte zur Begrüßung die Stirn.

»Schoki und Wein sind was Feines, aber nicht, wenn man am nächsten Morgen früh raus muss.«

»Kopfschmerzen?«

»Nein, waren richtig gute Weine, da krieg ich keine Kopfschmerzen. Aber es war spät … na ja, eher früh, und jetzt bin ich hundemüde.« Sie grinste schwach. »Wollten Ceci und du gestern nicht auch …«

»Ja, aber wir sind dann doch nicht gegangen.«

Es war ohnehin spät gewesen, als Brander am Abend zuvor nach Hause gekommen war. Cecilia und er waren beide nicht in der Stimmung gewesen, den geplanten Spaziergang über den Schokoladenmarkt zu machen, obwohl das Wetter dazu einlud. Es hatte aufgehört zu schneien, dennoch blieb es kalt, und der Schnee hatte den Buden und Pagodenzelten weiße Hauben auf die Dächer gesetzt und die abendliche Beleuchtung stimmungsvoll zur Geltung gebracht.

Er hatte kurz mit Daniel telefoniert, ohne ihn zu fragen, ob er nicht doch nach Düsseldorf kommen sollte, und er hatte mit Julian gesprochen, der ihn mit einem »Alles bestens« abgefertigt hatte. Cecilia hatte eine CD von Norah Jones eingelegt, zwei Gläser Wein auf den Tisch gestellt, und sie hatten den Abend stumm ausklingen lassen.

Peppi sah ihn einen Augenblick lang nachdenklich an, fragte aber nicht weiter nach. »Gibt's was Neues?«

»Jens und Karl-Heinz sind krank.«

»Oje, Karl jetzt auch. Freddy hat gestern auch schon rumgehustet. Die sollen mit ihren Viren mal alle schön zu Hause bleiben.«

»Und wer macht dann die Arbeit? Apropos, willst du heute gern Herrn …«, Brander sah auf den Bericht vor sich, »Drewitz einen Besuch abstatten? In Barowskys Bericht steht, dass die Kollegen vom Staatsschutz meinen, eine Überprüfung könne nichts schaden. Drewitz gehört der rechtsradikalen Szene an, ist mehrfach bei Demonstrationen auffällig geworden, vorbestraft wegen mehrerer Gewaltdelikte gegen ausländische Mitbürger. In Frankfurt hat er vor ein paar Jahren mit Gleichgesinnten die Scheiben einiger türkischer Läden mit Hakenkreuzen beschmiert und ist dafür verurteilt worden. Vor zwei Jahren zog er nach Tübingen und engagiert sich seither in der NPD im Zollernalbkreis.«

Brander wusste, dass es wenig Sinn hatte, den Mann zu einem Gespräch in die Polizeidirektion zu bitten. Rechtlich gesehen war Drewitz nicht dazu verpflichtet, und in diesen Kreisen kannten die Leute ihre Rechte besser als mancher Jurist.

»Wie schön, dass wir in einem demokratischen, sozialen Rechtsstaat leben, in dem man versucht, auch den ewig Gestrigen eine Integration in die Gesellschaft zu ermöglichen und in dem auch deutsche Staatsbürgerinnen, die einen griechischen Vater haben, in den Staatsdienst aufgenommen werden. Bin gespannt, wie dem Herrn Drewitz das gefällt. Gib mir mal die Adresse, da fahre ich doch gern hin.« Peppi schien ihre Müdigkeit vergessen zu haben und forderte Brander mit einer Handbewegung auf, ihrer Bitte zu folgen.

Er diktierte ihr die Adresse von Andreas Drewitz.

»Der heißt Andreas?«

Brander zuckte die Achseln. »Tja, gibt solche und solche.«

Nach einer kurzen Soko-Sitzung machten sie sich auf den Weg zu Andreas Drewitz, der alleinlebend mit einer Adresse im Stadtteil Unterer Wert gemeldet war.

»Was für ein hässliches Ding«, murmelte Peppi, als sie die Bauruine an der Blauen Brücke passierten. Der mehrstöckige offene Rohbau gegenüber dem Kino hatte bereits dort gestanden, als Brander seinen Dienst bei der Kriminalpolizei in Tübingen angetreten hatte.

»Was sollte das eigentlich mal werden?« Brander hatte sich diese Frage schon öfter gestellt, aber auch genauso oft sofort wieder vergessen.

»Das weißt du nicht?«

»Würde ich sonst fragen?«

Peppi setzte den Blinker und ordnete sich auf die kurze Rechtsabbiegerspur ein. Sie bogen beim Kino in die Bismarckstraße ab und ließen den Betontorso hinter sich.

»Also, pass auf. Wir schreiben das Jahr …« Peppi überlegte. »Es muss Mitte der neunziger Jahre im letzten Jahrhundert gewesen sein.« Es klang, als lägen die Neunziger bereits Ewigkeiten zurück.

»Im Ernst? Das Betonskelett steht schon über fünfzehn Jahre da?« Brander schüttelte ungläubig den Kopf.

»Nicht ganz, aber da fing das ganze Elend an. Man hatte Großes vor damals. Man wollte dem kulturzugeneigten und musikinteressierten Tübinger Publikum ein großes Kulturhaus mit Konzertbühne bieten. An die anderthalbtausend Besucher sollten darin Platz finden. Ich weiß nicht, was genau passiert ist. Jedenfalls Ende der Neunziger begann man mit dem Bau, jedoch kaum hatte man begonnen, ging das Geld aus und Uppsala, stand da dieser halb fertige Rohbau und wartet seither auf einen neuen Investor.«

»Warum reißen die das Ding nicht einfach ab?«

»Zu teuer. Die haben versucht, das Gelände samt Bau zu verkaufen. Es gab bereits drei Anläufe, die Ruine zwangszuversteigern, aber bisher hat sich da noch niemand erbarmen können.«

»Na ja, die Bausubstanz wird auch nicht besser, wenn es da zig Jahre so halb fertig vor sich hin gammelt. Ich würde das Ding abreißen und ein paar Bäume hinpflanzen. Fertig.«

»Schlag das unserem Grünen Oberbürgermeister doch mal vor. Ökologisch betrachtet, wäre das sicherlich eine sinnvolle Lösung.«

»Ökologisch betrachtet, verschwenden wir gerade staatlich

bezahlten Kraftstoff. Dir ist nicht zufällig aufgefallen, dass wir bereits einiges zu weit gefahren sind?«

»Und dir ist nicht zufällig aufgefallen, dass hier alles zugeparkt ist? Soll ich den Wagen mitten auf die Straße stellen?«, konterte Peppi.

Sie fanden schließlich doch noch eine enge Parklücke und mussten ein ganzes Stück zurücklaufen, um zu dem Mehrfamilienhaus zu kommen, in dem Drewitz gemeldet war. Als nach dem ersten Klingeln niemand öffnete, drückte Peppi etwas länger und energischer auf den Klingelknopf. Nach einer weiteren Weile öffnete sich in der ersten Etage ein Fenster. Ein Mann mit kahl rasiertem Schädel sah zu ihnen herunter.

»Hausieren verboten«, rief er ihnen wütend zu.

Peppi zückte ihren Dienstausweis und hielt ihn in Richtung Fenster. »Kripo Tübingen. Wir würden gern mit Herrn Andreas Drewitz sprechen.«

Brander hatte das Gefühl, dass die Kollegin das Wort Kripo und den Namen des Mannes extra laut gerufen hatte. Er bemerkte, wie sich an einem der unteren Fenster eine Gardine bewegte.

»Schreit das doch quer über die ganze Straße, Mann!« Der Kopf verschwand und kurz darauf wurde der Türsummer betätigt.

»Er wollte doch wissen, wer wir sind«, spielte Peppi das Unschuldslamm. »Manieren sind das.«

»Peppi.« Brander warf ihr einen mahnenden Blick zu.

Sie stiegen in die erste Etage und wurden an der Wohnungstür von dem kahlköpfigen, kräftigen Mann erwartet, der sich nachlässig T-Shirt und Jogginghose angezogen hatte.

»Sie sind Andreas Drewitz?«, fragte Peppi.

»Steht doch da auf'm Klingelschild. Dienstausweis«, verlangte der Mann und streckte fordernd einen muskulösen, tätowierten Arm in ihre Richtung. Sie hielt ihm das Dokument vor die Nase. Auch Brander zeigte seinen Ausweis, wurde aber nur mit einem flüchtigen Blick bedacht.

»Jetzt haben se schon Türken bei der Kripo«, murrte Drewitz.

»Das ist ein griechischer Name«, klärte Peppi ihn auf. »Noch nicht ausgeschlafen, was?«

»Nachtschicht.« Er bedachte die Beamtin mit einem abweisenden Blick.

»Dürften wir bitte kurz reinkommen? Wir müssten mit Ihnen sprechen«, meldete sich Brander zu Wort.

Drewitz sah zu ihm und wich einen Schritt zur Seite. »Wenn's sein muss.«

Durch einen kleinen Flur gelangten sie in ein spärlich eingerichtetes Wohnzimmer. Wider Branders Erwartungen standen keine leeren Bierflaschen auf dem Tisch, der Raum wirkte sauber und aufgeräumt. Drewitz ließ sich breitbeinig in einen Sessel fallen. Brander setzte sich ihm unaufgefordert gegenüber. Er ließ seinen Blick durch das Zimmer schweifen. Eine klassische Schrankwand links, Eiche Furnier, ein Phonoregal mit Fernseher und Stereoanlage rechts, an der kurzen freien Wand Bilder von Kameradschaftstreffen, dazu die Sitzgarnitur, auf der sie saßen, mit einem einfachen Couchtisch, auf dem ein leerer Aschenbecher, eine Fernsehzeitung und zwei geöffnete Briefe lagen. Es roch nach kaltem Rauch.

»Und? Was gibt's?«, wandte sich Drewitz an Brander.

»Herr Drewitz, wir wüssten gern, wo Sie in der Nacht von Dienstag auf Mittwoch gewesen sind.« Peppi hatte es vorgezogen, sich nicht zu setzen. Sie stand mit dem Rücken gegen eine Fensterbank gelehnt und sah auf den Mann herab.

Drewitz hob den Blick kurz zu ihr, blinzelte, weil er gegen das Licht gucken musste, und wandte sich wieder Brander zu. »Darf man fragen, warum Sie das wissen wollen?«

»Klar dürfen Sie fragen«, entgegnete Peppi, bereits eine Spur unfreundlicher.

Drewitz beschloss, die Kripobeamtin zu ignorieren, und heftete seinen Blick auf Brander. »Warum wollen Sie das wissen?«

»Es geht um die Ermordung eines Südafrikaners«, kam es wieder vom Fenster. Brander hörte die mühsam unterdrückte Wut in Peppis Stimme.

»Der Neger?« Noch immer vermied Drewitz es, in Peppis Richtung zu sehen. Sie war eine Frau, noch dazu eine – in seinen Augen – ausländische Frau. Sie hatte kein Recht, ihn zu befragen.

»Ein Südafrikaner. Würden Sie uns jetzt unsere Frage beantworten?«, mischte sich Brander in das Gespräch. Er wollte das hier so schnell wie möglich hinter sich bringen. Peppis beißender

Ton und ihr grimmiger Blick gaben Brander Anlass zu der Sorge, dass die Kollegin in Kürze an die Decke gehen würde.

»Nee, muss ich auch nicht. Was hab ich mit dem Neger zu tun?«

Brander griff nach einem der Briefe auf dem Tisch, erkannte das Logo einer Balinger Firma. »Nichts, vermutlich.«

»Legen Sie das bitte wieder hin.«

Brander ließ den Umschlag zurück auf den Tisch fallen. Drewitz nahm beide Briefe an sich und schob sie unter die Fernsehzeitung.

»Wenn das alles war, kann ich jetzt ja weiterschlafen, oder?«

»Ja, fürs Erste war es das.« Brander stand auf, gab Peppi mit einer Kopfbewegung zu verstehen, ihm zu folgen. Es hatte keinen Sinn, weitere Fragen zu stellen. Drewitz war nicht bereit, mit zwei Beamten von der Kriminalpolizei zu sprechen. Peppis offensichtliche Aggression trug ihr Übriges dazu bei.

Der Mann begleitete sie zur Wohnungstür. »Sie kommen da auch noch hinter«, sagte er, als Brander an ihm vorüber aus der Wohnung ging.

Brander blieb stehen und sah den Mann an. »Ach ja? Wo hinter?«

»Dass dieser multikulturelle Wahnsinn, dieser multiethnische Exzess ein riesengroßer Scheiß ist.«

Peppi blieb am Treppenabsatz stehen und wandte sich zu Drewitz. »Multiethnisch? So ein Wort hätte ich Ihnen gar nicht zugetraut. Wissen Sie eigentlich, dass das Wort ›ethnisch‹ aus dem Griechischen kommt?«, fragte sie mit schnippischem Unterton.

Drewitz hängte sich mit den Fingern am Türrahmen ein und grinste Peppi böse an. »Ich hab nix gegen Griechen. Ich will die nur nicht hier in meinem Land, kapiert? Gute Heimreise!«

Peppi hob zu einer Erwiderung an, und Brander schob sie unauffällig, aber energisch vor sich die Treppe hinunter.

»Warum lässt du dich so provozieren?«, schimpfte Brander, als sie wieder auf dem Weg zu ihrem Auto waren.

»Wenn ich dieses rassistische Geschwätz höre, krieg ich das Kotzen!«, entgegnete Peppi mit Zornesröte im Gesicht.

»Es ist aber wenig hilfreich, wenn du sofort deinen Ich-hasse-

Typen-wie-dich-Blick aufsetzt! Nächstes Mal nehm ich Hendrik mit.«

»Oh nein, Andi, das wirst du nicht! Nächstes Mal nimmst du mich wieder mit. Das ist es doch, was die mit ihrer arischen Arroganz erreichen wollen.«

»Und du fällst beim ersten Wort gleich drauf rein. Verdammt noch mal, Peppi! Ich weiß dein griechisches Temperament ja zu schätzen, aber in dieser Situation fährst du mit ein bisschen mehr Gelassenheit garantiert besser. Der hat doch sofort dicht gemacht.«

»Ich weiß gar nicht, was du dich so aufregst? Ich war ruhig. Was habe ich denn gesagt?«

»Es ist nicht das Was, sondern das Wie. Der Ton macht die Musik. Und dein Blick hat Bände gesprochen.«

Peppi blieb stehen, hob den Blick zum Himmel und atmete tief durch. »Entschuldige mich einen Moment.« Sie überquerte die Straße, blieb vor den Schrebergartenanlagen, die sich auf einem schmalen Streifen zwischen Straße und Bahngleisen entlangzogen, stehen und gab einen lauten Fluch von sich. Dann kehrte sie wieder zu Brander zurück.

Brander sah sich verstohlen nach allen Seiten um und blickte dann mit faltendurchfurchter Stirn zu seiner Kollegin. »Was war das denn?«

»Grob übersetzt: Scheiße auf Griechisch. Ich gestehe, ich habe mich unprofessionell verhalten und von diesem Arsch provozieren lassen. Können wir das Thema jetzt ad acta legen?«

Brander legte versöhnlich einen Arm um Peppis Schultern. »Klar. Ich find, wir gehen jetzt beim Türken einen Döner essen.«

Peppi schüttelte den Kopf. »Ich hab Lust auf Falafel. In der Metzgergasse gibt's ganz leckere.«

Als sie in die Polizeidirektion zurückkehrten, stapelten sich bereits wieder Papierberge auf Branders Schreibtisch. Auf einem kleineren Stapel lag eine Akte, die nicht zum aktuellen Fall gehörte. »Was ist das?«, fragte Brander verwundert.

Peppi sah zu ihm. »Schau's dir an, dann weißt du es.«

Brander setzte sich und öffnete die Mappe. Das Foto eines jungen Mädchens sah ihm entgegen. Nathalie Böhme, vierzehn Jahre, seit Mittwoch vermisst. Brander warf einen genaueren Blick auf das Bild. Die Haare des Mädchens hingen glatt bis auf die Schultern und waren schwarz gefärbt. Der Pony war kurz geschnitten und so gerade, als hätte man ein Lineal vor ihre Stirn gehalten. Blaue Augen blickten aus einem ernsten, blassen Gesicht. Brander blätterte durch die Akte, las flüchtig den Bericht.

»Warum legen die uns das hin?«

Zwar war die Kriminalinspektion 1 auch für Vermisstenfälle zuständig, aber dieses Mädchen war offensichtlich eine Streunerin, es bestand kein Verdacht, der ein Gewaltverbrechen vermuten ließ. Sie war bereits mehrmals nachts aufgegriffen worden, meistens alkoholisiert. Mit zwölf Jahren hatte man sie beim Ladendiebstahl erwischt. Vor sechs Monaten war sie schon einmal fünf Tage abgetaucht und bei Rock im Park in Nürnberg aufgegriffen worden, als sie versuchte, ohne Eintrittskarte auf das Festivalgelände zu gelangen. Sie besuchte unregelmäßig die Realschule, wurde von der Mutter als jähzornig und aufbrausend beschrieben. Bei der Kälte würde das Mädchen vermutlich in ein paar Tagen wieder kleinlaut zu Hause auflaufen.

Brander überlegte, die Akte einfach erst einmal zur Seite zu legen. Er hatte ohnehin zu wenig Leute, musste er jetzt auch noch zwei Beamte abstellen, die sich um einen rebellischen Teenager kümmerten? Doch sein Gewissen legte sofort Protest ein: Wenn das Mädchen nun nicht einfach nur von zu Hause abgehauen ist? Warum reichen die Kollegen von der Schutzpolizei diese Sache so schnell an dich weiter? Die Antwort war simpel: Weil sie sowieso chronisch unterbesetzt waren und zurzeit, genauso wie die Kripo, mit zusätzlichen krankheitsbedingten Ausfällen durch die aktuelle Grippewelle zu kämpfen hatten.

Brander nahm die Akte und ging damit zu Hendrik Marquardt.

»Hey, Andi, ich hab gerade mit Marcus Armbruster gesprochen«, begrüßte Hendrik ihn.

Brander erinnerte sich, dass Peppi den Studenten am Vortag nicht persönlich erreicht und auf dem Anrufbeantworter um Rückruf gebeten hatte. »Und?« Er trat an Hendriks Schreibtisch, lehnte sich mit dem Gesäß gegen die Tischkante.

»Mike Lüdke ist Dienstagabend gegen dreiundzwanzig Uhr aus Reutlingen weggefahren.«

»Das heißt, wenn er langsam gefahren ist – was durch die Witterungsbedingungen sehr wahrscheinlich ist – könnte er gegen halb zwölf am Ortseingang Tübingen gewesen sein. Der Vorfall hat sich gegen Mitternacht ereignet.«

Hendrik nickte.

Brander verzog das Gesicht. Die Vorstellung, dass der junge Sportstudent seinen Konkurrenten getötet hatte, gefiel ihm nicht. Auch, wenn er es nicht absichtlich getan hatte.

Er erinnerte sich an den Grund seines Kommens und hob die Akte, die er in der Hand hielt. »Wir haben hier einen Vermisstenfall. Ein vierzehnjähriges Mädchen ist anscheinend seit Mittwoch verschwunden.«

»Was heißt anscheinend?«

»Ist ‘ne Streunerin. Nathalie Böhme.«

»Wir haben ja auch sonst nichts Besseres zu tun, als hinter pubertären Gören herzurennen.«

Brander zuckte entschuldigend die Achseln und legte die Unterlagen auf Hendriks Tisch. »Schau es dir einfach mal an, sprich mit den Eltern und ihren Freundinnen. Mach dir ein Bild von der Geschichte, und dann sehen wir weiter.«

»Okay.« Er schlug die Akte auf. »Oh. Wie kann so ein hübsches Mädchen so böse gucken?«

»Du findest, dass sie hübsch aussieht?«

»Guck dir ihre Augen an. Blau wie die Südsee.«

Blau wie die Südsee – das war typisch Hendrik. Brander betrachtete das Bild. »Mich erinnern sie eher an einen Eisblock.«

»Das ist der Mund, die zusammengepressten Lippen, die angespannte Kiefermuskulatur. Wenn sie lächelt, ist sie sicherlich ein kleiner Engel.«

Brander sah Hendrik erstaunt an, der lehnte sich zufrieden zurück. »Bin ich ein Frauenkenner oder bin ich es nicht?«

»Du? Du bist ein Schürzenjäger.«

»Nein, die Zeiten sind vorbei. Aber die Gabe, im Gesicht einer Frau zu lesen, die habe ich immer noch. Apropos Frauen. Ich habe Anne versprochen, morgen Nachmittag mit ihr und Louis zur chocolART zu gehen. Denkst du, das ist drin? Vielleicht entdecken wir ja Klein-Nathalie beim Schokoladendiebstahl«, tarnte er sein privates Anliegen mit einem dienstlichen Vorwand.

Brander dachte kurz nach. In Anbetracht dessen, dass sie am Sonntag sicherlich auch arbeiten müssten, sollten Hendrik zwei Stunden mit seiner Familie am Samstag gegönnt sein. Er nickte.

Hendrik lächelte erleichtert. »Habt ihr vielleicht Lust mitzukommen?«

»Ich werde Cecilia fragen.«

Brander hatte den Rest des Nachmittags bis zur Soko-Sitzung damit verbracht, noch einmal sämtliche Gesprächsprotokolle aus der Tatnacht zu sichten. Vielleicht gab es doch einen Hinweis auf einen Täter, den er bisher übersehen hatte. Er machte sich Notizen, fertigte verschiedene Skizzen zu sämtlichen Variationen an, die ihm in den Sinn kamen. Er stand auf, betrachtete all das aus der Vogelperspektive und raufte sich die kurzen Haare.

Das Klingeln seines Handys riss ihn aus seinen Gedanken. Daniel.

»Bin gleich wieder da«, informierte Brander Peppi. Er nahm das Handy und ging in den Sitzungsraum, der zurzeit nicht besetzt war.

»Ja?« Sein Herzschlag hatte sich beim Anblick des Namens im Display wieder unangenehm beschleunigt. Welche Nachricht erreichte ihn dieses Mal? Er hatte nicht die Ruhe, sich zu setzen, trat ans Fenster, blickte auf die Konrad-Adenauer-Straße, sah den schneebedeckten Parkplatz auf der gegenüberliegenden Seite. Ein Mann und eine Frau liefen nebeneinander den Fußweg entlang. Zwei uniformierte Kollegen gingen auf den Eingang der Polizeidirektion zu.

»Ich bin's. Stör ich?«, hörte er die angespannte Stimme seines Bruders.

»Nein, du störst nicht. Wie geht es dir?«

»Frag nicht.«

»Und Babs?«

Daniel brauchte ein paar Atemzüge, bis er antworten konnte. »Sie hat der Einweisung in eine psychiatrische Klinik zugestimmt. Morgen früh bringe ich sie hin.«

»Das ist gut. Es wird ihr helfen, wieder auf die Beine zu kommen«, versuchte Brander, Daniel Mut zu machen.

Daniel schwieg eine Weile. »Ich habe Angst, sie zu verlieren«, brachte er schließlich mühsam heraus. »Ich werde sie die erste Zeit nicht besuchen dürfen, haben die Ärzte gesagt.«

»Hm.« Was sollte er sagen? Es musste für seinen Bruder fürchterlich sein, so hilflos vor der Situation zu stehen.

»Ich glaube, ich habe eine Menge falsch gemacht. Ich habe ihre Probleme nicht ernst genug genommen. Ich habe einfach nicht gemerkt, was mit ihr los war. Ich …« Er konnte nicht weitersprechen.

»Anscheinend haben wir ja alle nichts gemerkt«, stellte Brander fest.

»Wie hättet ihr denn etwas merken sollen? Wir haben doch alles immer geheim gehalten.«

»Daniel«, Brander ließ sich auf einen Stuhl sinken, legte die Beine auf einen anderen Stuhl, den Blick auf das Fenster gerichtet. Weißblauer Himmel. »Dann hört doch jetzt endlich damit auf.«

Er musste sich wieder einige Sekunden gedulden, bis Daniel sich entschloss, zu sprechen.

»Babs hat seit Jahren schwere Depressionen. Also, eigentlich hatte sie schon immer … wie soll ich sagen … diese Neigung.« Er hielt inne, wartete mit angehaltenem Atem auf eine Reaktion. Als Brander schwieg, fasste er Mut, weiterzusprechen. »Früher war es nicht so extrem. Da gab es mal ein, zwei Wochen, in denen sie sich zurückzog, in denen sie schlecht drauf war und vielleicht auch mal geweint hat wegen irgendeiner Lappalie. Aber sie hat trotzdem noch alles geschafft. Sie hat den Haushalt geschmissen, sich um Julian gekümmert. Das lief alles, und ich habe mir keine Sorgen gemacht. Sie war ja sonst immer fröhlich und voller Tatendrang.«

Daniel seufzte schwer. »Vor gut drei Jahren wurden diese schlechten Phasen extremer. Weißt du, sie weinte oft grundlos, blieb tagelang im Bett, war zu nichts zu motivieren. Ich dachte, das ist so eine Art Midlife-Crisis. Julian wurde selbstständiger, ging seine eigenen Wege, sodass er sie nicht mehr so intensiv brauchte. Ich war in meinem Job sehr eingespannt und ständig unterwegs. Oft war ich ja die ganze Woche nicht zu Hause und hab nicht einmal mitgekriegt, was mit Babs los war. Julian hat es mir erzählen müssen. Da war er vierzehn. Du erinnerst dich vielleicht, das war die Zeit, als er mit diesem Gothic-Kram anfing.«

Brander erinnerte sich nur zu gut. Damals hatte es einige Male heftige Auseinandersetzungen zwischen Julian und seinem Vater gegeben. Davon hatte Daniel erzählt. Nicht jedoch von den Problemen seiner Frau.

»Ich habe ja versucht, Babs zu helfen, aber ich habe es auch einfach nicht verstanden. Sie weinte und konnte mir nicht erklären, warum. Sie konnte sich zu nichts aufraffen. Egal, was ich vorschlug. Gemeinsam essen gehen, ins Kino – sie liebt es normalerweise, ins Kino zu gehen –, einen Abend mit Freunden, ein Wellnesswochenende. Nichts. Sie wollte einfach nur im Bett liegen und schlafen. Ich hab sie gelassen. Ich meine, es waren ja auch immer nur Phasen, die nach zwei, drei oder vier Wochen wieder vorübergingen. Und jedes Mal, wenn es ihr wieder besser ging, haben wir gedacht, es wäre geschafft.«

»Seid ihr denn nie zu einem Arzt gegangen?«

»Doch, wir waren bei einem Arzt. Der wollte ihr Antidepressiva verschreiben, damit sie erst einmal wieder ins Gleichgewicht kommt. Aber das wollte sie nicht. Sie hatte Angst vor einer Abhängigkeit. Ich habe dann nach einem Therapeuten gesucht. Aber das wollte sie auch nicht. Sie sagte, sie wäre doch nicht verrückt, sondern einfach nur müde. Müde!«

Lebensmüde.

»Warum hast du uns nichts gesagt? Cecilia ist Therapeutin! Sie hätte mit Babs sprechen können«, entfuhr es Brander vorwurfsvoller, als er es wollte.

»Ich wusste, dass du das sagst!«, rief Daniel sofort aufgebracht. »Ich hätte gar nicht erst …«

»Halt … halt, Daniel!« Branders Stimme zitterte besorgt. »Es tut mir leid. Das sollte kein Vorwurf sein.« Er wollte seinen Bruder nicht mit noch mehr Schuldgefühlen belasten. Hätte, wäre, wenn – es half nicht, darüber zu diskutieren, was man hätte machen können. Sie mussten einen Weg finden, die gegenwärtige Situation wieder in den Griff zu bekommen.

»Ich war einfach überfordert mit der Situation. Verstehst du das nicht?«

»Doch … ich denke schon. Daniel, ich wollte dir wirklich keinen Vorwurf machen. Ich bin für dich da. Wenn irgendetwas ist, wenn ich irgendwie helfen kann, sag es einfach.«

»Danke.« Daniel wurde wieder ruhiger. »Aber ich muss erst einmal mit mir klarkommen und mit Babs ... und mit Julian.«

»Würde es dir nicht vielleicht doch helfen, wenn ich ...«

»Nein, sei nicht böse, aber ich hätte ständig das Gefühl, mich vor dir rechtfertigen zu müssen, dir erklären zu müssen, warum dieses oder jenes passiert ist. Weißt du, du und Ceci, ihr seid zwei so starke Menschen. Ihr macht beide euer Ding. Alles ist bei euch gut. Und bei uns läuft alles immer etwas chaotischer und nicht so geradlinig.«

»Bei uns läuft es auch nicht immer geradeaus«, entgegnete Brander. Was wusste Daniel von den Problemen, die er und Cecilia schon durchgestanden hatten? So gut wie nichts. Natürlich hatte er mit Daniel über die Problematik gesprochen, dass er und Cecilia keine Kinder bekommen konnten. Was das aber genau für ihn und Cecilia bedeutet hatte, in welch tiefe Krise es seine Frau und auch ihn gestürzt hatte, darüber hatte er nie mit ihm gesprochen. Warum nicht? Es schien ihm zu anstrengend, zu aufwühlend, sich jetzt darüber Gedanken zu machen. Das Thema war durch, vorbei. Die Krise überstanden. Sie hatten einen anderen Weg gefunden, mit der Situation trotzdem glücklich zu werden.

»Gibt es denn nichts, was ich für euch tun kann?«

»Deswegen rufe ich eigentlich an. Es geht um Julian. Er ... er hat total zugemacht, spricht nicht mehr mit mir, hängt den ganzen Tag auf seinem Zimmer rum. Er weigert sich sogar, mit uns zusammen zu essen. Mutti bringt ihm das Essen auf sein Zimmer. Von ihr lässt er sich wenigstens auch mal in den Arm nehmen. Aber ansonsten mauert er. Mit dir spricht er wenigstens.«

»Na ja, nicht wirklich«, gab Brander zu bedenken. Julian gab einen bockigen Satz von sich und legte dann meistens sofort auf.

»Bitte ruf ihn trotzdem weiter an.«

»Hast du etwas anderes von mir erwartet? Natürlich rufe ich ihn weiter an. Und dich auch.«

»Danke.«

Brander blieb im Konferenzraum sitzen, starrte aus dem Fenster und versuchte, zu verstehen, was sein Bruder ihm gerade berichtet hatte. All die Jahre hatten sie nichts von Barbaras Problemen gemerkt. Wie viel Kraft musste es sie gekostet haben, diese Seite vor ihnen zu verbergen. Und warum? Warum war da kein Vertrauen zwischen ihnen? Kein Vertrauen, dass sie zu ihr stehen würden, dass sie versuchen würden, ihr zu helfen. War denn alles nur ein Schein aus glücklicher Familie à la Hollywood-Traumfabrik? Schöne, heile Welt.

Es war schon dunkel, als es an der Tür klopfte und kurz darauf Peppi im Raum stand. Sie schaltete die Deckenbeleuchtung ein. Brander wandte den Kopf in ihre Richtung, blinzelte bei der plötzlichen Helligkeit. Nach einem Blick in sein Gesicht schloss Peppi die Tür hinter sich, lehnte sich mit dem Rücken dagegen, um zu verhindern, dass sie gestört wurden.

»Was ist los, Andi?«

Brander schüttelte den Kopf. Auch wenn er der Kollegin sehr vertraute, ihm war nicht nach reden. Dennoch tat es gut, dass Peppi hereingekommen war und ihn aus seinen trüben Gedanken herausriss. Sie blieb unschlüssig an der Tür stehen.

»Hattest du schon mal das Gefühl, versagt zu haben?«, fragte er schließlich in die Stille hinein.

»Ich? Oh ja, das letzte Mal ungefähr vor fünf oder sechs Stunden«, erinnerte Peppi ihn an die Befragung von Andreas Drewitz.

»Ach das«, winkte Brander ab.

»Nichts ›Ach das‹.« Es kam ungewohnt ruhig von seiner sonst so energischen Kollegin. Sie gab ihren Posten an der Tür auf und setzte sich neben Brander.

»Weißt du, warum ich Polizistin geworden bin?« Sie sah zu ihm. Er schüttelte den Kopf.

»Ich war damals knapp zwanzig und hatte angefangen zu studieren. Sprachen und Sport. Wir waren ein ziemlich bunter Haufen. Eines Abends brachten mich zwei Freunde von einem Treffen nach Hause. Und da stellten sich uns ein paar Drewitz-Typen in den Weg. Zwei von ihnen packten mich und hielten mich fest, und die anderen haben vor meinen Augen meine Freunde zusammengeschlagen. Ich konnte nichts tun. Sie hielten mir den Mund zu, damit ich nicht um Hilfe schreien konnte. Ich hatte solche Angst! Noch nie in meinem Leben hatte ich so viel Angst. Sie taten mir auch weh, aber schlimmer war, dass ich mit ansehen musste, was sie mit meinen Freunden taten.«

Peppi schluckte hart bei der Erinnerung. »Irgendein Anwohner muss die Polizei gerufen haben. Die scheiß Glatzen sind abgehauen, und niemand hat sich getraut, eine Aussage zu machen. Da wusste ich, dass ich selbst etwas tun muss. Ich hab mein Studium geschmissen und mich für den Polizeidienst beworben. Ich will diesen Typen zeigen, dass ich mich nicht einschüchtern lasse. Ich wehre mich gegen diesen Rassenhass. Ich will dafür sorgen, dass die Menschen keine Angst haben müssen, wenn sie auf die Straße gehen. Egal, ob sie Mann, Frau, Kind, Deutscher oder Grieche oder Ghanaer sind.«

»Ganz schön idealistische Ziele«, stellte Brander fest.

Peppi nickte. »Und dann ertappe ich mich dabei, dass ich meine eigenen Hassgefühle gegen diese faschistischen Schweine nicht im Griff habe. Das ist nicht einfach mit einem ›Ach das‹ getan. Daran muss ich arbeiten. Du hattest schon recht damit, mich heute Vormittag so zurechtzuweisen.«

Brander warf der Kollegin einen anerkennenden Blick zu. Er wusste, dass ihm eine so offene Selbstkritik schwergefallen wäre, selbst vor Peppi.

»Manchmal hilft Hass, die eigene Angst zu verdrängen.«

»Ich will meine Ängste aber nicht verdrängen. Ich will sie besiegen. Und dafür braucht man keinen Hass, sondern Mut und innere Stärke.«

»Ist das eine griechische Weisheit?«

»Nein, das hat mir der Kollege gesagt, der mir damals geholfen hat, als ich an diesem Fall in Göppingen gearbeitet habe. Ich hab dir mal davon erzählt, der Aussteiger aus der Naziszene, den sie aufgehängt haben. Ich wollte damals alles hinschmeißen, weil ich mich so ohnmächtig gefühlt habe.«

Brander erinnerte sich. »Du bist eine starke und mutige Frau.«

»Das wollte ich jetzt hören.« Peppi verzog das Gesicht zu einem schiefen Grinsen. »Und du? Warum bist du Polizist geworden?«

»Ich weiß nicht mehr so genau. Ich wollte zur Kripo, so lange ich denken kann. Ich hab als Kind jeden Krimi im Fernsehen gesehen. Erst die Kinderkrimis ›Fünf Freunde‹ und so was, und später ›Der Alte‹, ›Derrick‹, ›Tatort‹. Was es halt so gab. Es hat mich fasziniert, wie die Ermittler die Puzzlestücke zusammengetüftelt haben, und hinterher ergab es ein Bild und der Täter war gefasst. Die Gerechtigkeit hatte über das Böse gesiegt.«

»Nicht ganz wie im richtigen Leben.«

»Nein, nicht ganz.«

Peppi stand auf. »In einer halben Stunde ist Soko-Sitzung, und ich könnte mir vorstellen, dass Picasso seine Skizzen vorher noch ein wenig sortieren möchte.«

Auch Brander erhob sich. »Ja, zurück an die Arbeit.«

Brander hatte Magnus Neidhart bei der Kriminalinspektion 4 zur Verstärkung angefragt, und auch Hendrik Marquardt nahm an der Soko-Sitzung teil, um trotz der Arbeit an der Vermisstenmeldung weiterhin über den aktuellen Stand der Mordermittlungen informiert zu sein.

»Da sen Breedle ond Niss.« Neidhart stellte eine Schale mit Weihnachtsplätzchen und Walnüssen auf den Tisch. Er nahm sich selbst eine Handvoll Plätzchen aus der Schale und lud die Kollegen mit einer Handbewegung ein, sich zu bedienen.

Peppi griff zu und schloss verzückt die Augen. »Hmm! Sind die selbst gebacken?«

»Ha jo, mei Frau backt grad wie narret.«

»Großes Kompliment! Sehr lecker.« Peppi nahm sich noch zwei Plätzchen, und auch die anderen Kollegen griffen erfreut zu.

»Wenn dann alle versorgt sind, würde ich gern mit euch den Fall Vockerodt besprechen«, lenkte Brander die Aufmerksamkeit auf sich. »Wir fangen noch mal in der Dienstagnacht an, in der der Mann gefunden wurde.«

Vereinzelt wurde gestöhnt, anscheinend hatten einige Kollegen auf eine kurze Sitzung gehofft, damit sie wenigstens den Freitagabend mit ihren Familien verbringen konnten. Das bevorstehende Wochenende würden sie durcharbeiten müssen.

»Kurz vor Mitternacht hört eine Anwohnerin – Ebru Iscan – ein lautes Gespräch auf der Straße. Sie vermutet einen Streit. Wenige Augenblicke später verstummt das Gespräch. Sie geht zum Fenster und sieht Nael Vockerodt auf der Straße liegen. Sie sieht keine weitere Person, sagt aber, sie hätte zwei oder drei verschiedene Männerstimmen gehört. Von ihrem Fenster aus kann Frau Iscan in östliche Richtung sehen.«

Brander stand auf und fertigte eine grobe Skizze auf dem Flipchart an. »Die westliche Richtung, in der es unter anderem zum Bahnhof und ins Loretto-Viertel geht, kann sie von ihrem Fenster aus nicht einsehen. Man könnte also vermuten, dass der oder die Täter in diese Richtung geflüchtet sind.«

»Wenn ich mir die Fotos anschaue, wie der Verletzte gelegen hat«, meldete sich Tropper zu Wort, »würde ich vermuten, dass Vockerodt aus westlicher Richtung gekommen ist. Ansonsten müsste er sich zu den Tätern umgedreht haben. Sie haben sich gegenüber gestanden. Hier das Opfer und hier derjenige, der ihm den Fußtritt verpasst hat.« Tropper ergänzte Branders Zeichnung mit zwei eingekreisten Kreuzen, eines rot, das andere blau.

»Das könnte bedeuten, die Täter kamen aus Richtung Depot-Areal und haben dann ihren Weg fortgesetzt.«

»Sie können auch von McDonald's gekommen sein«, überlegte Hendrik. »Oder aus dem Französischen Viertel.«

»Theoretisch können sie aus jeder Richtung gekommen sein. Das hilft uns im Moment nicht weiter.« Brander kehrte an den Tisch zurück, schob einen Zettel zur Seite. »Die Befragung der Anwohner hat ergeben, dass noch zwei weitere Leute Stimmen gehört hatten, sie sind jedoch nicht zum Fenster gegangen. Sie hielten es für einen Streit zwischen Betrunkenen, und seit es das Depot-Areal gibt, ist das ja keine Seltenheit mehr.«

Damit sprach Brander auf den Disput zwischen den Anwohnern der Südstadt und dem Betreiber der Diskothek im Depot-Areal an. Immer wieder mal kam es in der Umgebung der Diskothek zu lautstarken Streitereien von nächtlichen Besuchern, die mitunter auch zu handfesten Schlägereien führten. Die Polizeidirektion hatte mittlerweile ihre Präsenz in der Umgebung insbesondere zu den Öffnungszeiten der Diskothek verstärkt.

»Das Top10 war aber Dienstagnacht geschlossen«, sagte Peppi.

»Ja«, erwiderte Brander. »Fakt ist, dass wir mehrere Ohrenzeugen haben.«

»Dass Vockerodt nicht einfach mal so ausgerutscht ist, ist doch auch klar. Der Fußabdruck auf seiner Jacke spricht ja wohl für sich«, meldete sich Tropper.

»Von einem Unfall ohne Fremdverschulden spricht auch keiner. Ich möchte noch bei den Zeugen bleiben. Wir haben zwei weitere Aussagen. Einmal wurden zwei Personen in der Schellingstraße gesehen. Ein anderer sagt aus, jemanden auf der Steinlachallee gesehen zu haben, der Richtung Bahnhof rannte.«

»Und keine konkrete Personenbeschreibung?«, fragte Hendrik.

»Nein, bisher noch von niemandem. Es war Nacht, es war dunkel, es hatte stark geschneit.«

»Wir brauchen mehr Zeugenaussagen«, stellte Hendrik fest.

»Was sollen wir machen? Willst du sämtliche Anwohner in der Südstadt befragen? Dafür brauchen wir ewig!«, gab Peppi zu bedenken.

»Michael, meinst du, wir können noch in der Samstagsausgabe des Tagblatts einen Aufruf unterbringen?«, wandte sich Brander an den Kollegen vom Öffentlichkeitsreferat.

Michael Jahraus stöhnte auf. »Hättest du mir das nicht heute Morgen sagen können? Ich schau mal, was sich noch machen lässt.«

»Danke, mach das bitte jetzt sofort. Ich denke, wir brauchen dich hier heute nicht mehr. Sonst können wir später auch noch telefonieren, wenn du weitere Infos brauchst.«

»Okay, also einen Aufruf an die Anwohner Südstadt, Loretto-Areal, Bahnhofsgegend, Unterer Wert, ob ihnen in der Nacht von Dienstag auf Mittwoch etwas aufgefallen ist. Gesucht wird nach ein oder zwei Männern.«

»Schreib nicht Männer. Ein oder zwei Personen. Könnte ja auch eine Frau beteiligt gewesen sein.«

»Gut.« Jahraus räumte seine Unterlagen zusammen und machte sich wieder auf den Weg in sein Büro im Bananenbau. Der wenige hundert Meter vom Hauptgebäude entfernte weiße Bau, in dem die Verwaltung der Polizeidirektion untergebracht war, verdankte diesen respektlosen Spitznamen seiner leicht gebogenen Form.

»Freddy, gibt es inzwischen irgendetwas Brauchbares von der Spurensicherung?«

Tropper schüttelte den Kopf. »Wir konnten lediglich den vermutlichen Tathergang grob rekonstruieren, aber den kennt ihr ja schon. Spuren?« Tropper zeigte seine leeren Hände. »Tut mir leid.

Nichts. Selbst der Schuhabdruck hilft uns nicht viel weiter. Bei dem Wetter laufen alle in dicken Boots herum. Wir haben eine Zigarettenkippe nahe des Tatorts gefunden, aber die kann ja auch kurz vorher oder später von einem der Schaulustigen dorthin geworfen worden sein. Gib uns einen Tatverdächtigen, und wir schauen, was wir machen können.«

Brander seufzte resigniert. »Na gut, kommen wir zu den möglichen Motiven.«

»Haben wir mehrere?«, wunderte sich ein Kollege von der Schutzpolizei.

»Ja. Erstens wäre da das Motiv Raub. Jemand könnte versucht haben, Vockerodt zu bedrohen, damit er ihm zum Beispiel sein Geld gibt.«

»Er hatte kaum etwas bei sich«, warf Peppi ein.

»Das konnte unser Täter nicht wissen. Vockerodt sagt, er hat kein Geld. Der andere wird wütend und schlägt zu. Es kommt zu dem tragischen Ausrutscher.«

»Und dann tritt er noch ein paarmal nach? Ich weiß nicht.« Hendrik öffnete mit einem lauten Knacken eine Walnuss und warf sich den Inhalt in den Mund.

»Nehmen wir unseren Sportstudenten. Den Ex von Vockerodts Freundin. Aus irgendeinem dummen Zufall begegnen sich die beiden nachts. Es kommt zum Streit. Lüdke tritt ihn. Vockerodt stürzt. Lüdke ist noch immer rasend vor Wut und Eifersucht, tritt noch zweimal zu, bis er merkt, dass er zu weit gegangen ist. Er bekommt Panik und flüchtet«, konstruierte Peppi ein Szenario.

»Dafür wirkte er aber sehr entspannt, als er zur Befragung bei uns war«, gab Brander zu bedenken.

»Bis du ihn nach Vockerodt gefragt hast. Erinnerst du dich? Da begann die Fassade rapide zu bröckeln«, erinnerte ihn die Kollegin.

Brander schrieb die Worte »Raub« und »Eifersucht« auf die obere Hälfte des Blattes, auf dem er grob den Tatort skizziert hatte.

»Nächstes Motiv: Fremdenhass«, setzte er an.

»Drewitz ist aus dem Schneider. Er hat in der Nacht von Dienstag auf Mittwoch gearbeitet. Die Kollegen in Balingen haben das überprüft. Die haben eine Stechuhr in dem Unternehmen, in dem Drewitz arbeitet. Er hat um einundzwanzig Uhr neunundvierzig eingecheckt und morgens drei Minuten nach sechs die Schicht beendet«, berichtete Peppi, die den Nachmittag dazu genutzt hatte, ihren Fehler vom Morgen wieder auszumerzen.

»Deswegen könnte er trotzdem zwischendurch …«

»Nein, gegen dreiundzwanzig Uhr fünfzehn gab es ein Problem mit einer Maschine. Es gibt mindestens zwei Mitarbeiter und einen externen Kundendienstler, die bezeugen können, dass Drewitz gegen Mitternacht dort war. Im Übrigen – woher hätte Drewitz wissen sollen, dass er um Mitternacht in der Eugenstraße auf Vockerodt treffen könnte? Da hätte die Tat geplant sein müssen. Und so, wie die Risch es beschrieben hat, ist Vockerodt relativ spontan spazieren gegangen.«

»Was er aber auch anscheinend ziemlich oft nachts tat. Ich schreib es mal trotzdem in Klammern dazu. Drewitz ist ja leider nicht der einzige Nazi in der Region. Was haben wir noch?«

»Der große Unbekannte. Jemand, der einfach nur auf Stunk aus war und jemanden suchte, den er aufmischen konnte«, ergänzte Hendrik die Motivsammlung.

»Ha jo, dô hôts meh als d' denksch!«, stimmte Neidhart zu.

Brander ergänzte seine Skizze und las vor: »Raub, Eifersucht, Fremdenhass, Aggression.« Er wandte sich seinem Team zu. »Wo setzen wir an?«

»Ich finde, wir sollten noch mal mit der Risch über Vockerodt und ihren Ex sprechen«, schlug Peppi vor.

»Machst du einen Termin mit ihr aus?«

»Ja.«

»Ich möchte, dass die Umgebung des Tatorts noch einmal abgeklappert wird. Schaut euch um, sprecht mit den Leuten, die ihr trefft. Sprecht mit denen, die neugierig aus dem Fenster schauen. Haltet nach möglichen Verstecken Ausschau.« Brander sah, wie einige Kollegen unwillig das Gesicht verzogen. »Ich weiß, dass ihr das seit Tagen tut. Aber wir müssen weitersuchen. Irgendwo finden wir etwas. Es kann nicht sein, dass hier ein Mensch auf offener Straße erschlagen wird und wir …«

Brander hob die Hände und sah auffordernd in die Gesichter.

»Es gibt in der Nähe des Tatorts einen afrikanischen Catering-Service. Befragt die Leute, die da arbeiten. Vielleicht kannten sie Vockerodt, vielleicht war er deswegen in der Nacht dort. Vielleicht haben die eine Ahnung, wem Vockerodt begegnet sein könnte.«

Brander sah zu Neidhart, der in der Kriminalinspektion 4 unter anderem für die Prostitutionsüberwachung zuständig war. »Magnus, hör dich bitte mal bei deinen Damen um. Die kennen eine Menge schwere Jungs, vielleicht ist unser Mann dabei.«

»Isch recht«, entgegnete Neidhart mit der ihm eigenen Gemütlichkeit.

Cecilia war nicht zu Hause, als er abends gegen halb zehn die dunkle Wohnung betrat. Er erinnerte sich, dass sie nach den Sommerferien wieder begonnen hatte, im örtlichen Sportverein Volleyball zu spielen. Es gab dort eine gemischte Freizeitgruppe, die freitagabends regelmäßig trainierte. Die Aussicht, den Abend allein zu Hause verbringen zu müssen, gefiel ihm überhaupt nicht. Er überlegte, Tropper oder Beckmann anzurufen, aber auszugehen hatte er auch keine Lust.

Er streifte die Schuhe von den Füßen, behielt die Winterjacke an, ging ins Wohnzimmer und durchforstete seinen Schrank. Ein fünfzehnjähriger Glenfiddich Solera Reserve stand noch jungfräulich in einer Ecke. Er öffnete die Flasche, schnupperte das fruchtig milde Aroma. Er goss den Whisky großzügig in ein Glas und stellte die Flasche zurück. Dann zog er die Winterschuhe wieder an, setzte seine Strickmütze auf und trat mit dem Glas vor die Haustür. In der Dunkelheit konnte er schemenhaft die schneebedeckten Wiesen erkennen, die sich zum Schönbuch hochzogen. Er prostete der Dunkelheit zu, nippte an seinem Glas, sah dabei die Atemluft, die ihm in kleinen Wölkchen aus den Nasenlöchern stieg. Er behielt den Glen einen Moment lang in der Mundhöhle, bevor er ihn langsam die Kehle hinuntergleiten ließ. Er war etwas überrascht über die Weichheit des Single Malts und den vielfältigen Geschmack. Ein Speyside-Whisky, gereift in Sherry-, Bourbon- und Eichenfässern, erinnerte er sich an das Herstellungsverfahren dieses speziellen Glenfiddichs, das ihm der Verkäufer beschrieben hatte. Das hatte ihn neugierig gemacht, und er hatte im Spirituosenladen dem fünfzehnjährigen vor dem zwölf- und dem achtzehnjährigen Glen den Vorzug gegeben. Er nippte noch einmal an seinem Glas. Hielt es sich auf Augenhöhe, um die rotgoldene Farbe des Getränks im Schein der schalen Außenbeleuchtung seines Hauses zu betrachten. Ein dritter Schluck verschwand in seinem Mund. Fruchtig mit feiner Würze, eine leichte Vanille- und Honignote im Abgang, dachte er mit zufriedener Kennermiene und spürte das wärmende Gefühl des Alkohols.

So stand er eine Weile da, bis die Kälte des schneebedeckten Bodens durch seine Sohlen über die Füße die Beine entlang hochkroch. Er leerte das Glas, dachte an Nael Vockerodt, der aus einem sonnig-warmen Land gekommen war und bei Schnee und Eis seinen Tod gefunden hatte. Und er dachte an das vermisste Mädchen. Wo war sie bei der Kälte untergekommen? War sie tatsächlich einfach nur mal wieder von zu Hause abgehauen? Der Winter war keine gute Zeit, um sich auf der Straße herumzutreiben.

Ganz allmählich begannen wieder dicke Schneeflocken in der Dunkelheit auf die Erde zu fallen.

Samstag

Brander wachte früh auf. Er stahl sich leise aus dem Zimmer, um Cecilia nicht zu wecken, warf in der Küche einen Blick aus dem Fenster. Es hatte aufgehört zu schneien, knapp fünf Zentimeter schienen in der Nacht gefallen zu sein, schätzte er. Er zog sich an und machte sich in der Dämmerung zu Fuß auf den Weg zum Bäcker, grüßte unterwegs die Nachbarn, die ihre Gehwege vom frischen Schnee befreiten.

»So viel Schnee gab es schon lange nicht mehr im Dezember.«

»Bis Weihnachten ist vermutlich alles wieder weg.«

»Das kann ein langer Winter werden.«

Es waren die üblichen Kommentare, die ihn auf seinem Weg begleiteten.

Er kaufte Brötchen und die Tageszeitung, kehrte wieder nach Hause zurück und bereitete das Frühstück vor. Nachdem der Kaffee durchgelaufen war, füllte er eine Tasse und ging damit ins Schlafzimmer. Er hielt die dampfende Tasse vor Cecilias Gesicht. Sie schnupperte mit geschlossenen Augen.

»Hmm, das riecht gut.« Sie öffnete die Augenlider einen Spaltbreit und nahm die Tasse entgegen. Vorsichtig nippte sie an dem heißen Getränk, stellte dann die Tasse auf den Nachttisch und zog sein Gesicht zu ihrem herunter. »Oh, du riechst aber auch gut.« Sie küssten sich. »Und schmeckst lecker. Komm noch ein bisschen kuscheln.«

Das Frühstück konnte warten. Er zog sich aus und kroch zu Cecilia unter die Decke.

»Hendrik fragt, ob wir heute Nachmittag mit ihm und Anne über die chocolART gehen«, berichtete Brander, als sie einige Zeit später am Frühstückstisch saßen.

»Musst du nicht arbeiten?«, wunderte sich Cecilia und griff nach dem Marmeladenglas.

»Doch, aber ein Stündchen Zeit werde ich mir ja wohl für meine Frau nehmen dürfen.«

»Das heißt, du fährst gleich ins Büro, und wir treffen uns dann später in Tübingen?«

Brander nickte kauend.

»Gut, ich rufe Anne an und verabrede mich mit ihr. Mal gucken, was der kleine Louis macht. Ihr zwei könnt euch ja melden, wenn ihr Zeit habt.«

Brander sah seine Frau an und lächelte.

»Was ist?«

»Du bist so herrlich unkompliziert.«

»Hab ich eine Wahl bei deinem Job?«

Es hatte Zeiten gegeben, in denen sie nicht so gut mit seinem unregelmäßigen Dienst klargekommen war. Er zog ihre Hand zu seinen Lippen und küsste sie. »Ich liebe dich.«

»Darf ich eine Forderung stellen?«

Schamlos, wie sie seine romantischen Gefühle ausnutzte! »Willst du wieder nach Rom?«

Sie lachte. »Nein. Aber was ist mit Dienstagnachmittag? Wir wollten nach Stuttgart ...«

Dienstagnachmittag. Am Dienstag war ihr Kennenlerntag, den sie seither immer auf dem Stuttgarter Weihnachtsmarkt an der Glühweinbude zelebrierten, an der er sie zum ersten Mal zu einem Glühwein eingeladen hatte.

»Steht fest in meinem Kalender.« Im Stillen flehte er, dass ihm die Arbeit keinen Strich durch die Rechnung machte. Das Klingeln des Telefons ließ ihn umgehend Böses ahnen.

»Nicht jetzt«, wollte Brander das Klingeln ignorieren.

»Es könnte dein Bruder sein«, gab Cecilia zu bedenken.

Brander erhob sich eilig und ging zum Telefon.

»Ja?«

»Hey, Andi«, hörte Brander am Ende eine leise, heisere Stimme. Er fragte sich, wer es sein könnte, während er mit dem Telefon am Ohr in die Küche zurückkehrte.

»Guten Morgen«, erwiderte er noch immer grübelnd.

»Nicht gut ...« Sein Gesprächspartner hustete, räusperte sich. »Bin krank.«

Wer war krank? Und warum rief er ihn an?

»Braucht morgen nicht kommen«, drang es weiter heiser an sein Ohr, und langsam dämmerte es Brander.

»Bist du das, Karsten?«
»Hm.«
»Du hörst dich gar nicht gut an.«
»Ach?« Den üblichen Zynismus in die Stimme zu legen gelang bei der Heiserkeit nur mittelmäßig.
»Brauchst du irgendwas?«
»Nein … wollt nur … Bescheid sagen.« Er hatte Mühe, zu sprechen, hustete und räusperte sich immer wieder. »Kein Lauf … morgen.«
»Mensch, Karsten, das tut mir leid!« Brander ahnte, dass Beckmann deprimiert sein musste. Seit er in Tübingen lebte, lief er jedes Jahr beim Nikolauslauf mit, und jetzt erwischte ihn einen Tag vorher eine böse Erkältung. »Soll ich dir irgendwas vorbeibringen? Tee, Aspirin …?«
»Nein … danke.«
Cecilia deutete erst auf Brander, dann auf sich und das Telefon. Brander nickte verstehend. »Ceci und ich sind heute Nachmittag in Tübingen und kommen zu dir.«
»Nein, ihr …«
»Halt den Mund, trink eine heiße Zitrone und leg dich wieder ins Bett. Wir sehen uns später.«
»Na gut.«

Cecilia hatte Brander zur Polizeidirektion gebracht, so konnte sie noch einige Besorgungen machen, bevor sie zu Anne fuhr. Brander betrat das Gebäude, das auch an einem Samstag nicht ganz verlassen dastand. In der ersten Etage traf er Hendrik in der Kaffee-Ecke.
»Gibt's was Neues?«, begrüßte er den Kollegen und griff nach einer Tasse. Dann überlegte er es sich anders. Zu viel Kaffee war auch nicht gesund. Er stellte die Tasse zurück, nahm ein Glas und füllte es mit Leitungswasser. Hendrik beobachtete ihn schweigend, bis er fertig war.
»Ich habe gestern noch mit den Eltern von dem Mädchen gesprochen. Ich meine diese Nathalie«, begann er schließlich. »Rat mal, wo ich die gefunden habe?«
»Nathalie?«
»Nein, die Eltern!«

»Keine Ahnung. Wenn du so fragst, vermutlich nicht zu Hause.«

»Im Bowlingcenter.« Hendrik sah Brander empört an. »Im Bowlingcenter! Die Tochter wird seit drei Tagen vermisst, und die gehen lustig zum Bowlen! Kannst du dir das vorstellen?«

»Na ja, eigentlich nicht, aber ... das Mädchen ist ja nicht das erste Mal abgehauen«, gab Brander zu bedenken.

»Andi, dein Kind, dein junges, hübsches Mädchen verschwindet mitten im Winter.« Hendrik schnaufte wütend. »Und ganz allein waren die beiden auch nicht mehr.«

»Vielleicht haben sie versucht, ihren Kummer in Alkohol zu ertränken?«

»Ja, ganz bestimmt. So, wie die aussahen, machen die das täglich. Ich hab die Berichte der Kollegen gelesen. Die Eltern konnten nicht einmal sagen, was das Mädchen angehabt hat! Weißt du, was in dem Bericht steht?«

Brander zuckte unwissend die Schultern.

»Sie hätten am Mittwochmorgen verschlafen. Nathalie wäre allein aufgestanden, hätte sich Frühstück gemacht und wäre dann zur Schule gegangen. Deswegen wüssten sie nicht, was das Mädchen angezogen hat.«

»Ich denke, die Eltern könnten nachgucken, welche Kleidungsstücke im Kleiderschrank fehlen«, schlug Brander vor.

»Ja, das könnten sie.« Hendrik musste nicht sagen, dass dieser Versuch keine Aussicht auf Erfolg bot. »Sie machen sich keine Sorgen um das Mädchen, hat ihre Mutter mir erzählt. Ihre Tochter wäre schon ein sehr selbstständiges Mädchen. Sie vermutet kein Verbrechen, aber man müsste ihr Verschwinden ja anzeigen, weil sie noch minderjährig ist. Sie wolle keinen Ärger mit dem Jugendamt. Verletzung der Aufsichtspflicht und so. Und sie wüsste ja auch nicht, was sie noch machen sollte, um Nathalie zu bewegen, regelmäßig in die Schule zu gehen. Sie wäre ja so egoistisch und schwierig und würde doch nur machen, was sie will. Weißt du, was ich denke? Denen ist es scheißegal, was mit ihrer Tochter ist.«

»Vielleicht sind sie gerade mit der Situation überfordert? Der Akte nach scheint das Mädchen ja wirklich nicht einfach zu sein und immer wieder mal zu verschwinden«, räumte Brander ein.

»Pfff«, schnaufte Hendrik ärgerlich. Er leerte seine Tasse und stellte sie in die Spüle.

Brander sah den Kollegen an. Hendrik hatte sich verändert. Aus dem unbeschwerten Sunnyboy war ein verantwortungsbewusster Mensch geworden. Die Beziehung zu Anne und seine Vaterschaft hatten ihn in den letzten zwei Jahren reifen lassen.

»Was willst du jetzt tun?«

»Ich werde noch mal die ganzen Anlaufstellen für Jugendliche abklappern. Vielleicht habe ich Glück und irgendjemand hat sie gesehen. Die wird bei dem Wetter ja nicht draußen pennen.«

»Hoffentlich nicht. Denkst du, du bist rechtzeitig zurück heute Nachmittag? Du musst mich nämlich mit in die Stadt nehmen. Ceci hat das Auto.«

»Na, die paar Meter kannst du doch wohl laufen.« Hendrik vergaß einen Augenblick seine Wut und grinste Brander hämisch an.

Brander wedelte mit der Hand, als wollte er einen bettelnden Hund verscheuchen. »Zieh Leine, aber ganz schnell!«

Peppi kam ins Büro, als Brander sich gerade an seinen Adventsteller machte und das Päckchen für den fünften Dezember öffnete. Eine kleine Tüte dicker grüner Gummibärchen verbarg sich darin. Er hielt sie Peppi hin. »Gummibärchen?«

Peppi stutzte. »Du willst mit mir teilen? Wie komme ich zu der Ehre?«

»Als ob ich nie teilen würde!«

»Aber doch nicht die Leckereien, die dein Becks dir geschenkt hat.«

Brander zog die Süßigkeit wieder zurück. »Du hattest deine Chance.«

»Wenn es ein kleines Whisky-Fläschchen gewesen wäre, hättest du nicht geteilt.«

»Weil du einen guten Single Malt auch nicht zu schätzen weißt.«

»Nein, ich trinke eben lieber griechischen Wein.« Sie hob die Arme einem imaginären Tanzpartner entgegen, drehte sich zweimal im Kreis und sang dazu den alten Schlager von Udo Jürgens.

»Na, du bist ja heute gut drauf«, lachte Brander. So ausgelassen hatte er Peppi selten gesehen.

»Ich hatte gestern noch einen schönen Abend.«

»Aha.« Er sah sie fragend an.

Peppi setzte sich grinsend. »Aha.«

»Und?«

»Nichts und. Es war einfach nur schön. Basta.«

»Na, das freut mich. Dann machen wir uns doch gleich mal auf den Weg zu Frau Risch, oder?«

Peppi verzog das Gesicht bei dem Gedanken an die bevorstehende Befragung. »Du hättest mir auch einfach eine Keule über den Schädel ziehen können, um mir die Laune zu verderben.«

»Ich werde es das nächste Mal beherzigen.« Brander stand auf, zog seine Jacke an und hielt Peppi das Päckchen mit den Gummibärchen erneut hin. Dieses Mal zögerte sie nicht.

»Na, da schau einer an«, sagte Peppi erstaunt, als sie den Wagen in eine Parklücke lenkte und vor ihren Augen Mike Lüdke aus dem Haus trat, in dem Jasmin Risch wohnte. »Ein Kondolenzbesuch, oder was hat den jungen Mann hierhergetrieben?«

»Sollen wir ihn direkt fragen oder sprechen wir erst mit der Risch?«, überlegte Brander. Ohne eine Antwort abzuwarten, stieg er aus dem Wagen und rief den Sportstudenten beim Namen.

Lüdke drehte sich verwundert zu ihm um. »Ja?« Erst im Näherkommen erkannte er den Kommissar. »Ach, Sie sind das.«

»Ja, ich bin das. Kommen Sie gerade von Frau Risch?«

Lüdke sah kurz zu dem Haus und nickte dann. »Wollt sehen, wie es ihr geht.«

»Und?«

»Nicht so gut. Sie packt gerade ihre Sachen. Ihre Mutter nimmt sie mit nach Hause«, erklärte er mit trauriger Stimme. »Wenn sie sich doch nie in diesen Kerl verliebt hätte. Mit mir war sie glücklich.«

Anscheinend nicht, sonst hätte sie sich ja nicht von ihm getrennt, dachte Brander bei sich. »Aber Sie haben nicht vor, in nächster Zeit zu verreisen?«

»Ich? Nein, ich muss mich um mein Studium kümmern. Bin sowieso im Rückstand. Das letzte Jahr ist nicht gut gelaufen. War alles …« Er ließ den Satz unvollendet in der Luft hängen.

»War alles ein bisschen viel«, ergänzte Brander. Er musterte den jungen Mann einen Augenblick nachdenklich. »Wie lange waren Sie eigentlich zusammen, Sie und Frau Risch?«

»Fast vier Jahre. Wir haben zusammengelebt, seit sie vor drei Jahren nach Tübingen kam.«

»Vier Jahre, das streift man nicht einfach so ab«, zeigte Brander Verständnis. Er bemerkte eine leichte Unruhe bei Lüdke.

»Ich ... ähm ... brauchen Sie noch was von mir? Ich bin nämlich zum Training verabredet.«

»Nein, im Moment nicht. Danke.«

Lüdke nickte ihm zu und wandte sich ab, um zu seinem Auto zu gehen.

»Herr Lüdke«, rief Brander noch einmal hinter dem Studenten her, »falls doch noch mal eine Frage auftaucht. Wo kann ich Sie da am besten erreichen?«

Lüdke drehte sich um und griff in seine Jackentasche. Er holte eine Brieftasche heraus und entnahm ihr eine Visitenkarte. »Da steht meine Handynummer drauf. Sie können mich Tag und Nacht anrufen. Wenn irgendwas mit Jasmin ist ... Ich bin jederzeit für sie da.«

Ein Student mit Visitenkarte. Das gehörte wohl heute zur Standardausstattung der jungen Akademiker. Brander warf einen Blick auf die Karte. Es war noch seine alte Adresse in der Gösstraße angegeben, die Festnetznummer war durchgestrichen und handschriftlich korrigiert.

»Entweder äußerst kooperativ oder verdammt schlechtes Gewissen«, mutmaßte Peppi, nachdem Lüdke mit seinem Wagen davongefahren war.

»Wir werden es herausfinden.« Brander schritt zu dem Mehrfamilienhaus und drückte auf Jasmin Rischs Klingel.

In der Tat war die Studentin gerade dabei, ihre Taschen zu packen. Allerdings sah es weniger nach einem Besuch bei den Eltern aus, als nach einem Auszug. Brander sah sich überrascht in der Wohnung um. Die Regale waren leer geräumt, Kartons stapelten sich an den Seiten.

»Ich halte es nicht aus«, erklärte Jasmin Risch. »Ich kann hier nicht länger wohnen ... ich war hier so glücklich. Wir waren so glücklich.«

»Haben Sie denn so schnell schon eine andere Wohnung gefunden?«, wunderte sich Brander.

Sie schüttelte den Kopf. »Ich werde nicht wieder zurückkommen. Ich kann nicht in der Stadt leben, in der meine große Liebe umgebracht wurde. Ich muss weg hier. So schnell wie möglich. Ich ... ich kann nicht ...« Sie begann stumm zu weinen.

Ihre Mutter nahm sie tröstend in die Arme. »Was können wir noch für Sie tun?«, wandte sie sich an die beiden Kommissare.

»Wir haben leider noch ein paar Fragen an Ihre Tochter«, erklärte Brander. »Und wir brauchen die Kontaktdaten, wo wir sie erreichen können.«

Frau Risch nickte. Sie schickte ihre Tochter ins Bad, um sich das Gesicht zu waschen, befreite zwei Stühle von halb vollen Kartons und bot den Kommissaren Platz an.

»Jasmin wird erst einmal wieder bei uns wohnen. Sie muss zur Ruhe kommen und das alles erst einmal verarbeiten. Dann werden wir weitersehen. Vielleicht kann sie ihr Studium in Leipzig fortführen. Ich weiß nicht genau, ob es die gleichen Studiengänge bei uns gibt. Wir müssen auch mit der Universität sprechen, welche Scheine ihr anerkannt werden. Aber das hat Zeit. Es ist schrecklich, was passiert ist.«

Sie seufzte und sah auf die gestapelten Kisten. »Wir haben Nael leider nie persönlich kennengelernt. Aber so, wie Jasmin immer von ihm erzählt hat, muss er ein ganz wunderbarer Mensch gewesen sein. Ein bisschen poetisch und verträumt.«

»Im Sommer war ich seine Sonnenblume und im Winter seine Eisblume.«

Brander drehte sich zur Tür, sah die junge Frau an den Türrahmen gelehnt stehen.

»Ich habe ein altes Auto, und jetzt im Winter haben sich oft Eisblumen an den Scheiben gebildet. Er fand es so schön. Ich sitze in einer Wiese voller Eisblumen, hat er gesagt, und neben mir ist die schönste Blume von allen.« Sie lächelte traurig.

»Frau Risch, ich weiß, es ist nicht leicht für Sie, aber könnten wir mit Ihnen noch einmal über Herrn Vockerodt und über Dienstagabend sprechen?«, begann Brander behutsam.

Sie biss die Zähne aufeinander, nickte stumm und setzte sich neben ihre Mutter auf das Sofa.

»Sie sagten, Herr Vockerodt sei oft nachts spazieren gegangen. Ging er dabei immer dieselben Wege?«

»Ich glaube nicht. Ich kann es natürlich nicht mit Bestimmtheit sagen, er ging ja meistens allein. Aber es hätte nicht zu ihm gepasst. Navo ließ sich gern treiben. Einfach losgehen und schauen, wohin der Weg ihn führte. Nein, ich denke nicht, dass er immer dieselben Wege ging.«

»Gab es regelmäßige Zeiten, zu denen er spazieren ging?«

»Nein. Manchmal wachte er in der Nacht auf, zog sich an und ging los. Manchmal ging er in der Abenddämmerung. Manchmal am frühen Morgen. So, wie es ihn hinaustrieb. Ich weiß nicht, ob Sie das verstehen. Er spürte, dass er gehen musste, und er ging.«

»Und wie lange blieb er normalerweise fort?«

»Das war ganz unterschiedlich. Mal eine Stunde, mal zwei. Manchmal stand er schon nach fünf Minuten wieder vor der Tür.«

Die nächste Frage war heikel. »Könnte es sein, dass er sich mit jemandem verabredet hatte?«

Sofort merkte er, dass sie sich zurückzog. Ihr Körper versteifte sich, die Gesichtszüge wurden härter. Es waren minimale Regungen, die Brander jedoch nicht entgingen.

»Worauf wollen Sie hinaus?«

»Nichts Bestimmtes …« Doch, eigentlich sehr bestimmt, aber er wagte nicht, so direkt zu fragen. »Ein Freund, Bekannte, eine Freundin …« Jetzt stand es im Raum.

Jasmin Risch sah Brander an. Ernst und auch mit etwas Wut im Blick. »Darauf wollen Sie hinaus. Weil die anderen sagen, dass er geflirtet hat. Wissen Sie was? Die waren neidisch. Die waren einfach nur neidisch. Es war nichts dabei, wenn Navo eine Frau angelächelt hat. Er war freundlich. Er war nett. Es war einfach seine Art! Aber er hat mich geliebt. Hören Sie? Er hat mich geliebt!«

»Wir müssen diese Fragen leider stellen, Frau Risch. Es könnte ja sein, dass jemand eifersüchtig war. Vielleicht hat jemand das Lächeln Ihres Freundes falsch verstanden.«

»Ich wüsste nicht, wer.«

»Frau Risch«, mischte sich Peppi in das Gespräch. »Waren Sie eifersüchtig?«

Jasmin Risch sah mit verkniffenem Blick zu Branders Kollegin. »Nein.«

»Denken Sie noch einmal an den Dienstagabend. War da irgendetwas anders als sonst? Sie sagten, er wäre traurig gewesen«, lenkte Brander den Fokus wieder auf Nael Vockerodt.

»Es war nichts anders. Er war traurig, aber das kam manchmal vor. Ich sagte doch, dass er Heimweh hatte.«

»Ja, das sagten Sie. Es hätte ja sein können, dass Ihnen im Nachhinein noch etwas eingefallen ist.«

Jasmin Risch dachte ein paar Atemzüge lang nach, bevor sie sprach. »Nein, wirklich nicht. Er hat seine Jacke angezogen, mich zum Abschied geküsst und ist gegangen. Es war nichts – wirklich nichts – Ungewöhnliches dabei.«

»In der Eugenstraße gibt es einen afrikanischen Laden. Er heißt Bongoroots. Gab es da vielleicht eine Beziehung?«

»Bongoroots?« Die Studentin schüttelte den Kopf. »Den Namen habe ich noch nie gehört. Was ist das für ein Laden?«

Brander zuckte die Achseln. »Afrikanische Küche, Catering. So was in der Art, glaube ich.«

»Nein, tut mir leid. Navo hätte mir sicherlich davon erzählt.« Sie überlegte. »Wir waren mal im Französischen Viertel in einem Afrika-Laden. Ich weiß nicht mehr, wie der hieß. Aber die haben mehr so Djembé Drums, Schmuck, Körbe und solche Sachen. Wie hieß der denn noch?«

»Ich kenne den Laden, ist gleich bei mir um die Ecke«, sagte Peppi. »Die haben schöne Sachen.«

»Gab es sonst irgendwelche Treffpunkte, die Ihr Freund aufgesucht hat?«

»Sie meinen Treffpunkte von seinen Landsleuten?«

Brander nickte.

»Nein. Er war ja erst seit Oktober in Tübingen. Zu Semesterbeginn gab es Veranstaltungen von der Uni für Studenten aus dem Ausland. Und dann war da noch das Akademische Beratungszentrum. Die haben ihm geholfen mit dem ganzen Papierkram für die Aufenthaltsgenehmigung und so was. Aber ansonsten … Wir haben einfach auch ganz viel Zeit nur zu zweit genossen. Wir hatten uns so lange nicht gesehen …« Sie biss sich auf die Unterlippe, kämpfte mit den Tränen, als ihr mit diesem Satz erneut bewusst wurde, dass sie ihren Freund nie wieder sehen würde.

»Wie war Ihre Beziehung zu Herrn Lüdke nach Ihrer Trennung?«, wechselte Brander das Thema.

Ihrem Blick nach schien sie ein wenig überrascht über seine Frage. Aber wenigstens war es Brander so gelungen, sie für diesen Moment von ihrem Kummer abzulenken.

»Am Anfang war es natürlich nicht einfach. Für uns beide nicht. Es ist ja nicht so, dass ich Mike nicht mehr mochte. Ich hatte nur aufgehört, ihn zu lieben. Wir haben versucht, Freunde zu bleiben, weil wir eine gute Zeit miteinander hatten, und das sollte nicht durch böse Worte kaputt gemacht werden. Er steht mir noch immer sehr nahe, und er hilft mir auch jetzt.«

Ihre Antwort klang arglos und ehrlich. Sie hegte offensichtlich keinerlei Verdacht gegen ihren Exfreund. Brander sah auf die Kartons an der Wand. »Sind da auch die Sachen von Herrn Vockerodt dabei?«

»Nein, die stehen dort.« Jasmin Risch wies auf zwei Kartons auf der anderen Seite des Raumes. »Ich werde die Sachen seinen Eltern schicken. Sie haben nicht viel Geld. Sie wissen noch nicht einmal, wie sie die … wie sie die Überführung bezahlen sollen. Seine Kommilitonen sammeln Geld. Das würden sie doch nicht tun, wenn sie ihn nicht gemocht hätten.«

Oh doch, dachte Brander, zum Beispiel um das schlechte Gewissen reinzuwaschen, wenn tatsächlich einer von ihnen an der Tat beteiligt war, weil er eifersüchtig auf Vockerodts Chancen bei den Frauen gewesen war. Vielleicht hatte Vockerodt einmal mit dem falschen Mädchen zu heftig geflirtet. Andererseits mochte Jasmin Risch recht haben. In den Gesprächsprotokollen mit den Studenten stand nichts davon, dass einer von ihnen einen Groll gegen den Afrikaner gehegt hätte. »Dürften wir einen Blick in die Kisten werfen?«

»Wonach suchen Sie?«

»Einen persönlichen Kalender, Notizen, Einträge. Irgendetwas, was uns einen Hinweis auf den Täter geben könnte.«

»Das finden Sie in der unteren Kiste. In der oberen sind nur Kleidungsstücke.«

Sie hatten nichts in den Kisten gefunden, was ihnen weiterhalf. Einen Terminkalender besaß Vockerodt anscheinend nicht. In einem Notizbuch hatte er seine Eindrücke von Tübingen festgehalten. Es war in seiner Muttersprache geschrieben, und Jasmin Risch hatte ihnen Teile daraus übersetzt. Brander hatte das Büchlein mitgenommen mit dem Versprechen, es später Nael Vockerodts Eltern zu schicken. Sie ließen sich noch die Leipziger Adresse von Frau Risch geben und machten sich wieder auf den Weg zur Polizeidirektion. Brander starrte aus dem Fenster, während Peppi das Auto durch den Verkehr lenkte.

»Ob der Schnee bis Weihnachten hält?«, fragte er.

»Ich glaube nicht. Maximal noch eine Woche, und dann geht das übliche Schmuddelwetter wieder los«, antwortete Peppi pessimistisch.

»Wäre schön, wenn der Schnee wenigstens bis nächste Woche bleibt, bis zum Weihnachtsmarkt.«

»Oh ja, nächsten Freitag ist doch wieder Feuerzangenbowle am Haagtorplatz«, sagte Peppi begeistert. »Ich war dreimal dort, seit ich in Tübingen wohne, und jedes Mal hat es geregnet.«

In den sieben Jahren, die er mittlerweile Dienst in Tübingen tat, hatte er es noch kein einziges Mal geschafft, zu dieser winterlichen Open-Air-Kinoveranstaltung zu gehen. Es musste ein ganz besonderes Erlebnis sein, auch wenn man nicht unbedingt viel von dem Film sah, weil Schirme und Menschenmassen den Blick versperrten. Aber die meisten Besucher kannten die Komödie mit Heinz Rühmann aus den vierziger Jahren ohnehin zur Genüge und kamen einfach um des Events willen.

»Jeder nur einen wänzigen Schlock«, zitierte Brander den Ausspruch, den selbst Menschen kannten, die den Film noch nicht gesehen hatten. »Wenn nächsten Freitag noch Schnee liegt, geh ich mit Cecilia hin.«

»Dann zieht euch aber warm an!«

»Was machen wir jetzt mit Lüdke?«, fragte Peppi als sie wieder in ihrem Büro in der Konrad-Adenauer-Straße saßen.

»Tja …« Brander lehnte sich zurück und spielte mit einem Kuli. »Er hätte Zeit gehabt. Er hätte ein Motiv …«

»Und er hat die körperlichen Voraussetzungen.«

»Also, dazu brauchte es nicht unbedingt einen Eins-Neunzig-Mann. Wenn du einen Überraschungsangriff startest, ihm eine reinhaust und gleich einen Fußtritt nachlegst, könnte theoretisch auch eine Frau es getan haben.«

»Ich bitte dich!« Peppi verzog das Gesicht.

»Warum sollte es nicht eine Frau gewesen sein?«, beharrte Brander. »Vockerodt war knapp einen Meter achtzig groß, ein schlaksiger Typ. Wie viel Kraft brauchst du da?«

»Aber …«

Brander bremste den Protest der Kollegin mit einer Handbewegung. »Nehmen wir zum Beispiel Jasmin Risch. Sie scheint ihren Navo ja geradezu vergöttert zu haben. Aber er schleicht sich des Nachts immer wieder davon. Rekonstruieren wir den Dienstagabend. Sie sagt, Vockerodt wäre deprimiert gewesen. War er das tatsächlich? Oder hatten die beiden vielleicht Streit? Er haut ab, sie läuft ihm hinterher. Die beiden streiten sich, irgendwann bleibt die Risch wütend stehen. Er dreht sich zu ihr, sie schlägt ihm ins Gesicht. Er ist überrascht, macht einen Schritt auf sie zu, sie ist immer noch wütend oder bekommt vielleicht Angst und tritt ihn. Unglücklicherweise ist da diese Eisfläche …«

»Ach, Andi! Die laufen doch nicht streitend quer durch Tübingen. Hier.« Peppi hob eine Hand nach rechts oben. »Wohnung Jasmin, Weststadt. Und hier.« Sie streckte die andere Hand nach unten links. »Tatort Südstadt. Nee, also das ist doch jetzt echt an den Haaren herbeigezogen.«

»Na gut, dann war er eben bei einer anderen Frau, die vielleicht irgendwo in der Eugenstraße oder in der Umgebung wohnt. Er sagt ihr, dass er sie nicht mehr sehen will, weil er seine Jasmin so liebt. Er geht. Sie verfolgt ihn. Gleiches Szenario.«

Peppi verdrehte die Augen.

»Was ich damit sagen will: Es könnte auch eine Frau gewesen sein«, beharrte Brander.

»Eine Frau mit Bassstimme? Schon vergessen? Frau Iscan hat nur Männerstimmen gehört.« Peppi stand auf.

»Was hast du vor?«

»Ich suche den Kollegen Neidhart. Der wollte sich doch bei den schweren Jungs umhören. Ich hoffe, er hat irgendetwas herausgefunden, was ich dir gleich um die Ohren hauen kann.«

»Was ist denn mit deiner guten Laune von heute Morgen passiert?«, fragte Brander scheinheilig.

»Gute Laune?« Peppi lächelte zynisch. »Hast du schon den Statusbericht für Staatsanwalt Schmid fertig?«

Wenn es etwas an seiner Arbeit gab, das Brander hasste, war es, Zwischenberichte für Staatsanwälte zu erstellen. Mit grimmigem Blick wandte er sich der Aufgabe zu, als ihn ein Anruf vom Empfang erlöste.

»Ich habe hier einen Herrn Schubert, der gern mit dir sprechen möchte.«

»Schubert?« Brander durchforstete sein Gehirn, fand kein passendes Gesicht zu dem Namen. »Was will er?«

»Er sagt, es ginge um das vermisste Mädchen. Nathalie Böhme.«

»Das macht der Kollege Marquardt.«

»Ich weiß, aber zum einen ist er gerade nicht im Haus und zum anderen bat Herr Schubert ausdrücklich darum, mit dir zu sprechen.«

»Na gut, ich komm runter.« Der Bericht konnte warten.

Als er den Empfangsbereich der Polizeidirektion betrat, wusste er, warum Herr Schubert nach ihm gefragt hatte.

»Hallo, Klaus«, begrüßte Brander den Mann in Jeans und Lederjacke. Er war wie Brander Mitte vierzig, hatte jedoch das Glück einer fülligen, leicht ergrauten, schulterlangen Haarpracht. Sein Gesicht zierte ein gepflegter kurzer Kinnbart. Er hätte gut in eine Heavy-Metal-Band der neunziger Jahre gepasst. Bis vor zwei Jahren hatte er zwei Häuser weiter in derselben Straße wie Brander und Cecilia gewohnt und lebte jetzt mit Frau und Kindern in Weilheim. Klaus Schubert, darauf hätte er eigentlich kommen müssen.

»Hallo, Andi. Cecilia hat mir verraten, dass du heute arbeitest. Ich habe sie vorhin beim Saturn getroffen.«

»Beim Saturn?«, wunderte sich Brander.

»Ja, also auf dem Parkplatz, sie wollte zum Rewe einkaufen, und ich bin gerade auf der Suche nach einem neuen Navi und wollte mir die Geräte beim Saturn mal anschauen. Da blickst ja nicht mehr durch, welches Gerät jetzt tatsächlich die Funktionen hat, die du brauchst und ach …« Schubert machte eine wegwerfende Handbewegung. »Jedenfalls fiel mir ein, dass du bei der Kripo arbeitest, und da kam mir spontan in den Sinn … Hast du ein paar Minuten Zeit?«

»Klar, komm rein, kriegst 'nen Kaffee.« Brander lotste den Mann Richtung Treppenhaus. »Bist du mit deiner Harley hier?«

Schubert lachte. »Bei dem Wetter hol ich mein Schmuckstück nicht aus der Garage. Das Salz würde das ganze Chrom zerfressen.«

Brander füllte zwei Tassen mit Kaffee. »Milch? Zucker?«

»Immer noch schwarz.«

Sie gingen in Branders Büro.

»Setz dich. Was kam dir denn nun spontan in den Sinn?«

Schubert blies in seine Tasse, nippte vorsichtig an dem Getränk. »Es geht um Nathalie«, sagte er schließlich. »Ich bin ihr Klassenlehrer.« Er trank wieder einen kleinen Schluck, schien noch unschlüssig, ob es richtig gewesen war, zu kommen. Jetzt erinnerte sich Brander auch wieder, dass Schubert mal erzählt hatte, dass er an einer Realschule in Tübingen unterrichtete.

»Sie wird seit Mittwoch vermisst. Ein Kollege von mir arbeitet an dem Fall. Er ist gerade unterwegs und …«

»Mittwoch? Nein«, unterbrach Schubert ihn. »Ich glaube, sie ist bereits seit Dienstag weg.«

Brander stieß die Luft laut aus seinen Lungen und lehnte sich zurück. »Wie kommst du darauf?«

»Ich bin gerade ein bisschen unsicher, ob das gut ist, was ich hier mache«, zögerte sein Gegenüber erneut.

»Das kann ich dir leider auch nicht sagen, weil ich nicht weiß, was du uns erzählen willst.« Brander öffnete kurz die Hände und faltete sie wieder zusammen. Er konnte Schubert die Entscheidung nicht abnehmen.

»Ich mache mir Sorgen. Nathalie ist ein schwieriges Mädchen. Sie ist erst seit Anfang des Schuljahres bei uns. Du weißt das vielleicht aus euren Akten. Sie ist eine Einzelgängerin, eine notorische Schulschwänzerin, und sie ist sehr aggressiv. Gegen ihre Mitschüler, gegen Lehrer, gegen sich selbst.«

»Aggressiv heißt?«

»Sie prügelt sich immer wieder mit ihren Mitschülern. Wegen

Nichtigkeiten, eigentlich meistens völlig grundlos. Wenn sie meint, dass jemand sie böse angeguckt hat, geht sie auf ihn los. An ihrer letzten Schule hat sie sogar eine Lehrerin attackiert. Deswegen ist sie jetzt bei uns.«

Brander runzelte die Stirn. »Was bedeutet attackiert?«

»Sie fühlte sich ungerecht behandelt und ist in der Stunde aufgestanden und mit geballten Fäusten auf ihre Lehrerin losgegangen.«

»Und worum genau machst du dir jetzt Sorgen?« Einzelgängerin, aggressiv. Unweigerlich schossen Brander die Bilder vom Amoklauf in Winnenden durch den Kopf. Schuberts Worte beunruhigten ihn zusehends.

»Um Nathalie. Sie ist schwierig. Aber sie ist nicht bösartig. Sie weiß einfach nur nicht, wie sie sich wehren soll, wie sie sich Aufmerksamkeit und Anerkennung verschaffen kann. Und das versucht sie, durch ihre Aggressionen zu kompensieren. Am Anfang, als sie zu uns kam, hat sie natürlich versucht, die gleiche Masche wie an ihrer alten Schule durchzuziehen. Ich wollte es erst mit Strenge probieren, aber da macht sie gleich zu. Ohne geht es natürlich auch nicht. Ich kann nicht zulassen, dass sie Mitschüler verprügelt. Es gab also gleich in der ersten Woche einen Verweis, und das Resultat war, dass sie nicht wieder zur Schule kam. Ich habe ihre Eltern zu mir bestellt, die aber nicht gekommen sind. Also bin ich zu ihr nach Hause gefahren. Da war sie nicht. Aber ich habe zumindest mal ein Bild von ihrem Elternhaus bekommen. Sie lebt bei ihrer Mutter und deren Freund. Wenn du mich fragst, beides Alkoholiker. Dem Freund von Nathalies Mutter ist das Mädel im Weg, und ihre Mutter … die ist völlig überfordert mit der Situation.« Schubert hielt inne. »Hast du überhaupt Zeit, dir das alles anzuhören? Ich kann's auch kurz und knapp …«

»Passt schon. Erzähl weiter.«

»Ich habe Nathalie ein paar Tage später abends im Park am Anlagensee entdeckt. Sie war völlig zugedröhnt. Tabletten, Alkohol. Lag in ihrer eigenen Kotze auf dem Rasen. Ich habe deine Kollegen informiert, und der Rettungsdienst hat sie abgeholt. Ich bin so lange bei ihr geblieben, habe ein bisschen auf sie eingeredet. Was soll ich sagen? Drei Tage später saß sie plötzlich wieder in meinem Unterricht, und am Ende der Stunde kommt sie zu mir und bedankt sich. Ich hab nicht gedacht, dass sie mich in ihrem Delirium überhaupt erkannt hatte. Aber irgendwie habe ich sie da wohl ein wenig erreicht. Ich habe sie gebeten, nach der Schule noch zu bleiben, um mit ihr zu reden. Natürlich ist sie nicht geblieben. Aber sie kam von da an relativ regelmäßig zur Schule, und ich hatte auch das Gefühl, dass sie sich ein wenig in die Klasse integrierte. Nicht, dass sie Freundschaften schloss, aber sie hielt sich mit ihren Aggressionen und Beleidigungen etwas zurück. Ich bin sogar der Meinung, dass der Deutschunterricht ihr wirklich Spaß gemacht hat. Sie ist nicht dumm, und ihre Arbeiten waren gut.«

Schubert trank einen Schluck Kaffee, holte tief Luft, um zum letzten Kapitel zu kommen. »Letzten Dienstag hat es dann wieder richtig gekracht. In der Pause hat sie ein anderes Mädchen fürchterlich verprügelt. Wir haben die Mädchen auseinander gebracht, aber Nathalie ist uns dann irgendwie entwischt. Wir wissen nicht, was genau vorgefallen ist. Du hast zehn Kids, die drum herumstehen, und jeder erzählt eine andere Version der Geschichte.«

»Oh ja, das kenne ich nur zu gut.« Brander nickte. Mit Zeugenaussagen war es oft nicht anders.

»Ich bin abends zu ihren Eltern und habe versucht, mit ihnen zu sprechen. Es hat mir einfach keine Ruhe gelassen. Nathalie war sogar zu Hause, und ich habe sie zu dem Gespräch dazu geholt. Ich fragte sie, was denn los gewesen wäre, aber sie antwortete nicht. Saß da, stumm wie ein Fisch. Der Freund von Nathalies Mutter begann Frau Böhme Vorwürfe zu machen: ›Deine Tochter. Das ist deine Tochter.‹ Genau das, was man in so einer Situation braucht. Und irgendwann stand Nathalie plötzlich auf, schrie, dass sie aufhören sollten, und haute ab. Und darum denke ich, dass sie bereits seit Dienstagnacht verschwunden ist.« Er leerte seine Tasse, atmete tief durch, anscheinend erleichtert, ihm die Geschichte anvertraut zu haben.

Brander seufzte schwer, dachte eine Weile über die Worte seines ehemaligen Nachbarn nach. »Schön und gut, dass du mir das erzählst«, antwortete er schließlich. »Aber was meinst du, wie oft wir diese und ähnliche Geschichten hier hören? Sie ist abgehauen.

Ob Dienstagnacht oder Mittwochmorgen ist eigentlich egal. Das ändert nichts an der Tatsache, dass sie von zu Hause abgehauen ist und rumstreunt. Hast du einen Anhaltspunkt, wo sie sich gewöhnlich herumtreibt? Kennst du Namen von Leuten, mit denen sie sich vielleicht getroffen hat?«

Schubert schüttelte bedrückt den Kopf. »Ich weiß, dass sie kein Einzelfall ist. Aber ich hatte die Hoffnung, sie auf den richtigen Weg zu bringen. Sie braucht einfach jemanden, der sich um sie kümmert, der ihr mal zuhört. Ich hatte eigentlich das Gefühl, dass sie mir ein bisschen vertraut.« Er kramte in der Innentasche seiner Jacke und zog ein zusammengefaltetes Blatt Papier heraus. Er reichte es Brander. »Das hat sie geschrieben. Es lag in ihrem Klassenarbeitsheft. Ich hatte am Montag eine Deutscharbeit schreiben lassen.«

Brander faltete das Papier auseinander. Es war in ungelenker Handschrift beschrieben:

DUNKELHEIT
UMGIBT MEINE SEELE
FÄNGT SIE EIN
MIT EINEM GROSSEN TUCH

HÄLT SIE FEST
SCHMIEGT SICH DICHT AN
HÜLLT SIE EIN
MIT EINEM GROSSEN TUCH

UMSCHLIESST SIE
MIT EINSAMEN SCHATTEN
BEDECKT SIE
MIT EINEM GROSSEN TUCH

IN DER NACHT
FÜHRT KEIN WEG ANS LICHT
VERSTECKE MICH
UNTER EINEM GROSSEN TUCH

ERWARTE
DEN TAG VERGEBENS

»Das klingt nicht besonders fröhlich.« Brander legte das Blatt auf seinen Schreibtisch. »Klaus, sprich doch einfach noch mal mit deiner Klasse. Vielleicht kennt irgendjemand wieder irgendjemanden, der Kontakt zu Nathalie hatte und eine Vermutung hat, wo sie sein könnte.«

»Sie hat das Blatt doch nicht zufällig in dem Heft liegen lassen. Sie braucht dringend Hilfe!«, erklärte Klaus Schubert mit Nachdruck.

»Die Hilfe kann man ihr aber nur geben, wenn sie sie annimmt. Außerdem müssen wir das Mädchen erst einmal finden.« Brander deutete auf das Blatt. »Kann ich das kopieren?«

»Ja, natürlich. Kannst du ... kannst du mir Bescheid geben, wenn ihr sie gefunden habt?«

»Eigentlich ...« Brander presste die Lippen zusammen, nickte stumm.

Er hatte Klaus Schubert zum Ausgang begleitet und saß anschließend wieder nachdenklich an seinem Schreibtisch. Nach dem Gespräch fiel es ihm schwer, sich auf den Fall Vockerodt zu konzentrieren, bei dem er das Gefühl hatte, in eine Sackgasse zu laufen. Am Ende befand sich eine große Mauer, hinter der sich des Rätsels Lösung verbarg. Aber so sehr er sich auch streckte, noch konnte er nicht einmal ansatzweise über diese Mauer hinübersehen.

Während er stumm dasaß, fiel ihm mit Schrecken ein, dass er Julian bereits seit zwei Tagen nicht mehr angerufen hatte. Er hätte sich selbst ohrfeigen können. Noch gestern Nachmittag hatte er seinem Bruder versprochen, dass er sich weiterhin um den Jungen bemühen wollte. Eilig, als ginge es um Sekunden, wählte er Julians Handynummer.

»Hm«, brummte ihm sein Neffe nach dem vierten Freizeichen entgegen.

»Hallo, Julian. Wie geht's?« Brander verzog das Gesicht. Was für ein dummer, banaler Einstieg! Dem Jungen ging es beschissen! Fiel ihm denn nichts Besseres ein zu fragen?

»Bestens«, kam auch prompt die unehrliche Antwort.

»Julian, ich weiß, dass es dir nicht gut geht.«

»Was fragst 'n dann so blöd?«, fuhr Julian ihn unbeherrscht an.

»Kann ich was für dich tun?«

»Ihr sollt mich alle in Ruhe lassen. Lasst mich alle endlich in Ruhe mit eurem Gesülze! Das geht mir auf den Sack!«

»Julian ...«

Zu spät, der Junge hatte aufgelegt. Brander fühlte sich hilflos wie selten. Mit dir redet Julian wenigstens, echoten die Worte seines Bruders in seinem Kopf. Das war doch kein Reden! Das war Wut und Ablehnung. Was sollte er nur tun? Wie konnte er Julian erreichen? Langsam begann er, sich mehr Sorgen um Julian als um Babs zu machen. Er wählte erneut Julians Handynummer, stützte den Ellenbogen auf den Tisch, legte den Kopf in die freie Hand und starrte auf die Schreibtischplatte. Mit der anderen hielt er das Telefon an sein Ohr. Vor ihm lag noch Nathalies Text. Verstecke mich unter einem großen Tuch. Sich vor der Welt verstecken. Diese Worte hätten gerade auch von Julian kommen können.

Das Freizeichen ertönte mehrere Male, dann wurde sein Anruf auf den Anrufbeantworter umgeleitet.

»Julian, ich bin's noch mal, Onkel Andi.« Onkel Andi, so nannte Julian ihn schon lange nicht mehr. »Ich würde dir gern helfen, aber ich weiß nicht, wie ich das tun soll, wenn du immer einfach auflegst. Was du erlebt hast, ist schrecklich. Und ich habe nur eine Ahnung davon, wie es dir gerade geht. Ich bin für dich da. Wenn du jemanden zum Reden brauchst, dann ruf mich an. Wir können auch über Fußball quatschen oder Musik. Was du willst. Lass uns einfach nur ein bisschen reden. Ich hab dich lieb.«

Er legte das Handy zur Seite, strich sich mit beiden Händen kräftig über den Kopf. Würde Julian den Anrufbeantworter abhören? Würde die Nachricht helfen, die er ihm hinterlassen hatte? Er sah auf den Zettel vor sich. Gab es irgendjemand, außer dem Lehrer Klaus Schubert, der sich um Nathalie Böhme sorgte?

»Wenn du das alles hörst und siehst, fragst du dich, wie du dein Kind jemals gesund und unbeschadet durch das Leben bringen willst.« Es war drei Uhr nachmittags, als Hendrik Marquardt wieder ins Büro zurückkehrte. Er ließ sich erschöpft auf den Besucherstuhl in Branders und Peppis Büro fallen.

»Hast du wenigstens etwas erfahren?«, fragte Peppi mitfühlend. Sie war von Magnus Neidhart unverrichteter Dinge zurückgekommen. Der Totschlag an Vockerodt war bei den Prostituierten und ihren Freiern anscheinend kein Thema gewesen.

Hendrik zuckte müde die Achseln. »Ein einziges Mädchen habe ich getroffen, das Nathalie ein bisschen näher kannte. Aber die hat sie Dienstagabend zuletzt gesehen. Das hilft uns auch nicht weiter.«

Brander horchte auf. »Vielleicht doch. Was hat sie erzählt?«

»Sie hat Nathalie am Neckarstauwehr getroffen. Da stehen ein paar Bänke, und sie sagt, dass sie da manchmal zusammen abgehangen haben. Dienstagabend saß Sofie – so heißt das Mädchen – da, und irgendwann wäre Nathalie gekommen. Sie wäre super schlecht drauf gewesen, hätte zwei Zigaretten geraucht und dabei nur geflucht. Das ganze Leben wäre beschissen, ihre Mutter eine blöde Fotze, ihr Stiefvater ein Wichser.«

Hendrik hob entschuldigend die Hände. »Sorry, das ist O-Ton. Na ja, so genau müsst ihr's auch nicht wissen. Sie war jedenfalls stinksauer. Sofie wollte dann nach Hause gehen, weil ihr kalt war. Es hatte ja letzten Dienstag so geschneit. Sie hat Nathalie gefragt, was sie vorhätte. Nathalie hat gesagt, sie wolle zu Ricky gehen. Das muss gegen halb elf abends gewesen sein.«

»Ricky?«

»Ja, ist wohl so was wie ihr Freund. Der hat eine eigene Wohnung, und bei dem hat sie schon öfter übernachtet.«

»Und wo wohnt Ricky?«

»Tja, das wusste Sofie leider nicht.«

»Wie heißt dieser Ricky mit bürgerlichem Namen?«

»Auch da: keine Ahnung. Sie sagt, er wäre einer von den Junkies, die sich am Europaplatz herumtreiben. Ein dünner Spargeltarzan. Ich werd mal mit den Kollegen von drüben sprechen, vielleicht ist's einer von ihren Kandidaten.«

Mit »drüben« meinte Hendrik das kleinere Nebengebäude der Polizeidirektion, in dem unter anderem die Kriminalinspektion 2 untergebracht war – deliktspezifische und täterorientierte Ermittlungen: Betäubungsmittel, organisierte Kriminalität, Raub, Erpressung. Wenn dieser Ricky schon länger in der Szene war, bestand eine sehr große Chance, dass man ihn dort kannte.

»Ja, hak da mal nach. Ihr Lehrer war vorhin hier.« Brander berichtete von dem Gespräch mit Klaus Schubert. Er reichte Hendrik die Kopie des Textes.

»Wow, nachdem, was ich bisher von dem Mädchen gehört habe, bin ich ehrlich überrascht. Für eine Vierzehnjährige kann sie sich sehr gut ausdrücken.«

»Aber anscheinend nur auf dem Papier, vielleicht hat sie es irgendwo abgeschrieben«, überlegte Brander.

»Helfen wir ihr tatsächlich, wenn wir sie wiederfinden und nach Hause bringen?«, fragte Hendrik nachdenklich.

»Wir müssen sie nicht nach Hause bringen«, überlegte Brander. »Wir können mit dem Jugendamt sprechen. Vielleicht kann man sie über die Sophienpflege erst einmal irgendwo anders unterbringen. In einer Wohngruppe oder in einer Pflegefamilie, irgendwo, wo sich jemand um sie kümmert.«

»Wenn Nathalie das denn will. Oh Mann, oh Mann, oh Mann«, stöhnte Hendrik laut auf.

»Na, jetzt kümmern wir uns erst einmal um deinen Jungen. Ich ruf Ceci an. Die Frauen sind bestimmt schon unterwegs und haben drei Kilo Schokolade gekauft.«

Bei dem Gedanken an seinen kleinen Sohn hellte sich Hendriks Miene etwas auf.

Sie trafen ihre Frauen auf der Neckarbrücke und schlenderten gemeinsam über den Schokoladenmarkt. Brander freute sich, seine ehemalige Kripokollegin Anne Dobler wieder fröhlich lachend zu sehen. Nach der Geburt war es ihr eine Zeit lang nicht gut gegangen, weil sich Louis als ein Schreibaby entpuppte. Sie war nervlich völlig am Boden gewesen, und auch Hendrik war es schwergefallen, die Belastung zu ertragen. Inzwischen war aus dem Schreibaby ein zufrieden glucksendes Kind geworden, das in absehbarer Zeit sicherlich seine ersten Gehversuche unternehmen würde.

Sie schoben sich mit der Menschenmenge an den zahlreichen Ständen vorbei, probierten hier und da Schokolade und Pralinen und genossen den Trubel. Brander und Hendrik vermieden es, über ihre Arbeit zu sprechen, und Anne erzählte stolz, wie Louis in der Krabbelgruppe mit seinem süßen Lächeln die anderen Mütter umgarnte.

»Ganz der Vater«, kommentierte Brander schmunzelnd. Bevor Hendrik mit Anne zusammengekommen war, war er der Gigolo der Polizeidirektion gewesen. Es gab wenig, was er ausgelassen hatte, und einmal mehr freute sich Brander, wie fürsorglich und verantwortungsvoll Hendrik sich um seine kleine Familie kümmerte.

Durchgefroren und zufrieden machten Hendrik und Anne sich mit ihrem Kind schließlich wieder auf den Heimweg, während Brander Cecilia Richtung Weinhaus Beck lotste.

»Was willst du da? Ich dachte, wir wollen vor eurer abendlichen Soko-Sitzung noch zu Karsten?«, fragte Cecilia.

»Ich will ihm eine Kleinigkeit mitbringen. Er ist bestimmt total deprimiert, weil er morgen den Nikolauslauf nicht mitmachen kann«, erklärte Brander.

»Eine Kleinigkeit?«

»Ja.«

»Für Karsten?«

»Ja.«

Cecilia zog spöttisch die Augenbrauen hoch. »Wie uneigennützig du immer bist.«

»Ja, so bin ich.« Brander grinste unschuldig.

Das kleine Lokal am Rande des Marktplatzes war bis auf den letzten Platz besetzt. Die Besucher der chocolART wärmten sich bei Kaffee, Tee oder Wein ein wenig auf, probierten die leckeren Kuchen und herzhaften Quiches und unterhielten sich angeregt. Es ging laut zu, ohne ungemütlich oder hektisch zu wirken. Der Inhaber der Weinstube begrüßte sie gut gelaunt am Eingang des Ladens. »Was kann ich für euch tun?«

»Ich suche einen guten Whisky für einen Freund«, erklärte Brander.

»Ich habe nur guten Whisky«, entgegnete sein Gegenüber mit breitem Grinsen. »In welche Richtung soll es denn gehen?«

Brander überlegte kurz. »Ein Islay wäre wohl das Richtige. Caol Ila oder vielleicht ein Lagavulin. Obwohl … manchmal trinkt er auch ganz gern einen Highland Whisky.«

Die beiden Männer begutachteten die Whiskybestände, und Brander entschied sich schließlich für einen zehnjährigen Ben Nevis. Ein Highland Single Malt aus der Destillerie am Fuße des gleichnamigen höchsten Berges Schottlands in Fort William. Zwar nicht rauchig, aber kräftig im Geschmack. Brander hatte ihn vor Jahren bei einer Besichtigung der Destillerie probiert und freute sich darauf, Beckmann davon zu erzählen – natürlich bei gleichzeitiger Verkostung des Lebenswässerchens.

Doch Karsten Beckmann sah nicht danach aus, als ob er an diesem Abend einen Whisky genießen könnte. Die Augen glasig, die Nase verschnupft, das Gesicht eines Leidenden. Er hatte über seinen Pyjama einen dicken Bademantel gezogen und schien trotzdem zu frieren.

»Kommt rein.« Beckmann winkte sie mit einer müden Handbewegung in seine Wohnung, schlurfte vor ihnen ins Wohnzimmer und verkroch sich unter einer Decke auf dem Sofa.

»Hast du Fieber?«, erkundigte sich Cecilia besorgt.

»Ist schon wieder besser. Ihr hättet nicht kommen sollen. Ich stecke euch nur an.« Seine Stimme war nicht mehr ganz so heiser wie am Morgen.

»Jemand muss ja nach dir gucken!«, erklärte Cecilia. Sie prüfte den Inhalt der Thermoskanne auf dem Wohnzimmertisch.

»Angie kümmert sich um mich.«

»Ist das Tee?« Cecilia hatte den Deckel der Kanne abgeschraubt und sah naserümpfend hinein.

»Artemisiatee. Vielleicht auch Rattengift. Schmeckt so bitter, das kannst du dir nicht vorstellen. Aber Angie hat mir befohlen, es zu trinken.«

Brander lachte. Seinen Humor hatte Beckmann noch nicht eingebüßt.

»Lach du nur. Trink mal einen Schluck.« Beckmann zeigte hustend Richtung Küche. »Los, hol dir ‘ne Tasse.«

Brander gehorchte, goss die grüne Flüssigkeit in seine Tasse und trank einen Schluck. Sein Gaumen zog sich zusammen, und auch die Augen wurden zu kleinen Schlitzen. »Uaah! Was ist das denn?«, brachte er mühsam hervor.

Beckmann gelang ein müdes Grinsen. »Hab ich doch gesagt. Das Zeug ist so bitter. Das ist unglaublich.«

Brander hielt Cecilia die Tasse hin, die vorsichtig daran nippte und gleichfalls das Gesicht verzog.

»Und das soll gesund sein?«

Beckmann nickte achselzuckend.

»Da hab ich was Besseres für dich.« Brander reichte dem Patienten sein Mitbringsel.

Beckmann zog den Karton aus der Tüte. »Bist du verrückt? Ein Ben Nevis!« Er konnte seine Freude über das Geschenk nicht verbergen. »Da war ich mal mit Pierre!«

»Habt ihr eine Besichtigung gemacht?«

»Was denkst du denn? Erst rauf auf den Berg und danach Whiskyverkostung«, krächzte Beckmann. Er trank mit Leidensmiene einen Schluck Tee. »Pierre hat keinen Alkohol vertragen. Er war total süß, wenn er etwas getrunken hatte.« Sein Blick wurde wehmütig bei der Erinnerung an seinen verstorbenen Mann.

»Ceci und ich waren auch schon dort und haben uns die Legende des Dew of Ben Nevis angehört.«

»Oh ja! Der Dew.« Beckmanns Lächeln kehrte zurück. »Die haben in ihrem Schankraum auch leckere Scones. Habt ihr die Scones probiert?«

Brander sah grinsend zu seiner Frau.

»Seit unserem ersten Urlaub in Schottland nennt Andi mich ›Scone-Monster‹, weil ich die Dinger so gerne mag«, gestand sie schmunzelnd.

»Oh, dann back ich dir mal welche«, erklärte Beckmann.

»Werd erst einmal wieder gesund.«

Beckmann öffnete den Karton und zog die Flasche heraus. »Jawohl, und den trinken wir …« Ein Hustenanfall unterbrach ihn. »… wenn ich wieder fit bin.«

»Sofern du diese Miese-Tee-Kur überlebst«, gab Brander zu bedenken. »Wie heißt das Zeug?«

»Artemisia. Hilft wohl auch gegen Malaria.«

»So wie es schmeckt, hilft es gegen alles.« Brander schüttelte sich.

Sonntag

Es war drei Uhr vorbei, als das Telefon klingelte und Brander mitten aus einer Tiefschlafphase riss. Er deutete Cecilia an, weiterzuschlafen und schlich müde zum Telefon.

»Warum hat sie das gemacht?«, überfiel Julian ihn, kaum dass Brander sich gemeldet hatte.

Brander stöhnte tonlos, tappte im Dunkeln ins Wohnzimmer und setzte sich auf das Sofa. »Das weiß ich leider nicht, Julian.«

»Ich versteh das nicht. Warum? Warum hat sie das getan?«

Brander hörte die Not in der Stimme des Siebzehnjährigen. Am Rande zum Erwachsenwerden und in diesem Augenblick ein verzweifeltes Kind. Welche Worte gab es, um ihn zu trösten?

»Wenn ein Mensch Depressionen hat, dann ist er manchmal sehr, sehr verzweifelt, und dann macht er vielleicht Dinge, die er selbst nicht verstehen kann. Die er sonst nie machen würde.«

Stimmte das? Er wünschte sich, er hätte sich alles viel genauer von Cecilia erklären lassen.

»Und wenn sie es wieder tut? Scheiße, Mann …« Julian begann zu weinen.

Wenn er doch nur bei ihm sein könnte, um ihn in den Arm zu nehmen. »Hey, hey, es ist okay …«, versuchte Brander sanft, auf den Jungen einzureden.

»Nichts ist okay. Gar nichts!«, presste Julian mühsam hervor. Wütend, traurig, verwirrt.

»Ich weiß …«

»Warum redet ihr alle so eine Scheiße, Mann? Was ist, wenn sie es wieder tut?«

Brander wusste keine Antwort. »Deine Mutter ist jetzt in einer Klinik, da wird ihr geholfen. Und sie wird sicherlich eine Therapie machen. Es braucht Zeit, aber es wird …«

»Warum muss sie in diese Klinik? Sie ist doch nicht verrückt!«

»Nein, das ist sie nicht.«

»Ich darf nicht zu ihr. Warum lassen die mich nicht zu ihr?«

So viele Fragen, die der Junge mit sich herumtrug. So viele

Ängste. »Das ist wohl so, bei einer Therapie. Sie muss erst einmal selbst wieder mit sich ins Reine kommen. Und sie hat sicherlich auch wahnsinnige Schuldgefühle euch gegenüber.«

»Aber ich bin ihr doch nicht böse. Ich will doch einfach nur, dass wir wieder zusammen sind.«

»Bist du ihr wirklich nicht böse?«, wagte Brander zaghaft einzuwenden.

Julian schwieg.

»Es wird alles wieder gut, aber es braucht Zeit.«

»Kann ich zu euch kommen?«

Natürlich, setz dich in den nächsten Zug, hätte Brander beinahe spontan gesagt. Dann besann er sich. »Natürlich kannst du jederzeit zu uns kommen, aber vielleicht solltest du erst einmal mit deinem Vater reden. Er leidet sehr darunter, dass du nicht mit ihm sprichst.«

»Der!«, entgegnete sein Neffe trotzig. »Der war doch nie da, wenn wir ihn gebraucht haben. Immer nur arbeiten, arbeiten, arbeiten.«

»Er liebt dich, Julian. Und unter anderem geht er ja auch arbeiten, damit ihr ein Dach über dem Kopf habt und etwas zu essen.« Diese Antwort fiel sicherlich in den Bereich pädagogische Plattitüde. Es war natürlich möglich, dass Daniel sich nicht genug um seine Familie gekümmert hatte. Aber in dieser Situation mussten doch alle eine Chance bekommen, Fehler wiedergutzumachen.

Julian entgegnete nichts.

»Wir machen einen Deal«, schlug Brander vor. »Du redest in Ruhe mit deinem Vater, und dann schauen wir, wann du zu uns kommst.«

»Hmm.«

»Du musst doch auch noch ein paar Wochen zur Schule, oder? Es sind noch keine Ferien.«

»Ich geh nicht hin.«

»Hey, du machst in zwei Jahren dein Abi«, versuchte er Julian zu motivieren.

»Kann mich eh nicht konzentrieren.«

Das war verständlich. »Was ist denn mit deiner Freundin? Hast du mit ihr mal gesprochen?«

»Die hat Schluss gemacht.«

»Oh«, entfuhr es Brander überrascht. »Wann?«

»Letzten Dienstag. Deswegen war ich doch früher zu Hause und hab Mutti …« Seine Stimme brach. »Scheiße …«

»Julian, ich …« Brander schloss die Augen. Was war letzten Dienstag alles um ihn herum passiert? Eine Trennung, ein Selbstmordversuch, ein Toter, ein vermisstes Mädchen. War Vollmond gewesen? Wäre er Esoteriker, würde er den Grund dafür vielleicht in der Mond-Sterne-Konstellation suchen oder Erdstrahlen oder was auch immer für übernatürliche Mächte für dieses Chaos verantwortlich machen. Aber er war kein Esoteriker. War das Leben Zufall, oder gab es für all die Geschehnisse einen kausalen Zusammenhang, den der Mensch in seinem beschränkten Dasein nicht erfassen konnte? Hätte Julian sich einen netten Abend mit seiner Freundin gemacht … Brander mochte nicht weiter darüber nachdenken.

»Julian, bitte rede mit deinem Vater. Das ist sehr wichtig«, bat er seinen Neffen noch einmal inständig.

»Hmm«, brummte Julian, und Brander war sich nicht sicher, ob es Zustimmung oder Unwillen war.

»Und dann lässt du dir von Oma ein paar Vanillekipferl backen. Die sind echt lecker.« Wie oft hatte Brander die Plätzchen schon von seiner Mutter als Seelentröster oder bei Prüfungsstress bekommen? Manchmal halfen diese Kleinigkeiten, und die Welt sah nicht mehr ganz so finster aus.

Seine Bemerkung entlockte dem Jungen ein leises Lachen. »Oma hat schon für einen ganzen Basar gebacken. Ich denke, wir gehen demnächst in ein Waisenhaus und verteilen da tütenweise Plätzchen.«

Brander spürte ein sehnsuchtsvolles Ziehen in seinem Herzen. Das war sein Neffe. Der Junge würde sich nicht unterkriegen lassen. Er brauchte seine Zeit. Er brauchte seinen Trotz und seine Wut und seine Trauer. Aber er war stark genug, mit der Situation fertig zu werden, da war Brander sich sicher. »Geht's dir ein bisschen besser?«

»Hmm.«

»Kann ich noch irgendetwas für dich tun?« Er mochte das Gespräch nicht einfach beenden, wusste auch nicht wie.

»Nein«, sagte Julian. »Ich glaub, ich weck jetzt Papa.«

»Klingt nach einem guten Plan«, stimmte Brander zu.

»Onkel Andi?«

»Ja?«

»Ich darf doch zu euch kommen, oder?«

»Du bist uns immer willkommen. Du kannst hier Schnee schippen, es hat geschneit.«

»Cool, ich bring mein Snowboard mit.«

Langlaufskier wären in dieser Gegend eher angebracht, dachte Brander, aber das ist wohl nicht so cool.

Er war müde, als er am Sonntagmorgen beim Frühstück saß. Den Rest der Nacht hatte er nur noch in einem wenig erholsamen Dämmerschlaf verbracht. Zu viele Gedanken kreuzten in seinem Kopf hin und her. Cecilia hörte sich wortlos seinen Bericht von dem Gespräch mit Julian an, legte ihm schließlich die Hand auf den Unterarm und sah ihn liebevoll an.

»Du bist ein richtig guter Onkel, weißt du das?«

Er lächelte dankbar, beugte sich zu seiner Frau und küsste sie. »Bekomme ich jetzt deine psychologische Analyse auf meine Frage von gestern?«

Er hatte Cecilia am Abend den Text von Nathalie Böhme gegeben, den ihr Lehrer gefunden hatte. »Du erwartest doch nicht allen Ernstes von mir, dass ich dir irgendetwas dazu sage?«, hatte sie gesagt und ihm die Kopie wieder zurückgegeben. Auch jetzt bewegte sie entschieden den Kopf von links nach rechts.

»Ich kenne das Mädchen nicht. Ich habe sie noch nie gesehen, geschweige denn mit ihr gesprochen. Vielleicht hat sie den Text einfach nur irgendwo abgeschrieben, weil sie ihn so schön fand. Nein, Andi.« Sie goss sich eine zweite Tasse Kaffee ein. »Im Übrigen bin ich keine Kinder- und Jugendtherapeutin.«

Brander seufzte abgrundtief. »Du könntest mir ruhig …«

»Ah!« Sie legte ihm einen Finger auf die Lippen. »Du machst deinen Job, ich mache meinen. Und jetzt sei friedlich, sonst gibt's nix vom Nikolaus.«

»Krieg ich was?«

Cecilia grinste. »Schau mal in deinen Stiefel.«

Strahlend blauer Himmel schien über das schneebedeckte Ammertal, als Brander sich auf den Weg zur Arbeit machte. Die Cockpitanzeige meldete ihm eine Außentemperatur von minus sieben Grad. Wenn die Sonne richtig rauskam, würden es vielleicht sogar Plusgrade werden. Da in der Nacht kein frischer Schnee gefallen war, war die Bundesstraße frei, und im Gegensatz zu den Werktagen herrschte an diesem Sonntagmorgen nur wenig Verkehr. Dennoch musste er an der Ampel vor dem Ortseingang Unterjesingen warten. »Luftreinhaltung« stand auf einem Schild neben der Ampel. Dachten die Verantwortlichen wirklich, dass die Autoabgase vor der roten Ampel haltmachten und sich nicht von Wind und Wetter in den Ort treiben ließen? Durch die Ampelanlage staute sich der Berufsverkehr unter der Woche manchmal mehrere Kilometer, fast bis zurück nach Entringen. Diente das der Luftreinhaltung? Warum er an diesem Sonntagmorgen vor Unterjesingen warten musste, obwohl die Straße vor ihm völlig frei war, war ihm auch nicht verständlich. Brander übte sich in Geduld, es hatte sicherlich alles seine Berechtigung.

Gemütlich fuhr er durch den Ort, vorbei am Gasthof Lamm, der auch eine eigene Brennerei betrieb, in der diverse Obstbrände und sogar ein eigener Whisky produziert wurde. Schwäbischer Whisky aus dem Ammertal: »Black Horse« – ein schwarzes Pferdchen zierte das Flaschenetikett. Der englische Name war gewagt. Brander wusste von einer Fränkischen Brennerei, der die Scotch Whisky Association verboten hatte, ihrem Produkt einen englischen Namen zu geben.

Den Ammertaler Whisky hatte er vor einem Jahr probiert, als er mit den Kollegen an einer Brennereiführung teilgenommen hatte. Es war ein Deutscher Blend aus »Malt & Grain«. Er konnte sich jedoch nicht mehr genau an den Geschmack des Whiskys erinnern, was wohl mitunter daran lag, dass er zuvor diverse Obstbrände verkostet hatte. Es war ein sehr lustiger Abend gewesen, zumindest das wusste er noch mit Sicherheit. Hatte er nicht damals ein Fläschchen mitgenommen, das noch in seinem Schrank stand und sehnsuchtsvoll darauf wartete, dass Brander sich seiner erbarmte? Die Bremslichter am Wagen vor ihm lenkten seine Aufmerksamkeit wieder auf den Straßenverkehr zurück.

Gerade rechtzeitig zur Soko-Sitzung erreichte er die Polizeidirektion. Unter den anwesenden Beamten im Konferenzraum entdeckte er den neuen Staatsanwalt. Brander hatte fast damit gerechnet – sein letzter Bericht war etwas kurz ausgefallen. Eigentlich hatte er jedoch gehofft, dass dem Staatsanwalt der Sonntag heilig war und er erst am Montag mit dessen Anwesenheit beglückt wurde. Brander wappnete sich für eine kritische Bemerkung, so wie er es von Lehmann gewöhnt war, als er den Staatsanwalt grüßte. Aber Schmid grüßte nur zurück und harrte der Dinge, die da kamen.

»Wir haben bereits einige Anrufe aufgrund des Aufrufs im Tagblatt von Samstag erhalten«, berichtete er den Kollegen. »Danke, Michael, dass es noch geklappt hat.«

»Dank nicht mir, sondern dem Redakteur vom Tagblatt«, wehrte Jahraus ab.

»Die Anrufe müssen ausgewertet werden.« Brander teilte ein paar Kollegen für diese Aufgabe ein. »Hat sich schon jemand um diesen Laden in der Eugenstraße gekümmert?«

Peppi blätterte durch ihre Notizen. »Du meinst den afrikanischen Caterer?«

»Ja.«

»Die Leute wurden befragt, aber sie kannten Vockerodt nicht. Es war in der Tatnacht auch niemand im Geschäft.« Sie legte ihre Notizen wieder zur Seite und blies sich eine schwarze Locke aus dem Gesicht. »Was machen wir mit Lüdke?«

»Was willst du mit ihm machen?«, fragte Brander.

Peppi sah ihn mit großen Augen an. »Ihn noch einmal vernehmen, zum Beispiel? Darf ich dich vielleicht auf die Statistiken aufmerksam machen? Wie viel Prozent von Tötungsdelikten sind Beziehungstaten? Na? Lüdke hatte …«

Brander hob beschwichtigend beide Hände. Die Kollegin hatte ja recht, und nur, weil es ihm nicht gefiel, dass dieser junge Mann als Täter in Frage kam, durfte er diese Fährte nicht außer Acht lassen. »Mach einen Termin mit ihm aus.«

Peppi lächelte zufrieden.

»Die Befragungen von Magnus bei den Prostituierten und unseren bekannten Kunden waren leider bisher nicht sehr ergiebig. Wir werden uns trotzdem weiter in der Szene umhören.«

»Könnte ich eine Bitte loswerden«, meldete sich Hendrik zu Wort.

Brander ließ ihn mit einer Geste gewähren.

»Vermutlich seit Dienstagabend wird auch ein Mädchen vermisst. Die vierzehnjährige Nathalie Böhme. Wenn wir eh schon mal dabei sind, könnte man vielleicht auch direkt nach dem Mädchen fragen.«

Brander dachte kurz über den Vorschlag nach, schüttelte dann den Kopf. »Das halte ich für ein wenig riskant«, äußerte er seine Bedenken.

Hendrik sah ihn fragend an.

»Es entstehen zu schnell Gerüchte. Nun stell dir mal vor, es heißt, wir suchen nach dem Mädchen, weil wir einen Zusammenhang mit dem toten Südafrikaner sehen«, erklärte Brander.

Hendrik zog eine Grimasse. »Daran habe ich nicht gedacht.«

»Kein Problem. Also, die Befragungen gehen weiter. Brauchst du Verstärkung, Hendrik?«

»Willst du die aus dem Hut zaubern?«

Brander hob bedauernd die Schultern.

»Sie sind zurzeit stark unterbesetzt, oder?«, sprach Schmid Brander nach der Sitzung an.

Kam jetzt gleich der Hinweis auf den zu kurz geratenen Bericht?

»Es war schon schlimmer.«

»Wenn Sie etwas brauchen ... Nun ja, Sie wissen ja, wo Sie mich erreichen. Ich will Sie nicht länger als nötig von Ihrer Arbeit abhalten. Herr Brander«, Schmid streckte ihm mit kollegialem Lächeln die Hand entgegen.

Das war alles? Brander erinnerte sich an den letzten Besuch des Staatsanwalts, musterte ihn einen Augenblick. »Sind Sie eigentlich nachtragend?«

Schmid stutzte, schien unsicher, was Brander mit seiner Frage bezweckte. »Nein.«

»Ich halte Sie auf dem Laufenden.« Brander schüttelte kurz die Hand seines Gegenübers. Vielleicht war Schmid ja gar nicht so übel. Auch wenn er ein Staatsanwalt war.

»Wow, ist da gerade jemand über seinen Schatten gesprungen?«, lästerte Peppi, als er das Büro betrat.

»Wieso?«

»Sah so aus, als hättest du mit Schmid Frieden geschlossen.«

»Ich habe innere Stärke bewiesen«, entgegnete Brander mit sardonischem Lächeln. »Hast du Mike Lüdke schon erreicht?«

Peppi sah auf ihren Tischkalender. »Ja, er kommt morgen um elf. Er wollte wissen, worum es geht.«

»Und was hast du ihm gesagt?«

»Dass wir ihn des Mordes aus Leidenschaft verdächtigen.«

Brander sah seine Kollegin entsetzt an.

»Natürlich habe ich das nicht gesagt. Es wären noch ein paar Fragen aufgetaucht, die wir mit ihm besprechen möchten. Also wirklich, was du mir zutraust!«

Brander nahm einen Zeichenblock und ein paar Stifte aus der Schreibtischschublade. »Ich verzieh mich 'ne Weile.«

Brander kehrte in den Sitzungsraum zurück. Er legte ein leeres Blatt Papier quer vor sich auf den Tisch, skizzierte den Verletzten, wie er auf den Fotos abgebildet gewesen war, in der Mitte des Bildes. In die rechte obere Ecke zeichnete er das Profil eines Frauengesichts. Jasmin Risch. Fiel ihm ein Symbol zu der Frau ein? Nein. Sie war die trauernde Freundin. Eine Träne fand Brander als Symbol zu banal. Also nur die Umrisse des Profils. Etwas genauer wollte er das Gesicht von Lüdke skizzieren. Stattdessen malte er jedoch einen Basketball, das war ihm im Gedächtnis geblieben. Er hatte Basketball gespielt. Und er kletterte. Brander zeichnete einen Berg, der im Verhältnis zum Ball viel zu klein geriet und eher aussah wie eine Spitze, die den Ball durchbohren wollte.

Brander zog einen roten Pfeil, der in beide Richtungen zeigte, zwischen Jasmin Risch und Nael Vockerodt. Für die Pfeile von Lüdke zu Risch und Vockerodt nahm er den grünen Stift, übermalte den Pfeil Richtung Vockerodt dann schwarz. Konnte es tatsächlich eine Tat im Affekt gewesen sein? Eine Kurzschlussreaktion des leidenden Exfreundes? Natürlich konnte das sein. Es wäre nicht das erste Mal.

Was war mit dem Motiv Fremdenhass? Auch das war möglich.

Wenn auch Drewitz ein Alibi hatte. Es gab genug andere, sogar in Tübingen. Er hätte ein Hakenkreuz als Symbol nehmen können, aber es war ihm zuwider. Also zeichnete er einen Ärmel mit einer leeren Banderole in die linke Ecke des Blattes.

Und der Zufallstäter? Jemand, der die Straße entlanglief und Vockerodt einfach so überfiel? Brander zeichnete einen Stiefel zwischen die Skizzen von Jasmin Risch und Drewitz, führte einen blauen Pfeil vom Stiefel Richtung Blattmitte, malte ein großes Fragezeichen neben den Pfeil.

Es war zum Mäusemelken. Er kam einfach nicht voran.

Den Rest des Sonntags verbrachte er damit, Protokolle zu lesen und jede noch so winzige Spur aus den Berichten herauszufiltern, ohne wirklich fündig zu werden. Es war mühsame Arbeit und hatte so gar nichts von der Action in den Fernsehkrimis, in denen die Kommissare von einem Verdächtigen zum nächsten eilten, Zeugen und Verdächtige vernahmen – natürlich jedes Mal mit spannenden und gewitzten Wortwechseln – und nach neunzig Minuten war der Täter überführt. Nein, hier las er wieder und wieder die immer gleichen Fragen und fast immer auch die gleichen Antworten, Variationen maximal in Wortwahl und Satzbau. Am Gesamtbild änderte sich nichts. Lediglich der Lichteinfall auf seinen Schreibtisch wechselte von Tageslicht vom Fenster zu Neonlicht der Schreibtischlampe.

Am Abend schmerzte ihm der Nacken. Dieses stoische Lesen, Sortieren und Analysieren war Teil seiner Arbeit, ein wichtiger Teil, und früher oder später würde er mit seinem Team den Täter überführen, da war er sich sicher.

Montag

Lüdke kam eine Viertelstunde zu spät. Er hatte Ringe unter den Augen, war unrasiert, sah aus wie jemand, der in seiner Kleidung geschlafen hatte. Vielleicht hatte er das auch. Brander meinte noch eine leichte Alkoholfahne zu riechen.

»Haben Sie getrunken?«, eröffnete er das Gespräch.

»Gestern Abend.«

»War ein bisschen viel, was?«

Ein kraftloses Schulterzucken war die Antwort.

»Lassen Sie uns noch einmal über Nael Vockerodt sprechen.«

Lüdke schnaufte genervt. »Ich habe den Kerl nicht umgebracht. Sie haben mich doch überprüft. Marcus hat mir erzählt, dass Sie bei ihm nachgefragt haben. Warum denken Sie, dass ich es war?«

»Waren Sie es?«, fragte Brander den Studenten direkt.

»Nein!«

»Sie hätten Zeit gehabt. Sie sind gegen elf Uhr abends aus Reutlingen abgefahren. Sie hätten mehr Zeit gehabt als genug.«

»Oh Gott, nein! Woher hätte ich denn wissen sollen, dass der Typ da nachts herumspaziert? Ehrlich, ich habe nichts damit zu tun. Ich bin doch niemand, der durch die Gegend läuft und andere Leute totschlägt.« Lüdke sah den Kommissar verzweifelt an.

»Es war ein Unfall«, räumte Brander ein.

Sein Gegenüber schüttelte den Kopf, begann nervös an seinem Daumennagel zu kauen.

»Herr Lüdke, wir verdächtigen Sie nicht. Wenn wir Sie tatsächlich einer Tat beschuldigen würden, müssten wir Ihnen das sagen und Ihnen Ihre Rechte vorlesen. Sie hätten das Recht auf einen Anwalt und wären nicht verpflichtet unsere Fragen zu beantworten«, klärte Brander den jungen Mann auf. Hatte Lüdke am Vorabend so viel getrunken, weil er Angst hatte, des Mordes verdächtigt zu werden? Oder weil er schuldig war? Oder nahm ihn diese Geschichte einfach so mit, weil er so sehr mit seiner Exfreundin litt? Oder litt er, weil Jasmin Risch beschlossen hatte,

Tübingen den Rücken zu kehren, und so noch unerreichbarer für eine Versöhnung wurde?

»Sie sagten, Vockerodt wäre beliebt gewesen bei den Mädchen. Er hätte geflirtet.«

»Ja.« Lüdke hatte sich wieder etwas gefasst.

»Gab es da vielleicht ein bestimmtes Mädchen?«

»Keine Ahnung. Der hat rumgemacht.«

»Was heißt rumgemacht? Hat er die anderen Studentinnen nett angelächelt oder ist er mit ihnen in die Kiste gesprungen?«, mischte sich Peppi in die Vernehmung ein. Ihr Ton war um einiges ruppiger als Branders ruhige Stimme.

»Weiß nicht. Er hat mal hier gelächelt, mal da gelächelt. So 'n ewiger Grinser. Ich weiß nicht, ob da irgendetwas gelaufen ist.«

»Sie können uns keine Namen nennen?«

»Nein.«

»Könnte es nicht auch sein, dass er einfach nur nett war, und Sie in Ihrer Eifersucht gehofft haben, dass er etwas mit einer anderen anfängt, damit Ihre Jasmin sich von ihm trennt und wieder frei für Sie ist?« Peppi hatte den Blick herausfordernd auf den Studenten geheftet.

Lüdke biss sich auf die Unterlippe.

»Ich habe recht, oder?«

»Ja, verdammt. Aber ich habe ihm nichts getan!«, schrie Lüdke auf. Seine Nasenflügel blähten sich wütend, und er starrte die Kommissarin an, als wäre sie schuld an seinem Leid.

Peppi atmete tief durch, beugte sich ein Stück weit zu ihm und fixierte den Studenten mit den Augen. »Haben Sie vielleicht irgendeinem Freund mal so ganz nebenbei erzählt, dass Vockerodt mit dessen Freundin ›rumgemacht‹ hätte?«

Lüdke biss die Zähne zusammen und schnaufte wie ein zu Unrecht bestraftes Kind. Resigniert senkte er den Blick.

Roman Dollhofer, Sportstudent im selben Semester wie Mike Lüdke, liiert mit der Medizinstudentin Michelle Dupont, beide wohnhaft in Tübingen.

Brander sah auf seine Notizen, dann zu Peppi.

»Kompliment.«

»Guter Bulle, böser Bulle, zieht immer.« Peppi schob die rechte Schulter ein Stück weit vor und sah Brander neckisch von der Seite an. »Besonders weil sie einer so lieblichen Frau wie mir den bösen Bullen nicht zutrauen.«

Ihre langen dunklen Locken gaben ihr sicherlich einen weiblich-rassigen Touch, aber ihre stämmige Figur als lieblich zu bezeichnen, brachte Brander zum Schmunzeln.

»Ich weiß, du bist böse«, verkniff er sich eine Bemerkung zu ihrem Kampf gegen die überflüssigen Pfunde.

Peppi verzog den Mund zu einem schiefen Grinsen.

»Sprechen wir also mit Herrn Dollhofer und Madame Dupont«, setzte Brander den nächsten Arbeitsschritt auf die gedankliche Auftragsliste.

»Mademoiselle Dupont. Ich vermute mal, Mademoiselle Dupont ist noch nicht verheiratet«, korrigierte Peppi.

»Du bist ein ewiger Besserwisser!«, schimpfte Brander.

»Besserwisser-in.« Sie warf ihm einen Blick zu, als wäre sie Alice Schwarzer persönlich und stand auf. »Gehen wir was essen?«

An der Bürotür stießen sie mit Hendrik zusammen.

»Gehst du mit essen?«, lud Brander den Kollegen ein.

»Nein, ich muss gleich kurz nach Hause. Anne hat einen Zahnarzttermin, und ich passe solange auf Louis auf.«

»Oh, gestern zu viel Schokolade genascht?«

Hendrik lächelte kurz. »Der Termin stand schon vorher fest. Aber weswegen ich zu dir wollte. Ich hab diesen Ricky ausfindig gemacht. Er heißt Patrick Radeke, ist zwanzig Jahre alt und arbeitslos. Er ist bei den Kollegen drüben gut bekannt. Hat vermutlich bereits seit seinem zwölften Lebensjahr Probleme mit Alkohol und Drogen. Er hat mal an einem Methadonprogramm teilgenommen, hat es aber wieder abgebrochen. Es gab immer mal wieder Anzeigen wegen Rüpeleien und kleinerer Diebstahlgeschichten. Ich hab ihn heute Nachmittag einbestellt und hätte dich gern bei dem Gespräch dabei.«

»Warum?«

»Ich bin Alleinunterhalter in der Sache, und du bist der Einzige, der einigermaßen über den Vermisstenfall Bescheid weiß.«

»Okay, um wie viel Uhr?«

»Halb vier.«

Patrick Radeke war knapp einen Meter achtzig groß, dünn, blasses, ausgemergeltes Gesicht, strähniges Haar. Er sah älter aus, als er war. Er trug abgewetzte Jeans, ein an den Bündchen ausgeleiertes Sweatshirt, darüber eine gefütterte Jeansjacke, die am Ellenbogen ein Loch hatte. An den Füßen abgetragene Camel Boots. Mit krummem Rücken saß er auf dem Stuhl vor Hendriks Schreibtisch, nickte, vermutlich ohne es zu bemerken, unaufhörlich mit dem Kopf.

»Herr Radeke, geht es Ihnen gut?«, begann Hendrik das Gespräch.

»Tz«, gab der Mann von sich. Er schob die Oberlippe hoch und gab den Blick auf ein paar Zähne frei, die lange keinen Zahnarzt mehr gesehen hatten.

»Möchten Sie etwas trinken? Ein Glas Wasser? Kaffee?«

»Kaffee wär korrekt, wa.« Immer noch dieses leichte Kopfnicken.

Brander befürchtete, dass er selbst automatisch den Kopf auf und ab bewegen würde, wenn er Radeke lange genug ansah. Er stand auf, holte einen Kaffee für den Mann und stellte die Tasse vor ihm auf den Tisch.

Radeke schaufelte mit zitternden Fingern drei Löffel Zucker in den Kaffee, wobei auf dem Weg zwischen Zuckerdose und Kaffeetasse ein Großteil auf dem Tisch verloren ging. Nach dem dritten Löffel schob Radeke mit seiner Linken den Zucker vom Tisch zusammen in seine rechte Hand und schüttete ihn in seine Tasse. »'tschuldigung. Kommt nich wieder vor, wa.«

Er lehnte sich zurück, nickte immer noch leicht mit dem Kopf, und ein unruhiges Wippen mit dem rechten Bein kam hinzu.

War Radeke nervös, weil man ihn zur Polizeidirektion bestellt hatte? Sein Gewissen war mit Sicherheit nicht rein. Vielleicht brauchte er aber auch bald wieder Nachschub, hatte aber kein Geld gehabt, sich rechtzeitig mit Stoff zu versorgen.

»Und? Was gibbet? Ich hab nix gemacht, wa. Ich schwör.«

»Herr Radeke, kennen sie eine Nathalie Böhme?«

»Was? Wen?«

»Nathalie Böhme, ein vierzehnjähriges Mädchen, schwarze Haare …«

»Nie gehört. Wer is 'n das?«

»Uns wurde gesagt, Sie wären mit ihr befreundet.«

»Vierzehn, wa? Ich bin doch kein Kinderficker.« Anscheinend konnte sich Radeke nur eine sexuelle Beziehung zum weiblichen Geschlecht vorstellen.

»Sie sagen also, Sie kennen Nathalie Böhme nicht?« Hendrik wollte sichergehen, dass sein Gegenüber ihn verstand.

»Sach ich doch.«

Hendrik nahm das Foto des Mädchens aus seiner Mappe und zeigte es Patrick Radeke.

»Kennen Sie dieses Mädchen?«

Radeke sah auf das Bild und kniff dabei die Augen zusammen, als wäre er kurzsichtig. Brander meinte, das Erkennen in Radekes Gesicht lesen zu können.

»Die Eisblume«, sagte dieser schließlich und grinste. »Klar kenn ich die, wa. Kleines Flittchen. Die is eiskalt, wa. Ficken ja, aber küssen is nich.«

Branders Adrenalinspiegel schnellte in die Höhe, und auch Hendrik schien es nicht besser zu gehen.

»Das ist Nathalie Böhme«, presste der Kollege wütend hervor.

Radeke sah auf das Bild, dann auf den mühsam beherrschten Kommissar. Das Kopfnicken hatte aufgehört. Die Pupillen weiteten sich zu großen schwarzen Löchern. Anscheinend war er klar genug, um die Zusammenhänge zwischen dem, was er gesagt hatte, und der Tatsache, dass es sich um ein vierzehnjähriges Mädchen handelte, zu verstehen.

»Scheiße ... Scheiße ...« Er bewegte den Kopf ungelenk hin und her, als hätte sich seine Nackenmuskulatur unnatürlich verkrampft, griff mit zitternden Fingern nach der Tasse, verschüttete einen Schluck Kaffee auf sein Sweatshirt. »Ey ... hab ich nich gewusst, wa. Die ... die erzählt allen, die is achtzehn, wa. Ey, ich hab nich mit der ... echt nich ... ich ... Scheiße, Scheiße, Scheiße!«

Hendrik legte das Bild auf den Tisch.

»Ey, Scheiße, 'n Kumpel hat das erzählt, wa. Dreißig Euro, aber nur ficken. Ich ... echt ... ich ... Mann, so was mach ich nich, wa!«

»Seien Sie still.« Hendrik brauchte einen Moment, um sich zu sammeln.

Sie saßen eine Weile schweigend um den Tisch herum.

»Sie kennen also Nathalie Böhme?«, übernahm Brander das Gespräch.

»Scheint so, wa.« Der erste Schreck der Erkenntnis war verflogen.

»Wann haben Sie das Mädchen das letzte Mal gesehen?«

»Keine Ahnung. Die hing ab und zu bei uns rum, wa.«

»Bei uns? Wo ist bei uns?«

»Am See, am Treff, was weiß ich, wo man halt so abhängt, wa.«

Dieses ewige »Wa« begann Brander auf den Nerv zu gehen. »Uns wurde gesagt, dass Sie mit ihr befreundet waren und Nathalie hin und wieder bei Ihnen übernachtet hat.«

Radeke kaute nervös auf einem nicht vorhandenen Kaugummi, auch die Finger bewegten sich unruhig.

»Können Sie das bestätigen?«, hakte Brander nach.

»Kann schon sein, wa.«

»Was heißt ›Kann schon sein, wa‹? Sie werden ja wohl wissen, wer bei Ihnen übernachtet, oder nicht?«

»Ja, die hat 'n paarmal bei mir gepennt«, gab Radeke widerwillig zu. »Aber ich hab echt nich ...«

»Ersparen Sie uns Ihre Lügen.«

»Ey, nur weil ich ein verfickter Junkie bin, treib ich's nich mit Kindern, wa?«

»Sie wussten doch gar nicht, dass sie erst vierzehn ist«, erinnerte Hendrik ihn.

»Mann, ehrlich, die Kleine, die tat mir leid. Hat immer einen auf hart gemacht, aber war se nich, wa. Die hat 'n paarmal bei mir gepennt, wenn se Stress mit ihren Alten hatte, wa.«

Noch ein einziges »Wa«, und Brander würde diesem Kerl an die Gurgel gehen. »Also wussten Sie doch, dass sie noch minderjährig ist?«

Radeke antwortete nicht. So blieb Brander zumindest das unumgängliche Satzende erspart.

»Wo waren Sie Dienstagnacht?«

»Was?« Radeke richtete sich ein Stück weit auf, zog die Nase kraus und die Oberlippe hoch, als hätte Brander ihn nach dem Satz des Pythagoras gefragt. »Was soll das 'n jetzt?«

Wa, ergänzte Brander in Gedanken. »Verraten Sie uns einfach, wo Sie waren.«

Wieder nervöse Kaubewegungen und Spiel mit den Fingern. »Muss ich nich sagen, wa. Bin zu keiner Aussage verpflichtet. Das is hier freiwillig, wa. Ich kenn meine Rechte.«

»Hat Nathalie Böhme in der Nacht von Dienstag auf Mittwoch bei Ihnen übernachtet?«

Radeke verschränkte die Arme vor der Brust und beschloss zu schweigen.

»Nathalie ging es schlecht am Dienstagabend. Sie war sehr aufgewühlt.«

»Is das mein Problem?«

»Sie wollte zu Ihnen. Und seitdem ist sie verschwunden.«

»Die war nich bei mir, wa.«

»Sind Sie sicher? Denken Sie noch mal nach. Dienstag, das ist sechs Tage her …«

»Ich bin nich doof, wa. Ich weiß, wann Dienstag war. Aber die war nich bei mir! Ey, ich schwör.«

Brander lehnte sich zurück, rieb sich mit einer Hand das Kinn und sah Radeke an, als zweifelte er an dessen Aufrichtigkeit. »Gibt es dafür Zeugen?«

»He?«

»Zeugen. Waren Sie mit jemand anderem zusammen, der bezeugen kann, dass Nathalie Dienstagnacht nicht bei Ihnen war?«

Die Augen des Junkies gingen unruhig hin und her, auch das Beinwippen verstärkte sich. Dann hielt er plötzlich inne und sah den Kommissar an, lediglich sein Kopf begann wieder unkontrolliert leicht zu nicken.

»Ich war zu Hause, wa. Den ganzen Abend. ‘n Kumpel war bei mir.« Er rieb sich mit Daumen und Zeigefinger über den Nasenrücken

»Name?«

»Was ‘n für ‘n Name?«

»Der Name Ihres Kumpels, der bei Ihnen war. Los …« Brander wedelte ungeduldig mit der Hand.

»Niko.«

»Hat Niko auch einen richtigen Namen?«

»Das is ‘n richtiger Name, wa.«

»Vor- und Zuname, Adresse«, erklärte Brander mit unermüdlicher Geduld.

»Nikolai Poljakow, oder so. Weiß nich, wo der wohnt. Irgendwo Stuttgarter Straße. Keine Ahnung. Interessiert mich auch nich, wa.«

Brander war sich zwar sicher, dass Radeke genau wusste, wo Nikolai Poljakow wohnte, aber das würden sie über die Meldedatenbank vermutlich schneller herausfinden als bei dieser Befragung. Er sah auf das Foto vor Hendrik. »Eisblume« stand oben bei den Notizen, die Hendrik sich während des Gesprächs gemacht hatte. Eisblume. Das Wort hatte er doch vor Kurzem noch gehört. Der Fall Vockerodt. Jasmin Risch hatte das Wort in einem Gespräch erwähnt. Vockerodt hatte sie so genannt. Eisblume. Gab es einen Zusammenhang oder war es Zufall? Es gab sicherlich kein alleiniges Nutzungsrecht für dieses Wort.

»Warum haben Sie ›Eisblume‹ gesagt, als wir Ihnen das Foto von Nathalie gezeigt haben?«

»So nennt se sich, wa. Hat jedem erzählt, das wär ihr Name.« Radeke sah zu Brander. »Eisblume. Kalt und schön.« Er grinste schmierig. »Kann ich jetzt gehen? Ich hab noch Termine, wa.«

»Ficken ja, aber nicht küssen«, stieß Hendrik hervor und füllte sich in der Kaffee-Ecke ein Glas mit Wasser. »Was läuft hier falsch in unserer Gesellschaft? Das Mädel ist gerade mal vierzehn.«

»Und sie ist sicherlich nicht die Einzige.«

»Das ist ja das Üble. Mensch, das ist hier doch nicht Frankfurt oder der Hamburger Kiez! Es gibt so viele Anlaufstellen in Tübingen. Wir haben Jugendtreffs, wir haben Jugendhäuser, wir haben spezielle Mädchentreffs. Es gibt Streetworker. Es gibt die Sophienpflege.«

»Alle erreicht man nie,« bremste Brander den aufgebrachten Kollegen. »Der Radeke hat sicherlich auch seine Geschichte. Als er gesagt hat, dass ihm Nathalie leidtat, ich glaube, da war schon ein Funke Wahrheit dran«, überlegte Brander.

Hendrik schnaufte, als wäre er anderer Meinung. »Warum wollte er nicht sagen, wo er Dienstag war? Zu Hause mit einem Kumpel. Das kann der den Fischen im Neckar erzählen!«

»Du solltest das auf jeden Fall so schnell wie möglich überprüfen.«

»Was denkst du wohl, was ich gleich als Erstes machen werde?

Wer weiß, was die im Drogenrausch mit der Kleinen gemacht haben.«

Brander war es, als hätte Hendrik ihm die Faust in den Magen gerammt. Er sah das Bild des jungen Mädchens vor sich. »Jetzt mal den Teufel nicht an die Wand.«

»Ich werd hier zum Hirsch!«, empfing ihn Peppi, als Brander wieder in sein Büro zurückkehrte.

»Eher vielleicht zu einer Hirschkuh«, foppte er die Kollegin in Erinnerung an ihre feministische Kleinlichkeit am Vormittag. »Oder vielleicht zu einer Rentierdame?« Er sah auf den stillen Rudolph. Ob Peppi schon bemerkt hatte, dass er die Batterien aus dem Untier entfernt hatte?

»Hast du Hirschkuh zu mir gesagt?«

»Ähm … na ja, der weibliche Hirsch …«

»Du hast Hirschkuh zu mir gesagt!«

»Findest du das jetzt beleidigend?«, fragte Brander und ging umgehend in Deckung, als ihm ein Radiergummi entgegenflog. Er eilte zu seinem Schreibtisch und stellte einen Ordner schützend vor sich. »Liebste Kollegin, warum wirst du denn nun zum … zum elegant springenden Waldtier mit Geweih?«

Peppi bemühte sich, ihn böse anzugucken, konnte sich ein Grinsen dann aber doch nicht verkneifen. »Wie hält Cecilia es nur mit dir aus?«

»Ich glaube, sie liebt mich.« Vorsichtig ließ Brander seinen Aktenschutzwall wieder sinken.

»Es ist einfach niemand zu erreichen! Weder der Dollhofer, noch Mademoiselle Dupont, noch sonst irgendwelche Leute, die ich versucht habe zu erreichen, sind aufzutreiben. Und gerade eben vor zwei Minuten – ich hatte mit Mühe und gefühlten tausend Telefonaten die Handynummer von Dollhofer herausgefunden – krieg ich den jungen Mann endlich an die Strippe, und was denkst du wohl? Der ist mit seiner Freundin Skifahren! Spontan mal ein Wochenende nach Österreich. Sie kommen heute Nacht zurück. Student müsste man sein.«

»Aber Peppi, das ist doch toll. Also, nicht das Skifahren, doch, das auch, aber du hast doch sicherlich einen Termin für morgen mit ihm vereinbart?«

»Dürfen beide morgen um halb neun hier antanzen.«

»Na also. Was regst du dich auf? Stell dir mal vor, die beiden wären drei Wochen zum Wandern in die Rocky Mountains geflogen.«

»Und du hast doch Hirschkuh zu mir gesagt.«

»Aber ich hab's nicht böse gemeint.«

Dienstag

Cecilia hatte sich den Dienstag komplett freigenommen, und Brander versprach, mittags um ein Uhr in Entringen zu sein, damit sie gemeinsam mit der Bahn nach Stuttgart fahren konnten. Er würde in der Soko-Sitzung kurz die weitere Vorgehensweise besprechen, die Gespräche mit Dollhofer und Dupont führen, die Protokolle vom Vortag sichten, um dann nach Hause zu fahren und den Nachmittag mit seiner Frau zu genießen. Das war sein Plan, als er sich auf den Weg zur Arbeit machte. Er hatte eine Ahnung, dass dieser Plan an irgendeiner Stelle nicht aufgehen würde, und hoffte, dass allein dieser Gedanke alles Unheil vertreiben würde. Schließlich wurden die meisten Feste, zu denen zu gehen man keine Lust hatte, oft die besten. Und warum sollte nicht einmal alles nach Plan laufen, wenn man schon im Vorfeld damit rechnete, dass etwas schiefgehen würde?

Die Soko-Sitzung verlief schnell und ohne neue Erkenntnisse. Brander informierte die Kollegen über die bevorstehenden Gespräche mit dem Studentenpärchen, und es blieben ihm sogar noch zwischen Sitzung und dem Termin mit Dollhofer und Dupont zehn Minuten, um in Ruhe einen Kaffee zu trinken.

Das Pärchen erschien pünktlich. Sie könnten einem Werbeprospekt für Winterurlaub entsprungen sein, dachte Brander, als er sie am Empfang begrüßte. Beide waren groß gewachsen, schlank, sportlich, gesunde Bräune im Gesicht. Sie trugen Jeans, dazu farbige Skijacken. Während er knöchelhohe Boots an den Füßen hatte, trug sie modisch hohe Stiefel mit Plüschfell. Die langen dunkelblonden Haare lagen glatt auf ihren Schultern, und ihr Mund erinnerte an die Lippen von Angelina Jolie.

Brander bat Dollhofer, zu warten, weil sie zuerst mit seiner Freundin sprechen wollten. Er führte die junge Frau hinauf in sein Büro.

»Ma…« Brander räusperte sich schnell. Um ein Haar hätte er »Mademoiselle« gesagt. »Frau Dupont, Sie wissen, warum wir Sie gebeten haben, zu kommen?«

Peppi, die Branders Fauxpas bemerkt hatte, grinste verstohlen.

»Nun ja, Mike hat uns angerufen. Er ist ein bisschen durch den Wind im Moment. Es geht um die Ermordung vom Freund seiner Exfreundin, oder?«

Sie sprach trotz ihres französischen Namens akzentfreies Deutsch. Vielleicht stammte der Name von französischen Vorfahren. Bis Anfang der neunziger Jahre hatte es französische Truppen in Tübingen gegeben, die ihre Quartiere im Loretto-Areal und dem nach den französischen Besatzern benannten Französischen Viertel gehabt hatten.

»Ja«, bestätigte Brander. »Wie gut kannten Sie Nael Vockerodt?«

»Nicht besonders gut. Wir studierten zwar beide Medizin, aber ich bin schon ein paar Semester weiter als er. Er hatte ja gerade erst angefangen. Ich habe bei der Einführungswoche für die Erstsemester mitgearbeitet, und dabei habe ich ihn kennengelernt. Wenn wir uns danach mal zufällig in der Uni oder Mensa oder irgendwo begegnet sind, haben wir natürlich auch kurz miteinander gesprochen. Aber wir haben uns nie privat, also allein, getroffen, wenn Sie das meinen.«

»Hat er mal mit Ihnen geflirtet?«

»Oh, da war er nicht der Einzige. Ich bin ja nicht ganz hässlich.« Sie sagte es mit einem so bescheidenen Lächeln, dass es nicht einmal arrogant klang. »Natürlich hat er mich mal angelächelt und mir auch mal gesagt, dass mein blondes Haar wie die aufgehende Sonne über der Steppe Afrikas wäre und so was. Er hat gern so ein bisschen rumgeflirtet. Aber er war nicht aufdringlich, und ich glaube auch nicht, dass er das als Anmache gemeint hat. Ich habe es jedenfalls nicht so aufgefasst.«

»Und ihr Freund? Hat er das genauso gesehen?«

»Ich denke schon. Es gab jedenfalls nie Grund zur Diskussion. Eifersucht ist in unserer Beziehung kein Thema. Ich weiß auch nicht, wer mehr Grund dazu hätte. Roman sieht gut aus, und er studiert Sport. Da ist er täglich mit durchtrainierten, athletischen Mädchen zusammen. Ich kann ein bisschen Ski fahren und mache hin und wieder ein wenig Aerobic. Wenn er sich im Sommer zum Beachvolleyball mit den Mädels trifft – soll ich ihm da eine Szene machen?«

»Wissen Sie vielleicht, ob Herr Vockerodt zu einer anderen Studentin engeren Kontakt hatte?«

»Nein, tut mir leid. Wie gesagt, ich hab ihn nach der Einführungswoche wirklich immer nur zufällig mal getroffen.«

»Was haben Sie letzte Woche Dienstagabend gemacht?«

»Ich war zu Hause. Ich gestehe, ich bin eine Streberin, ich habe gelernt.« Sie lächelte schuldbewusst.

»Sie leben allein?« Brander wusste, dass sie und ihr Freund nicht denselben Wohnsitz hatten.

»Nein, ich wohne noch bei meinen Eltern.«

»Herr Dollhofer, Sie kannten Nael Vockerodt?«

»Ja, zwangsläufig.« Die Haltung, mit der Roman Dollhofer ihm auf dem Besucherstuhl gegenübersaß, erinnerte Brander an Mike Lüdke. Lässig, aufrecht, ein selbstbewusster Mann.

»Was heißt zwangsläufig?«

»Na ja, er war der Neue von Mikes Ex. Das hat ihn damals total umgehauen. War ja auch nicht fair, was Jasmin da abgezogen hat.«

»Was hat sie denn abgezogen?«

»Hat Mike das nicht erzählt?«

»Erzählen Sie es uns«, bat Brander.

»Puh«, schnaufte Dollhofer. »Jasmin war im Herbst letzten Jahres drei Monate in Kapstadt. Das wissen Sie aber, oder?«

Brander nickte.

»Da hat sie diesen Typen kennengelernt, ihren Navo. Mike hat sofort gemerkt, dass da irgendwas im Busch war, aber was sollte er machen? Er wusste ja nicht, was da abgeht und musste ihr blind vertrauen. Kurz vor Weihnachten kam Jasmin dann wieder zurück und war super schlecht drauf. Sie wollte sich von Mike trennen und dann doch wieder nicht. Wochenlang ging das hin und her. Mike hat echt um sie gekämpft. Also, ich hätte das nicht mitgemacht. Ein paarmal hab ich ihm gesagt: ›Lass es gut sein. Lass sie laufen, die muss erst mal selbst mit sich klarkommen.‹ Aber da war nix zu machen. Mike hat sich echt kaputt gemacht.«

Roman Dollhofer schüttelte bei der Erinnerung den Kopf. »Und dann, weiß nicht, wann, irgendwann im Frühling, hieß es auf einmal, alles wieder in Ordnung. Mike *happy*, Jasmin *happy*, alles *easy*, alles gut. Die zwei sind im Sommer gemeinsam nach Mallorca zum Wandern und Segeln. Alles schien echt wieder in Butter. Und als sie aus dem Urlaub zurückkamen, hatte ihr der Afrikaner geschrieben, dass er ab Oktober in Tübingen studieren würde. Da hat's richtig geknallt. Da kam nämlich raus, dass sie in Kapstadt mit ihm zusammen gewesen ist und dass sie danach die ganze Zeit über mit ihm gemailt und via Skype telefoniert hatte. Natürlich alles hinter Mikes Rücken. Vockerodt hatte sich für das Sommersemester in Tübingen beworben, das hat aber nicht geklappt. Jasmin hat zu Mike gesagt, dass sie nicht damit gerechnet hat, dass er es zum Wintersemester noch einmal versuchen würde. Dass er es überhaupt noch einmal versuchen würde. Aber jetzt, wo ihr geliebter Navo quasi schon im Flieger nach Deutschland saß, könne sie unmöglich mit Mike zusammenbleiben. Mike räumte das Feld, und der Kerl kam hierher, setzte sich ins gemachte Nest und grinste sich eins.«

Das war eine etwas andere Perspektive auf die Geschichte, als die Version, die Brander von Mike Lüdke und Jasmin Risch gehört hatte. »Haben Sie Nael Vockerodt persönlich kennengelernt?«

»Nein, ich wollte auch nichts mit ihm zu tun haben. Ich hab gesehen, wie Mike gelitten hat. Da hatte ich keine Lust, mit dem Typen einen auf Kumpel zu machen. Und ganz ehrlich, Jasmin war nach der Geschichte bei mir unten durch. Das hatte mit Ehrlichkeit und Liebe nichts zu tun. Und diese Lügerei hatte Mike ganz bestimmt nicht verdient. Der hätte alles für sie getan.« Dollhofer rieb sich über die Stirn. »Würd er ja immer noch, der Trottel.«

»Ihre Freundin kannte Herrn Vockerodt.«

»Was sollte sie tun? Er war in ihrer Gruppe, als sie die Einführungswoche betreut hat.«

»Er muss ja sehr nett und charmant gewesen sein. Gab es da keine Eifersuchtsgefühle?«

»Nein. Wenn Michelle mit einem anderen Typen was anfängt, dann kann sie ihre Zahnbürste aus meinem Badezimmer holen, und das war's. Das weiß sie. Umgekehrt ist es genauso. Eifersucht ist … ist scheiße. Entschuldigung. Aber wenn ich mich auf meine Freundin nicht verlassen kann, hat so eine Beziehung doch gar keinen Wert, oder?«

»Herr Lüdke hat Ihnen gegenüber mal angedeutet, dass Herr Vockerodt mit Ihrer Freundin ›rummachen‹ würde, so hat er es uns erzählt.«

»Ja, das stimmt. Ich weiß auch noch genau, wann das war. Freitag vor zwei Wochen. Da saßen wir im Boulanger und waren ziemlich betrunken. Michelle saß dabei, und dieser blöde Spruch hat sie sehr getroffen.«

Dollhofer beugte sich ein Stück vor, stützte die Unterarme auf seine Oberschenkel und sah den Kommissar ernst an. »Mike ist ein feiner Kerl. Ich lass echt nichts auf ihn kommen. Aber alles, was diese unselige Jasmin-Navo-Geschichte angeht, da kann man ihn einfach nicht für voll nehmen.«

»Verraten Sie uns noch, wo Sie letzten Dienstag waren?«

»Dienstag? Da ist er umgebracht worden, oder?«

Brander nickte.

»Ich hab Squash gespielt, im emka in Hirschau. Ein Kumpel von mir wohnt da. Wir haben so bis halb zehn gespielt, danach kurz in die Sauna, dann noch ein, zwei Bierchen getrunken, alkoholfrei versteht sich, und das war's. So zwischen viertel und halb eins war ich wieder zu Hause.«

»Wen nehmen wir jetzt fest?«, fragte Peppi, nachdem sie die zwei Studenten verabschiedet hatten.

»Die beiden haben mit der Sache nichts zu tun.«

»Sicher?«

»Ich müsst mich schon schwer irren.« Brander betrachtete nachdenklich das Gekritzel auf seiner Schreibtischunterlage, das nach und nach während der beiden Gespräche entstanden war. »Nehmen wir die Fakten. Erstens: Beide haben ein Alibi für die Nacht.«

»Veto. Roman Dollhofer nicht. Vermutlich war er zur Tatzeit auf dem Weg nach Hause.«

»Vielleicht. Wenn er erst kurz nach zwölf in Hirschau weggefahren ist, hat er ein Alibi. Zweitens: Es gibt kein Motiv. Ich fand, es klang glaubwürdig, was die beiden uns über ihre Beziehung erzählt haben.«

»Muss nicht heißen, dass es stimmt.«

Brander sah die Kollegin genervt an. »Peppi, weißt du, was du heute Nachmittag machst, während ich mit meiner Frau verliebt über den Stuttgarter Weihnachtsmarkt schlendere und Glühwein trinke?«

»Na, was?«

»Du überprüfst das Alibi von dem Dollhofer und dann versuchst du mal ganz unauffällig herauszufinden, ob die Beziehung der beiden wirklich so intakt ist, wie sie scheint. Na, ist das eine Aufgabe für dich?«

»Wer hat dir eigentlich heute Nachmittag freigegeben?«

Brander hatte es tatsächlich geschafft, sein Versprechen zu halten. Zwei Minuten vor eins fuhr er den Wagen in die Garage. Ein wenig plagte ihn das schlechte Gewissen, weil er die Aufgaben an die Kollegen verteilt hatte und sich selbst inmitten einer Mordermittlung einen freien Nachmittag gönnte. Er beruhigte sich damit, dass es auch andere Tage gab, an denen er bis spät in die Nacht über Berichten und Vernehmungsprotokollen saß, während der Rest der Truppe gemütlich mit der Familie Abendbrot aß.

Cecilia empfing ihn gut gelaunt im Flur, und wieder einmal stellte er fest, wie attraktiv er sie noch immer fand. Sie trug Jeans und einen hellen Strickpulli, hatte ein in Blautönen gehaltenes Seidentuch umgebunden und ein leichtes Make-up aufgelegt.

»Ich habe ja, ehrlich gesagt, nicht vor zwei Uhr mit dir gerechnet«, gestand Cecilia und legte die Arme um seinen Hals. Er zog sie an sich, roch einen Hauch des Parfums auf ihrer Haut. Er legte eine Hand unter ihr Kinn, hob ihr Gesicht zu seinem.

»Du siehst schön aus.«

Dieses simple Kompliment brachte sie tatsächlich in Verlegenheit.

»Danke.«

Sie küssten sich. Kein flüchtiger Kuss wie morgens zum Abschied oder abends beim Wiedersehen. Ein intensiver Kuss, der nach mehr verlangte, nach viel mehr. Nur ungern löste sich Brander wieder von seiner Frau.

»Erst Weihnachtsmarkt, und dann sehen wir weiter …« Sie lächelte ihn kokett an. Als sie sich zur Seite drehte, kniff Brander ihr in den Po.

»Hey!« Sie hob tadelnd den Finger.

»Ganz schön knackig. Wollen wir nicht doch …« Er deutete mit den Augen Richtung Schlafzimmer.

»Auf! Mach dich frisch, damit wir los können«, befahl sie streng. Auch Branders Dackelblick ließ sie nicht erweichen. Er wusch sich, zog ein frisches Hemd an, von dem er meinte, dass er damit jung, sportlich und dynamisch aussah, zog eine Strickjacke darüber, die das junge, sportliche, dynamische Aussehen wieder etwas reduzierte, ihm dafür jedoch einen seriösen Touch gab. Er betrachtete sich im Spiegel. Als er Cecilia vor sechzehn Jahren kennenlernte, hatte er noch annähernd volles Haar gehabt. Gut, die Geheimratsecken waren schon damals nicht zu leugnen gewesen, inzwischen näherte sich aber die Freifläche der Stirn in erschreckendem Maße dem Kahlschlag an seinem Hinterkopf. Ob er es vielleicht doch mal mit einer Glatze versuchen sollte? Würde er damit flott aussehen oder wie ein Billig-Abklatsch von Kojak? Ihm fehlte der Mut.

»Wie sieht's aus? Kannst du dich heute noch von deinem Spiegelbild losreißen oder muss ich Gewalt anwenden?« Cecilia hatte sich unbemerkt ins Schlafzimmer geschlichen und beobachtete ihn amüsiert.

»Soll ich mir die Haare ganz abrasieren?«

»Eine Glatze?«

»Ja.«

»Muss ich das jetzt sofort beantworten?«

»Nein, ich glaub, das hat Zeit bis nachher.«

Sie liefen zur Ammertalbahn, kauften zwei Fahrscheine und waren erfreut, dass die Bahn pünktlich kam. Sie mussten erst eine Horde Schüler aus dem Wagen lassen, bevor sie einsteigen konnten. Die Luft im Wagen war schlecht und überheizt, und zu allem Übel machte der Lokführer keine Anstalten, loszufahren. Brander öffnete seine Jacke und sah auf die Uhr.

»Na, hoffentlich gibt der bald mal Gas, sonst kriegen wir die S-Bahn in Herrenberg nicht.«

»Dann trinken wir in der Bahnhofsbäckerei einen Kaffee. Wir haben es doch nicht eilig«, entgegnete Cecilia entspannt.

Endlich schlossen sich die Türen und die Bahn fuhr an. Eine Minute vor Abfahrt der S-Bahn nach Stuttgart erreichten sie den Herrenberger Bahnhof. Brander schnappte sich Cecilias Hand. »Los, die kriegen wir noch!«

Sie spurteten mit den anderen Reisenden aus dem Wagen, die Treppe hinunter durch die Unterführung. Am Treppenaufgang saß ein Akkordeonspieler und begleitete den Wettlauf mit einer zum Trubel unpassenden, gemächlichen Melodie. Brander hatte den Akkordeonspieler schon öfter in dieser Unterführung gesehen. Er wusste nicht, welcher Nationalität er angehörte, aber er wusste, dass er seit Jahr und Tag immer nur die gleiche kurze Melodie spielte. Wie in einer Endlosschleife. Sie stürmten die Treppen hinauf zum Gleis zwei. Ein Jugendlicher hatte sich wagemutig vor die Lichtschranke der automatischen Tür gestellt.

»Geben Sie die Tür frei. Die Abfahrt des Zuges verzögert sich sonst«, dröhnte es durch einen Lautsprecher. Brander und Cecilia sprangen in die Bahn, blieben atemlos im Gang stehen. Cecilia lachte und bedankte sich bei dem jungen Mann für seinen Einsatz.

»Keine Ursache«, winkte dieser ab und setzte sich auf einen freien Platz.

Cecilia und Brander ließen sich auf die gegenüberliegende Bank fallen. Als die Bahn losfuhr, kicherte Cecilia noch immer leise vor sich hin.

Sie stiegen in Stuttgart am Bahnhof Stadtmitte aus und fuhren die Rolltreppe Richtung Königstraße hinauf. Menschenmassen strömten mit ihnen Richtung Weihnachtsmarkt. Ein Obdachloser versuchte, eine Ausgabe der Straßenzeitung zu verkaufen. Zwei Punks standen am Ausgang der Unterführung Richtung Königstraße und bettelten die Passanten an. Der größere von ihnen trug eine alte Lederjacke, die mit einem Silberstift beschrieben war. Die Haare hatte er zu einem missglückten Irokesenschnitt frisiert. Der kleinere von ihnen kam auf Brander zu. Springerstiefel, Löcher in der Jeans, einen Strickpulli, der fast bis zu den Knien hing, darüber eine schmutzige Jacke. Er trug eine Strickmütze, unter der sich eine Glatze vermuten ließ. Auch die Augenbrauen waren wegrasiert.

»Ey, habta mal ‘n Euro?« Der Punk hielt ihm einen abgenutzten Subway-Becher hin. Er war fast so groß wie Cecilia, mit weichen, kindlichen Gesichtszügen. Brander wollte schon den Kopf schütteln, als Cecilia ihr Portemonnaie zückte und zwei Euro in den Becher warf.

»Großzügig, ey«, quittierte der Punk mit heller Stimme, als wäre er noch nicht im Stimmbruch angekommen. Zwei wasserblaue Augen sahen sie an, dann drehte er ab und sprach den nächsten Fußgänger an. Einen winzigen Moment lang war ein Gedanke in Branders Kopf hochgeschossen und, ohne dass er ihn fassen konnte, gleich wieder abgetaucht.

»Pack deinen Geldbeutel ordentlich wieder weg, dass dir keiner nachher im Gedränge …«

»Ich hatte mich schon gefragt, wann der Satz endlich kommt«, unterbrach ihn Cecilia und hakte sich vergnügt bei ihm unter. Sie gingen aus der Unterführung, vorbei an der Auslage von »Butlers«, passierten die Calwer Straße.

»Schon traurig«, seufzte Cecilia etwas weniger fröhlich im Weitergehen.

»Was?«

»Die war doch noch keine sechzehn.«

»Wer?«, fragte Brander irritiert.

»Das Mädel gerade eben.«

»Das Mädel? Hab ich was verpasst?«

»Gerade eben.« Cecilia blieb stehen. »Die kleine Punkerin. Die war doch noch keine sechzehn.«

»Das war ein Mädchen?« Brander sah zurück.

»Oh Herr Kommissar! Kaufen Sie sich eine Brille«, empörte sich Cecilia.

»Bist du sicher?« Wasserblaue Augen. Augen wie die Südsee. »Das gibt’s doch nicht. Entschuldige, ich muss mal kurz …« Er hatte sich bereits umgedreht und schritt wieder auf die Unterführung zu.

»Och nee, Andi!«, protestierte Cecilia schwach und folgte ihm.

Die Punks standen an der Wand gelehnt am Eingang zur S-Bahn-Station. Der größere von ihnen hatte sich eine selbst gedrehte Zigarette angezündet.

Brander stellte sich direkt vor die beiden, sah auf den kleineren herab. Ein Mädchen. Cecilia hatte recht.

»Is was?«, maulte sie ihn an.

»Nein, Nathalie«, entgegnete er. »Alles in Ordnung.«

»Scheiße, das is 'n Bulle!«, stieß im selben Augenblick der größere Punk hervor.

Stand ihm das Wort »Kripobeamter« auf die Stirn geschrieben? Woran auch immer der Irokese ihn erkannt hatte – es war im Moment nicht wichtig.

»Fuck!« Das Mädchen wich zur Seite und rannte in die Unterführung.

»Nathalie!«, rief Brander ihr hinterher, während der größere Punk in die entgegengesetzte Richtung davonstürmte. Mit wenigen großen Schritten hatte er das Mädchen eingeholt. Das Lauftraining mit Beckmann hatte sich gelohnt. Er bekam ihren rechten Arm zu fassen.

»Scheiß Bulle! Scheiß Bulle! Scheiß Bulle!«, schrie sie ihm entgegen und schlug und trat mit Händen und Füßen um sich. Brander packte sie an beiden Armen, wich einem Tritt geschickt aus.

»Scheiß Bulle! Scheiß Bulle! Scheiß Bulle!«

Einige Passanten blieben stehen, sahen sich das Spektakel teils erschreckt, teils neugierig an.

»Hör auf damit!«, brüllte er dem hysterischen Mädchen ins Gesicht.

Ihre Gegenwehr erstarb. Sie starrte ihn feindselig an. »Scheiß Bulle! Verpiss dich!«

»Schluss jetzt«, entgegnete Brander etwas ruhiger. Er sah sich um, mehrere Blicke waren auf ihn und das Mädchen gerichtet. »Polizei. Alles in Ordnung. Gehen Sie weiter.« Zögernd zogen die Passanten ihrer Wege.

»Und wir zwei unterhalten uns jetzt mal.«

»Fick dich!«

»Nath…«

»Lass mich in Ruhe, Kackbulle!«

»Das könnte dir so passen. Ich hab 'ne Vermisstenanzeige auf dem Schreibtisch liegen, Fräulein.«

»Fick dich doch ins Knie.«

»Wenn du mir zeigst, wie das gehen soll«, erwiderte Brander mit bitterem Sarkasmus.

Das Mädchen sah ihm provozierend in die Augen. »Was willst du? Ficken? Dreißig Euro. Aber küssen is nich.« Sie blickte an ihm vorbei. Brander erkannte aus dem Augenwinkel Cecilia neben sich. Es tat ihm leid, dass sie diese Szene mit ansehen musste.

»Und du? Bullenfotze? Was willst du?«, fauchte Nathalie seine Frau an.

So nicht! Brander spürte eine Zorneswelle in sich aufsteigen. Wenn die Göre ihn beschimpfte, war das eine Sache, aber nicht seine Frau!

»Ich würd jetzt gern mal einen Kaffee trinken. Vielleicht kannst du dein vulgäres Geschwätz solange ein bisschen einstellen«, kam Cecilia Branders Antwort zuvor.

»Verpisst euch!« Sie riss einen Arm los und Brander verstärkte instinktiv den Druck um ihren anderen Arm. Dieses kleine Biest würde er jetzt ganz schnell den Kollegen übergeben. Sollten die sich mit ihr befassen. Er hatte sie gefunden, den Rest konnten die anderen übernehmen. Dies war sein freier Nachmittag.

»Verpisst euch und lasst mich in Ruhe!«

»Du rufst jetzt deine Eltern an, und dann werden meine Kollegen dich abholen und nach Hause bringen.«

»Leck mich.« Sie begann wieder, um sich zu schlagen. »Scheiß Bulle. Verfickter scheiß Bulle!«

»Ich will meine zwei Euro zurück«, hörte Brander Cecilia mit bestimmter Stimme sagen.

»Was willst du?« Nathalie sah sie entgeistert an.

»Ich hab dir vorhin zwei Euro gegeben, weil ich gedacht habe, dass es dir schlecht geht, dass du Geld brauchst, um dir etwas Warmes zu trinken zu kaufen oder was zu essen. Was machst du mit dem Geld? Drogen kaufen? Alkohol? So wie du hier rumpöbelst, hast du das Geld nicht verdient.« Cecilia streckte den Arm mit der leeren Handfläche zu dem Mädchen aus.

»Die tickt ja wohl.«

»Nein, sie hat recht«, sagte Brander und fragte sich, was seine

Frau mit diesem Unsinn bezweckte. Das lief alles in eine grundverkehrte Richtung! Er hätte sofort die Kollegen informieren sollen, anstatt im Alleingang zu agieren. Jetzt zog er auch noch seine Frau in die Geschichte mit hinein.

»Ihr tickt doch beide. Hier!« Nathalie griff mit der freien Hand in die Jackentasche, warf wahllos ein paar Münzen auf den Boden. »Nehmt euer verficktes Geld. Lasst mich doch verrecken.«

»Niemand will, dass du verreckst«, entgegnete Brander.

»Ja, klar wollt ihr das. Ich bin euch doch so was von scheißegal. Kein Schwein interessiert sich für mich. Das ist doch allen scheißegal, ob ich verrecke. Ich könnt da tot in der Ecke liegen. Da würden nur die Hunde auf mich pissen.«

»Hast du Hunger? Möchtest du etwas essen? Oder einen heißen Kakao?«, fragte Brander. Er spürte, dass das Mädchen unter seinem Griff zitterte. Vielleicht vor Angst, vielleicht vor Kälte. Sie sah ihn misstrauisch an. Bockig, aber nicht mehr ganz so wütend.

»Ich geh nicht wieder nach Hause.«

»Wir gehen jetzt erst einmal da vorne hin.« Er deutete auf eine Stehbäckerei. »Da trinken wir in Ruhe einen Kaffee, und dann rufst du deine Eltern an und sagst denen, dass du noch lebst, damit sie sich nicht mehr so viele Sorgen um dich machen.«

»Ey, hast du Scheiße in den Ohren? Das ist denen scheißegal, wo ich bin.«

»Ich finde, du hast jetzt oft genug Scheiße gesagt. Willst du jetzt einen Kakao, oder nicht?«

Sie schob trotzig das Kinn vor. »Bin kein Baby. Ich will Kaffee, Mann. Aber ich geh nicht wieder nach Hause!«

Brander seufzte ergeben. Sie gingen zu der Bäckerei, stellten sich an einen der Stehtische, und Cecilia kaufte Kaffee und Laugenbrezeln.

Nathalie schob ihre Mütze zurecht, die bei ihrem Kampf etwas verrutscht war. Er hatte richtig vermutet, der Kopf war kahl rasiert.

Wie kann so ein hübsches Mädchen so böse gucken?, hörte er Hendriks Worte. Sie hatte einiges dafür getan, nicht mehr so hübsch zu sein. Nicht nur, dass die langen schwarzen Haare samt Augenbrauen verschwunden waren, der Hunger und die Kälte der letzten Tage und Nächte hatten Spuren in ihrem Gesicht hinterlassen. Unter den blauen Augen waren dunkelrote Ringe. Die Lippen waren spröde und die Nase vom Schnupfen gerötet. Dennoch war da eine kindliche Unschuld, die er meinte, in ihrem Gesicht, in ihren Augen sehen zu können. Schweigend warteten sie, bis Cecilia mit Essen und Getränken zu ihnen zurückkehrte.

Das Mädchen verschlang die Brezel so gierig, dass Cecilia ihr eine Hälfte ihrer Brezel auch noch überließ.

»Willst du noch mehr?«, fragte sie, nachdem auch das zweite Teigstück verschwunden war. Sie sah das Mädchen besorgt an.

Nathalie schüttelte knapp den Kopf.

Ein »Danke« wäre vielleicht angebracht, fand Brander, aber das wäre wohl zu viel verlangt. Es wurde Zeit, das Mädchen an die Stuttgarter Kollegen zu übergeben. Er zog sein Handy aus der Jackentasche. Nathalie beobachtete ihn misstrauisch.

»Wen willst 'n anrufen?« Der gestillte Hunger hatte sie anscheinend etwas sanftmütiger werden lassen.

»Deine Mutter«, entgegnete Brander. Bei dem Wort »Polizei« wäre sie vermutlich gleich wieder hysterisch geworden.

Sie zog eine angewiderte Grimasse. »Warum?«

»Weil sie dich vermisst gemeldet hat, darum. Weißt du die Nummer auswendig?«

»Wie heißt 'n ihr?«

»Brander.«

»Komischer Vorname.«

»Das ist kein Vorname. Versuch es mal mit Herr Brander.«

»Du bist voll der Spießer, oder? Ich wette, ihr hab 'ne kleine Doppelhaushälfte im Grünen. Samstags grillen und sonntags Kaffee trinken.«

Damit lag sie nicht einmal so verkehrt. »Die Nummer?«

»Ist doch scheißegal.«

»Es ist nicht egal. Entweder du sagst mir jetzt die Nummer oder in drei Sekunden sind meine Kollegen hier.«

Sie diktierte ihm die Telefonnummer. Er hielt sich das Telefon ans Ohr und wartete auf das Freizeichen. Es klingelte. Einmal, zweimal, fünfmal, siebenmal. Nathalie sah ihn mit einem breiten, triumphierenden Grinsen an. Es war nichts Freundliches in diesem Blick, nur das Wissen, dass sie recht hatte.

»Ist keiner da, was?«, trumpfte sie auch umgehend auf. »Hab ich dir doch gesagt. Denen ist es verfickt noch mal scheißegal, was mit mir ist. Also, lasst mich in Ruhe. Ich komm schon durch.«

Er drückte den Anruf weg. »Indem du dich für ein paar Euros prostituierst?«

»Irgendwie muss ich ja an Kohle kommen. Außerdem lass ich mich ja nicht küssen.«

»Schon mal was von Aids gehört? Hepatitis? Syphilis?« Warum fing er jetzt an, mit diesem Mädchen zu diskutieren? Es war nicht seine Aufgabe.

»Ach, leck mich doch.«

»Dein Lehrer war bei mir. Herr Schubert. Der macht sich Sorgen um dich.«

»Da back ich mir jetzt 'n Ei drauf.« Sie leerte ihre Tasse. »Krieg ich noch 'n verfickten Kaffee?«

Cecilia runzelte die Stirn. »Kannst du deine Kraftausdrücke mal ein bisschen reduzieren?«

Nathalie sah sie abschätzend an. »Krieg ich noch 'n Kaffee? Bit-te.«

Obwohl das »Bitte« eher provokativ als höflich gemeint war, sprang Cecilia nicht darauf an, entgegnete ein simples »Ja« und ging zur Theke.

Nathalie blickte ihr nach. »Is echt deine Alte?«

»Nein, sie ist meine Frau.«

»Die ist nett.«

Brander sah kurz zu Cecilia, die gerade die Bestellung aufgab. Im nächsten Augenblick spürte er einen stechenden Schmerz im Knie. Nathalie stürmte davon.

»Verdammt! Nathalie!«, schrie Brander dem Mädchen hinterher. Sie hatte ihm mit aller Kraft vor sein Bein getreten und direkt unterhalb der Kniescheibe getroffen. Er rannte ihr humpelnd nach. Ignorierte den Schmerz. Nathalie stolperte und rutschte die Rolltreppe zum Bahnsteig hinunter. Er kämpfte sich durch die Passanten auf der Treppe. Nathalie war dünner und flinker als er, kam schneller durch. Sie rannten über den Bahnsteig. Er holte auf. Die S3 stand kurz vor der Abfahrt. Nathalie sprang hinein. Die Türen schlossen sich. Brander kam zu spät, blieb fluchend am Bahnsteig zurück.

»Verd…« Er schüttelte den Kopf, rang nach Atem. Wie hatte er sich von dieser Göre nur so dumm austricksen lassen können? Wie ein vertrottelter Anfänger! Wieso hatte er sich überhaupt auf ein Gespräch mit dem Mädchen eingelassen? Er hätte einfach die Stuttgarter Kollegen informieren können. »Hey, Kollegen, überprüft doch bitte mal die zwei Punks am Bahnhof Stadtmitte. Das Mädel ist vermutlich die vermisste Nathalie Böhme.« Ende. Aus. Ein kurzer Anruf, und dann wäre er mit seiner Frau gemütlich über den Weihnachtsmarkt geschlendert, anstatt sich von diesem verzogenen Biest beschimpfen und treten zu lassen. Ausgezeichnet! Er hätte sich selbst in den Hintern treten können. Er stand vornüber gebeugt, rieb sich das schmerzende Knie.

Irgendwann tauchte Cecilia neben ihm auf.

»Was ist passiert?«

»Verflucht, die Kleine hat mir dermaßen vors Knie getreten.« Er konnte es immer noch nicht fassen. Vorsichtig bewegte er das schmerzende Bein. »Scheiße.«

»Wenn ich heute auch nur noch einen einzigen Kraftausdruck höre, flippe ich aus«, drohte Cecilia genervt.

Brander richtete sich auf, fiel seiner Frau wie ein erschöpfter Marathonläufer um den Hals. »Es tut mir so leid.«

Ihr Kennenlerntag, ihr alljährliches Ritual, war gründlich versaut.

Sie standen einen Moment lang still da, während die S-Bahnen an den zwei Gleisen ein- und ausfuhren, Lautsprecherdurchsagen über ihren Köpfen rauschten und Menschen jeglichen Alters um sie herum ein- und ausstiegen und an ihnen vorbeiliefen. Schließlich löste sich Cecilia von ihm.

»Ich muss hier raus aus dem Trubel. Lass uns irgendwo in ein ruhiges Café gehen. Ich …«

Erst jetzt bemerkte Brander, dass der Schreck über die Situation ihr noch ins Gesicht geschrieben stand. Er strich ihr sanft über die Wange. »Ja, sofort. Ich muss nur kurz gucken, wohin die S3 fährt.«

Er sah auf den großen Schienennetzplan, der an der gegenüberliegenden Seite an der Mauer angebracht war. Nathalie war in die Bahn Richtung Backnang gestiegen. Vermutlich war sie am Hauptbahnhof oder in Bad Cannstatt sofort wieder aus der Bahn gesprungen.

»Ich ruf schnell Hendrik an und dann …« Er kreuzte kurz die Hände vor seinem Körper, um zu sagen, dass der Fall für ihn heute abgeschlossen war.

Sie fuhren die Rolltreppe wieder hinauf, während Brander telefonierte. Er gab Hendrik eine aktuelle Personenbeschreibung und die Information, in welche Richtung das Mädchen verschwunden war. Was vorher passiert war, verschwieg er erst einmal. Das konnte er Hendrik am nächsten Tag in Ruhe im Büro erzählen.

Sie ließen Weihnachtsmarkt und Königstraße links liegen und gelangten über Umwege ins Gerberviertel und schließlich ins Graf Eberhard, ein gemütliches kleines Café in der Nesenbachstraße. Sie bestellten Kaffee und Kuchen. Außer der Bestellung hatten sie noch kein Wort wieder miteinander gesprochen.

»Wie geht's deinem Knie?«, brach Cecilia ihr Schweigen.

»Indianer kennt keinen Schmerz.« Brander lächelte gequält.

Cecilia fand es nicht lustig. »Bitte keine platten Sprüche.«

»Entschuldige.« Er griff über den Tisch nach ihrer Hand. »Ceci, es tut mir leid. Ich habe unseren Tag versaut.«

»Was hättest du tun sollen?«

»Die Stuttgarter Kollegen informieren und mit dir Glühwein trinken gehen.«

Cecilia sah auf die Nachbartische. »Ob die hier auch Glühwein haben?«

»Bestimmt.«

»Ich hätte gern einen. Einen mit Schuss.«

Brander winkte der Bedienung und ergänzte ihre Bestellung.

»Und jetzt?«, fragte Cecilia.

»Schlendern wir trotzdem gleich noch über den Weihnachtsmarkt.«

»Meinst du, dass uns das Spaß machen wird?«

»Vermutlich nicht besonders viel.«

Sie konnten das Erlebte nicht einfach abstreifen wie ein schmutziges Hemd.

»Hast du viel mit solchen Kindern zu tun?«, fragte Cecilia

Natürlich erzählte Brander ihr von seiner Arbeit, aber bestimmte Dinge ließ er normalerweise aus seinem Familienleben heraus.

Er wollte nicht, dass sie sich zusätzlich belastete. Es reichte, wenn er sich die Gedanken machte.

»Hin und wieder«, räumte er ein. »Sind zum Glück nicht alle so extrem.«

Sie drückte seine Hand.

»Manche können wir ja wieder auf den richtigen Weg bringen. Das ist wie mit deinen Patienten. Dem einen kannst du helfen, und der andere muss immer weiterkämpfen«, versuchte Brander zu erklären. »Oder kriegst du die alle wieder hin?«

»Nein, nicht alle. Aber vielen kann ich helfen.« Sie schien noch über etwas nachzudenken. »Wie kommst du damit klar, wenn dich ein Mädchen dermaßen beschimpft?«, fragte sie schließlich.

»Ich nehme das nicht persönlich.« Meistens, fügte er im Stillen hinzu. »Sie hat doch nicht wirklich mich gemeint. Sie ist wütend, sie hat Angst. Sie hat einen Hass auf Gott und die Welt. Und wenn ich mich ihr da in den Weg stelle, krieg ich halt die ganze Breitseite ab. In diesem Fall leider auch du.«

»Ja.« Sie sah ihn nachdenklich an. »Und das ist alles?«

»Du bist die Psychologin. Du weißt doch, wie man mit solchen Anfeindungen umgehen sollte.«

»Das stimmt, ich wollte nur wissen, ob du es auch weißt.«

»Ich kann ja mal einen Termin bei dir machen und mich auf dein Sofa legen.« Brander hob den Mundwinkel zu einem schiefen Grinsen.

»Nein, ich würde dich an einen Kollegen verweisen. Du bist mir viel zu nah.« Sie hob seine Hand zu ihrem Gesicht, presste ihre Stirn gegen seinen Handrücken und schloss die Augen. »Das Mädchen tut mir leid. Hätten wir irgendwie anders reagieren können, damit sie nicht davonrennt?«

»Vermutlich gibt es immer eine andere Möglichkeit. Aber ich möchte da jetzt eigentlich nicht weiter drüber nachdenken. Das ist unser Nachmittag. Lass uns retten, was wir noch retten können.«

Sie hob den Kopf, und er sah in ihre grün gesprenkelten Augen. »Verdrängungstaktik?«

»Nein, ich versuche, einen Abstand zwischen diese Geschichte und uns zu bringen.« Es war bitter nötig. Er hätte sich mit Selbstvorwürfen zermürbt, weil er einfach viel zu viele Fehler gemacht hatte. Das Mädchen hätte auf dem Weg nach Hause sein können, stattdessen würde sie sich nun weiter bei der Kälte auf der Straße herumtreiben und ihren jungen Körper für dreißig Euro an irgendwelche Freier verkaufen. Er mochte nicht weiter darüber nachdenken.

»Gut, dann schlendern wir jetzt über den Weihnachtsmarkt zurück Richtung S-Bahn, trinken an unserem Stand einen Glühwein und fahren wieder nach Hause.«

»Das klingt nach einem guten Plan.«

Mittwoch

»Morgen, Andi«, fiel Hendrik in aller Frühe über Brander her. »Was ist gestern passiert?« Er stützte sich auf die Rückenlehne des Besucherstuhls in Branders Büro und wartete aufmerksam auf einen Bericht.

»Was soll passiert sein?«

»Du klangst gestern ziemlich angespannt, als du mich angerufen hast.«

»Hol mir einen Kaffee, und dann setz dich«, brummte Brander. Er musste Hendrik die Geschichte erzählen, und ihm graute schon jetzt vor dessen Spott. Besser, er brachte es gleich hinter sich.

»Was?«, fragte Hendrik irritiert.

»Ich bin gerade ins Büro gekommen. Und was mache ich immer als Erstes, wenn ich ins Büro komme?«

»Du holst dir einen Kaffee.«

»Genau. Und wenn du wissen willst, was gestern passiert ist, dann holst du mir jetzt einen Kaffee.« Brander deutete auf die Tür.

»Das steht aber nicht in meinem Dienstvertrag.«

»Da steht auch nicht, dass du mich schon morgens um halb acht nerven sollst.«

Hendrik zog ab.

Brander schaltete seinen Rechner ein und blätterte flüchtig durch den Stapel Akten, der vor ihm auf dem Tisch lag. Viel zu schnell kehrte Hendrik zurück. Er hatte für sich auch gleich einen Kaffee mitgebracht.

»Wir hatten leider keine Kekse mehr, Chef«, erklärte er mit gönnerhaftem Lächeln und setzte sich unaufgefordert ihm gegenüber. Er schlug ein Bein über das andere und sah Brander erwartungsvoll an.

»Danke. Ist da Zucker drin?«

»Ich dachte, du trinkst schwarz?«

»Ich will nur Zeit schinden«, gab Brander zu.

»Oh Gott, du machst es aber spannend. Jetzt erzähl schon!«

Brander erzählte von der Begegnung mit Nathalie und ließ auch nicht aus, wie das Mädchen ihn ausgetrickst hatte. Zu seiner Erleichterung ersparte Hendrik ihm boshafte Kommentare. Am Knie hatte er einen Bluterguss, das war schon Strafe genug, fand Brander.

Statt zusätzlich in die Wunde zu stoßen, spielte Hendrik nachdenklich mit der Tasse in seinen Händen, nachdem Brander geendet hatte. In dieses Schweigen trat Peppi ins Büro und blieb verdutzt an der Tür stehen.

»Was ist denn hier los?«

»Wir denken gerade nach«, erklärte Brander

»Ah, große Denker-Meditation. Darf man mitmachen?«

»Nicht nötig. Es geht um das vermisste Mädchen«, wehrte Brander ab.

»Halt, halt. Ich hab da so eine Idee, so einen Gedanken …«, widersprach Hendrik.

»Ich hol mir eben einen Kaffee, dann kann's losgehen. Wollt ihr auch einen?« Peppi nahm ihre Tasse vom Schreibtisch.

»Danke, wir haben schon.«

»Also, das ist jetzt nur mal so eine Idee, so ein Gedanke«, begann Hendrik, als Peppi Kaffee schlürfend auf ihrem Stuhl saß.

»Das sagtest du schon. Jetzt lass uns mal daran teilhaben«, forderte Brander den Kollegen zu einer konkreten Formulierung seiner Überlegungen auf.

»Ich habe gestern mit Anne über den Vermisstenfall gesprochen, und dabei kam uns … also, es ist wirklich nur … aber nach der Geschichte, die du gerade erzählt hast …«

»Jetzt komm mal auf den Punkt!«, unterbrach Brander ungeduldig Hendriks Gestotter. Was druckste der Kollege so herum?

Hendrik fasste sich ein Herz. »Also, Folgendes … ich brauch mal ein Blatt Papier.«

Brander schob die Akten auf seinem Tisch zur Seite und legte ein unbeschriebenes DIN-A4-Blatt auf die freie Fläche. Peppi kam zu ihnen rüber und setzte sich auf die Schreibtischkante.

»Hier, in der Au wohnt Nathalie Böhme.« Hendrik skizzierte den alten Güterbahnhof mit wenigen Strichen und zeichnete nördlich des Geländes ein Häuschen.

»Jetzt fängt der auch schon so an wie du!« Peppi stieß Brander gegen die Schulter.

»Er lernt halt von seinem Meister«, antwortete Brander selbstgefällig.

»Oh großer Meister, warum gibst du nicht mal einen Kurs an der Volkshochschule? Fallskizzierung für Kommissare und Private Ermittler.«

»Auf keinen Fall! Das ist das Geheimnis meines Erfolges. Das werde ich doch nicht öffentlich kundtun!«

»Soll ich es euch nun erzählen oder nicht?«, unterbrach Hendrik das Geplänkel.

»'tschuldige. Mach weiter.«

»Hier ist das Neckarstauwehr, wo diese Sofie Nathalie am Dienstagabend getroffen hat.« Hendrik malte ein paar Wellenlinien, dann zeichnete er mit einigem Abstand ein weiteres Haus auf die andere Seite des Bahngeländes. »Patrick Radeke wohnt an der B 27 in einem Mehrfamilienhaus.«

»Schön hast du das gemalt«, lobte Peppi und erntete einen genervten Blick des Kollegen.

»Nathalie sagte zu ihrer Freundin oder Bekannten, also zu dieser Sofie, sie wollte zu Radeke gehen. Schauen wir uns mal an, wo sie da langgegangen sein könnte.« Hendrik begann den Weg zu skizzieren.

»Also, jetzt reicht es mir mit der Kritzelei! Ich hole einen Stadtplan.« Peppi ging zu ihrem Schreibtisch, zog den Tübinger Stadtplan aus einer Schublade und breitete ihn über Hendriks Zeichnung aus. Sie sahen schweigend auf die Karte und verfolgten mit den Augen mögliche Wege.

»So, und wo wurde Vockerodt gefunden?«, fragte Hendrik schließlich. Er sah in die Gesichter der Kollegen und deutete dann mit dem Zeigefinger auf die Stelle im Stadtplan. Der Tatort lag ziemlich genau in der Mitte, wenn man eine Luftlinie zwischen Neckarstauwehr und Radekes Wohnung zog.

Peppi sah ihn ungläubig an. »Ich bitte dich! Das Mädchen ist vierzehn!«

»Andi, erzähl unserer Kollegin doch mal, was du gestern mit diesem zierlichen Wesen erlebt hast.«

Brander gab Peppi eine Kurzfassung.

»Wie groß ist sie?«, fragte Peppi.

»Knapp eins siebzig. Und – das sag ich jetzt nicht nur, um nicht als totaler Trottel dazustehen – sie ist ziemlich stark.«

»Hm ... ich weiß nicht.«

»Wissen tut keiner was. Aber ich denke, wir sollten Hendriks Gedanken auf jeden Fall Beachtung schenken. Natürlich ist es nicht sicher, dass Nathalie sich in der Eugenstraße herumgetrieben hat. Sie kann auch einen anderen Weg eingeschlagen haben. Die Frage ist, wo sie überhaupt an dem Abend war, schließlich behauptet Radeke, sie wäre nicht bei ihm gewesen. Zuletzt wurde sie anscheinend gegen halb elf von dieser Sofie am Neckarstauwehr gesehen. Und dann?«

»Aber dem Mann wurde ins Gesicht geschlagen.«

»Ich könnte mir folgendes Szenario vorstellen«, begann Hendrik. »Vockerodt geht die Eugenstraße entlang. Nathalie kommt ihm entgegen. Sie hat ein hübsches Gesicht und schöne lange schwarze Haare. Vockerodt ist ein netter Typ und lächelt sie an. Vielleicht sagt er sogar etwas zu ihr. Nathalie hat sowieso mächtig viel Wut im Bauch und fühlt sich angemacht. Sie schlägt zu. Das wird sich auch ein Mann wie Vockerodt nicht einfach so gefallen lassen. Wahrscheinlich wird er irgendetwas entgegnen, sie anschreien oder so. Vielleicht macht er eine Bewegung in ihre Richtung. Und da tritt sie zu. Aus Wut, aus Angst, wer weiß? Vockerodt rutscht aus und stürzt. Nathalie tritt nach und merkt, dass der Mann sich gar nicht mehr bewegt. Sie gerät in Panik und rennt davon. Wohin auch immer.«

»Die Zeugin sagt, sie hätte zwei oder drei Männerstimmen gehört«, gab Brander zu bedenken.

»Sie kann sich geirrt haben. Vielleicht hörte es sich einfach nur so an. Der Schall von den Hauswänden, keine Ahnung.« Hendrik sah zu Brander. »Du sagst, sie hat sich die Haare und Augenbrauen abrasiert. Warum verändert sie ihr Aussehen so krass? Sie will auf keinem Fall erkannt werden!«

»Du liebe Güte«, stöhnte Peppi auf. »Lass uns mit Freddy reden. Ich will seine Meinung dazu hören.«

Gemeinsam machten sie sich auf den Weg zu Manfred Troppers Büro.

»Oh, die geballte Kraft der Inspektion 1. Was habe ich verbrochen?«

»Nichts. Wir wollen deine Meinung hören«, erklärte Peppi.

»Das trifft sich gut. Die wollte ich euch schon lange mal sagen.«

»Später. Hendrik, leg los«, forderte Brander den Kollegen Marquardt auf.

Nachdem er seine Gedanken dargelegt hatte, sah Tropper mit hämischem Grinsen zu Brander. »Die hat dir vors Schienbein getreten? Und dann ist sie dir entwischt? Andi! Du wirst alt.«

»Kannst du dir diese Kommentare für später aufheben?«, bat Brander.

»Es fällt mir schwer. Andi, das war ja wohl einer der ältesten Tricks, auf den du da reingefallen bist.« Tropper schüttelte den Kopf.

»Danke für diesen sachdienlichen Hinweis«, entgegnete Brander. Er hatte gewusst, dass früher oder später die Lästerei losgehen würde. »Es wäre schön, wenn du uns nun gütiger Weise erst einmal deine hoch geschätzte Meinung zu der soeben dargebrachten Geschichte im Fall Vockerodt geben könntest. Denkst du, dass ein vierzehnjähriges Mädchen die Tat begangen haben könnte?«

Tropper lehnte sich zurück, verkreuzte die Finger vor seiner Körpermitte, dachte eine Weile stumm nach und sagte dann schlicht: »Ja.«

»Ja?«, wiederholte Peppi fragend.

»Ja. Also vermutlich ja. Ich kann es dir nicht garantieren. Ich müsste das Mädchen mal sehen. Aber Treten scheint ja zumindest eine ihrer Methoden zu sein«, ergänzte er mit einem Seitenblick auf Brander. »Wollt ihr noch mehr von mir?«

»Nein, im Moment nicht«, dankte Brander, bevor weiterer Spott auf ihn niederfiel.

»Dann zieht von dannen.« Tropper wedelte mit den Händen, als wäre er ein Großwesir, der seiner Untertanen überdrüssig geworden ist.

»Kommst du nicht mit? Wir haben Soko-Sitzung«, erinnerte Brander den Kollegen.

»Sklaventreiber.« So schnell wurde man vom Großwesir zum Untertan.

»Nur weil Freddy sagt, dass es möglich ist, muss das aber nicht heißen, dass sie es auch getan hat. Es erweitert nur unseren Täterkreis«, gab Brander den Kollegen zu bedenken, nachdem in der Sitzung die neuesten Überlegungen besprochen worden waren. »Wir haben verschiedene Ansätze. Ich will, dass die Aussagen von Dollhofer und Dupont überprüft werden.« Er sah zu Peppi.

»Alles schon in der Mache. Jens und ich übernehmen das.«

Jens Schöne war wieder einigermaßen gesund zum Dienst zurückgekehrt. Die Erkältung hatte ihm einen unschönen Herpes an der Oberlippe beschert. Barowskys Krankmeldung war noch bis zum Ende der Woche verlängert worden.

»Gut. Nach dem, was der Dollhofer uns erzählt hat, sollten wir auch noch einmal mit Lüdke sprechen.«

»Willst du ihn noch mal vorladen?«, fragte Peppi.

»Ja, aber lass uns erst abwarten, was eure Recherchen ergeben. Hendrik, ich schlage vor, wir zwei sprechen heute noch mal mit Radeke über Nathalie Böhme. Hast du seine Aussage inzwischen bei seinem Kumpel überprüft?«

»Poljakow? Wenn du mir verrätst, wo ich ihn finde.«

»Warum?«

»Ausgeflogen. Bei der Adresse, unter der er gemeldet war, wohnt er seit zwei Monaten nicht mehr. Der Vermieter wusste nicht, wo Poljakow hin ist, und schien recht froh, dass er die Wohnung wieder anderweitig vermieten konnte.«

»Was wissen wir über Poljakow?«

»Russlanddeutscher, zweiundzwanzig Jahre alt, in Frankfurt/Oder aufgewachsen. Lebt seit knapp einem Jahr in Tübingen. Es gab ein paar Verstöße gegen das Betäubungsmittelgesetz, und er ist wohl immer mal wieder in Schlägereien verwickelt. Außerdem gab es ein Verfahren wegen Körperverletzung, was jedoch mangels Beweisen eingestellt wurde.«

»Hm«, brummte Brander nachdenklich und machte sich eine Notiz auf seinem Block. »Warum kommt so einer von Frankfurt nach Tübingen?«

»Ich werde ihn fragen, wenn ich ihn sehe.«

Brander saß allein in seinem Büro. Peppi hatte sich mit Jens auf den Weg zur Uni gemacht. Er zog seine Skizze hervor und betrachtete sie eine Weile, bevor er Dollhofer, Dupont und Nathalie einfügte. Für das Pärchen zeichnete er zwei ineinander verschränkte Hände. Er glaubte den Aussagen der beiden und war sich sicher, dass die Nachforschungen seiner Kollegen kein anderes Bild ergeben würden. Mit einer dünnen gestrichelten Linie verband er die Skizze mit dem Zentrum des Bildes – Nael Vockerodt. Die Verbindung war lose.

Nathalie Böhme. Sie hatte sich kahl rasiert, warf mit Kraftausdrücken um sich und trat unschuldige Kriminalhauptkommissare vor das Schienbein. Sie nennt sich Eisblume, erinnerte er sich an die Aussage von Radeke. Eisblume. Kalt und schön. Im Sommer war ich seine Sonnenblume und im Winter seine Eisblume, hatte Jasmin Risch gesagt. Eisblume. Hatte Nael Vockerodt das Mädchen gekannt?

Brander beschloss, eine Eisblume als Symbol für Nathalie zu skizzieren. Er malte sie unten rechts ins Bild. Weit weg von dem Stiefel oben in der Mitte. Warum? Vielleicht Intuition? Vielleicht die Hoffnung auf das Gute im Herzen dieses Kindes? War sie noch ein Kind? Vierzehn Jahre. Nicht mehr kleines Mädchen, noch nicht junge Frau.

»Das Mädchen war es nicht«, flüsterte er leise vor sich hin. Glaubte er das wirklich? Oder versuchte er nur, sich zu überzeugen, sich ihre Unschuld einzureden?

»Telefonisch erreiche ich Radeke nicht. Fahren wir mal hin?«, unterbrach Hendrik seine Gedanken.

Brander sah auf, schob das Blatt in eine Mappe und stand auf. »Ja, versuchen wir unser Glück.«

Das Glück war ihnen nicht hold. Patrick Radeke war nicht zu Hause.

»Dann machen wir doch bei dem schönen Wetter einen Spaziergang am Anlagensee und Europaplatz«, schlug Brander vor. Die Temperaturen waren über die Null-Grad-Grenze gestiegen. Graue Wolken schoben sich über den Himmel, und der bevorstehende Regen würde Eis und Schnee in Kürze in Matsch und große Pfützen verwandeln. Brander hoffte, dass der Regen nicht ganz so schnell einsetzen würde.

Sie parkten den Wagen am Bahnhof bei den Kollegen von der

Bundespolizei und machten sich zu Fuß auf die Suche. Schüler tummelten sich in der Halle des alten Bahnhofsgebäudes und davor. Und auch auf dem Busbahnhof vor ihnen herrschte ein reges Kommen und Gehen. Sie liefen durch die gekachelte Unterführung Richtung Anlagensee. Irgendein Schmierfink hatte »Fick die Polizei« in riesigen schwarzen Buchstaben auf die weißen Fliesen geschmiert.

»Arschlöcher«, kommentierte Hendrik den Schriftzug im Vorübergehen.

Brander zuckte die Achseln. Er hatte irgendwann aufgehört, sich über derartige Schmierereien aufzuregen. Der Wind trug ihnen den Duft von Deniz' Imbiss und Stehcafé entgegen, das sich rechts am Ende der Unterführung befand. An diesem späten Vormittag saßen bereits einige Kunden in dem kleinen Laden und verspeisten die türkischen Gerichte.

Sie bogen links auf einen breiten Weg und umrundeten gemächlichen Schrittes einmal den See. Vereinzelt standen kleine Grüppchen zusammen. Ein paar Alkis hatten sich vor einer Bank um eine Kiste Bier geschart. Schüler liefen von den angrenzenden Schulen Richtung Bahnhof an ihnen vorüber oder rauchten verstohlen eine Zigarette. Die nackte Brunnennymphe kniete etwas versteckt am Mühlbach, einem Zufluss des Anlagensees, auf einem Sockel. Die Skulptur aus weißem Marmor trug noch einen dünnen Pelz aus Schnee. Ihre Kolleginnen aus der Danneckerschen Nymphengruppe waren schon wieder vom Schnee befreit und rekelten sich unter grauem Himmel auf der Nordseite des Sees.

»Was für ein Glück, dass wir Winter haben«, murmelte Hendrik vor sich hin.

»Was? Warum das denn?«

»Na ja, im Sommer säßen hier jetzt zig Sonnenhungrige oder es liefe irgendeine Veranstaltung. So ist's ein bisschen übersichtlicher.«

Da hatte Hendrik recht. Im Sommer fanden in der Parkanlage einige Open-Air-Veranstaltungen statt, und während der zehntägigen Sommerinsel war die ganze Anlage mit Pagodenzelten und Bierbänken besetzt und lockte mit zahlreichen kulinarischen Genüssen.

»Och, ein bisschen Musik wäre jetzt doch gar nicht schlecht«, wandte Brander ein.

»Bis zum RACT!festival musst du dich aber noch ein bisschen gedulden.« Hendrik wusste, dass Brander lieber Rockmusik als klassische Konzerte hörte.

»Die wurden doch ausquartiert«, erinnerte sich Brander.

»Ja, zur Fußball-WM. Aber die ist ja zum Glück nur alle vier Jahre.«

Das von Jugendlichen organisierte politische Festival hatte zur Fußballweltmeisterschaft in Südafrika ganz ausfallen sollen, um dem in Mode gekommenen Public Viewing Platz zu machen, das die Gewerbetreibenden am Anlagensee veranstalten wollten. Brander erinnerte sich an die zahlreichen empörten Leserbriefe im Tagblatt.

»Der Schiebeparkplatz ist auf jeden Fall keine wirklich gute Alternative für das Festival«, fand Brander.

»Tja, aber wie es halt immer so ist: Wirtschaftliche Interessen wiegen schwerer als jugendliches Engagement ... hey!« Hendrik stieß Brander gegen den Arm. »Da vorne, das ist er doch!« Er deutete auf einen Mann, der nicht weit entfernt mit ein paar Leuten an der niedrigen Begrenzungsmauer des Sees stand. Im gleichen Moment sah Radeke zu ihnen, starrte sie für einen Augenblick an und stürmte dann Richtung Unterführung davon.

»Was hat der denn?« Hendrik spurtete los. Brander hinterher.

In der Unterführung bekam Hendrik Radeke zu fassen, verlor das Gleichgewicht und stürzte mit dem Mann zu Boden. Brander packte Radeke am Arm und zog ihn auf die Beine. Hendrik klopfte sich fluchend Dreck und Schneematsch von den Klamotten.

»Was sollte denn die Nummer?«, fragte Brander wütend.

»Ey, ich hab nix gemacht, wa!«

Wie hatte er es vermisst! »Und deswegen gibst du gleich Fersengeld, wenn du uns siehst? Du kommst jetzt mal mit uns ins Trockene.«

»Ey, was soll das? Ich bin unschuldig, wa. Ich hab nix gemacht!« Radeke versuchte, sich aus Branders Griff zu befreien. »Ey, pack mich nich an, ey!« Eine Hand zuckte Richtung Jackentasche.

Brander drehte Radeke blitzschnell den Arm auf den Rücken, drückte ihn gegen die vollgekritzelten Kacheln. »So, nicht Freund! Hände an die Wand.«

Er tastete Radeke ab, durchsuchte seine Taschen. »Da schau her.« Brander brachte ein kleines Tütchen mit bunten Tabletten zum Vorschein. »Sollte eine nette Party werden, was?«

»Ey, was soll der Scheiß? Das ist nix. Das sind Kopfschmerztabletten, wa.«

»Ach, Migräne hat er auch.« Aus der anderen Jackentasche zog Brander ein Klappmesser. Ein kurzer Blitz zuckte ihm durch den Nacken. Er wollte nicht darüber nachdenken, wie die Situation hätte eskalieren können, wenn seine Reaktion langsamer gewesen wäre.

Hendrik fixierte Radekes Hände mit einer Handschließung auf dem Rücken. »Ich kenn hier vorne ein nettes Hotel.« Er zog Radeke von der Wand weg.

»Ey, was wollt ihr von mir? Ich hab nix gemacht, wa! Ich bin unschuldig!«

»Klar, du wolltest die Hand in die Jacke stecken, weil dir kalt war«, schnaufte Hendrik verächtlich.

»Korrekt, wa.«

»Herr Radeke, Sie sind vorläufig festgenommen. Verstoß gegen das Betäubungsmittelgesetz, Tätlichkeit gegen einen Beamten …«, begann Brander, dem Mann zu erklären.

»Ey, spinnt ihr jetzt total? Was hab ich denn gemacht, Mann?«

Brander diktierte ihm seine Rechte. Sie führten Radeke durch die Unterführung zur Station der Bundespolizei. Die Kollegen stellten ihnen ein Zimmer für die Vernehmung zur Verfügung.

Radeke saß Brander mit störrischem Blick gegenüber. Hendrik hatte sich zwei Schritte hinter Brander an der Wand postiert. Ein Aufnahmegerät lag auf dem Tisch. Wie bei ihrem letzten Gespräch vollführte Radekes Kopf eine leichte, aber stetige Nickbewegung und das Bein wippte nervös auf und ab.

»Ich hab das Recht auf 'n Anwalt, wa.«

»Ja, das haben Sie. Möchten Sie jetzt jemanden anrufen?«, fragte Brander.

»Wen soll ich denn anrufen?«

Brander sah ihn schweigend an.

»Ey, ich will hier raus. Was soll der Scheiß?«

»Herr Radeke, das haben Sie sich selbst eingebrockt.« Hendrik war an den Tisch getreten, stützte sich mit beiden Händen auf der Platte ab und sah zu Radeke. »Eigentlich wollten wir Sie nur noch einmal wegen Nathalie Böhme sprechen.«

»Die Eisblume? Was is 'n mit der?«

»Das wüssten wir gerne von Ihnen.«

Radeke sah von Hendrik zu Brander und wieder zurück zu Hendrik.

»Ja, Mann.«

»Was – ja, Mann?«

»Scheiße, Mann. Ja, die war an dem Abend bei mir. Aber nur kurz. Ich hab se weggeschickt, wa. Hatte keinen Bock auf die.«

Brander und Hendrik tauschten einen kurzen Blick.

»Wann genau war Nathalie bei Ihnen?«

»Was weiß denn ich? Um elf, um zwölf. Irgendwann, wa. Hab ihr gesagt, se soll sich verpissen.«

»Könnten Sie die Zeit noch genauer eingrenzen?«

»Keine Ahnung, wa. Hab keine Uhr, wa.«

»Und sie ist dann wieder gegangen?«

»Ey, ja, Mann.«

»Wissen Sie, wohin sie gegangen ist?«

»Bin ich der liebe Gott? Keine Ahnung. Die is abgezischt. Kann ich jetzt gehen?«

»Danke. Die Kollegen übernehmen dann.« Brander stand auf und ging zur Tür. Hendrik folgte ihm.

»Ey, was soll das denn jetzt? Ihr könnt mich nich einfach hier behalten, wa!«

»Schon vergessen? Verstoß gegen das Betäubungsmittelgesetz.«

»Leckt mich doch am Arsch, Mann! Ihr könnt mir gar nix, wa! Ich bin unschuldig!« Radeke streckte ihnen den Mittelfinger entgegen.

»Mist, ich hab voll die nasse Hose!«, beschwerte sich Hendrik, als sie wieder im Auto saßen. »Können wir kurz zu mir fahren, damit ich mich umziehen kann?«

»Du bist der Fahrer.«

Hendrik fuhr Richtung Derendingen. Kurz vor Louis Geburt hatte er dort gemeinsam mit Anne im Neubaugebiet Mühlenviertel eine Eigentumswohnung gekauft. Wenn die Bauarbeiten in der Umgebung erst einmal abgeschlossen und die Außenanlagen hergerichtet wären, würde es sicher eine schöne Wohngegend sein. Gelbe, rote, weiße mehrgeschossige Gebäude und Doppelhäuser reihten sich in einer bunten Vielfalt aneinander. Rasen, Sträucher und Bäume befanden sich noch in der frühen Wachstumsphase und gaben jetzt im Winter ein eher trostloses Bild zwischen den bunten Fassaden ab. Brander stellte sich vor, wie im Sommer alles blühte und die Kinder in dem kleinen Mühlenbach Staudämme bauten und Frösche fingen, so wie er es als Kind getan hatte.

Hendrik parkte den Wagen auf der Straße vor dem Haus, und sie gingen zum Eingang. Durch ein Fenster sahen sie Hendriks Freundin in der Küche hantieren. Er hätte sich für eine Penthouse-Wohnung mit Dachterrasse entschieden, überlegte Brander, aber mit einem Kleinkind war die Terrassenwohnung im Erdgeschoss vermutlich weniger nervenaufreibend – keine Sorgen, dass das Kind vom Balkon stürzen konnte, und man musste es nicht mehrmals täglich die Treppen rauf- und runtertragen. Hendrik drückte dreimal zackig auf den Klingelknopf.

Kurz darauf öffnete Anne ihnen mit dem schreienden Louis auf dem Arm die Tür.

»Hast du keinen Schlüssel? Er war gerade eingeschlafen!«, begrüßte sie ihren Lebensgefährten.

»Entschuldige.« Hendrik drückte Anne einen Kuss auf die Wange und nahm ihr den schreienden Louis ab. Er hob seinen Sohn hoch und ließ ihn vor seinem Gesicht wie einen kleinen Segelflieger herum kreisen. »Na, du kleiner Schreihals. Jetzt ist die Mutti wieder böse mit mir.« Louis begann vergnügt zu glucksen.

»Wie siehst du überhaupt aus?« Anne betrachtete die dreckige Kleidung ihres Freundes.

Hendrik sah zu ihr. »Schön, dass dir das auffällt. Ich habe todesmutig einen brutalen Drogendealer dingfest gemacht. Leib und Leben dabei riskiert!«

»Im Ernst?« Sie sah erschrocken zu Brander.

Dieser schüttelte hämisch grinsend den Kopf. »Er hat sich bei der Ergreifung eines kleinen Junkies auf den Hintern gesetzt.«

»Andi! Du sei mal ganz still! Ich sag nur Eisblume.«

Wer im Glashaus sitzt … Brander hob zum Zeichen seiner Kapitulation beide Hände.

»Denkst du, zwei gestandene Männer, die für Recht und Ordnung im Ländle sorgen, bekommen hier was Anständiges zu essen?«, wandte Hendrik sich wieder an Anne.

»Du weißt ja, wo die Küche ist«, entgegnete diese ungerührt. »Jetzt gib mir mein Kind wieder. Der muss schlafen und nicht mit Papa Faxen machen.«

Hendrik übergab sein Kind und sah Anne nach, die mit Louis im Kinderzimmer verschwand. »Sie liebt mich. Sie kann das nur nicht so zeigen …«, sagte er laut genug, dass Anne es auch hörte. Er wandte sich wieder Brander zu. »Ich zieh mich schnell um. Setz dich irgendwo hin.«

Brander ging in die Küche und linste in die Töpfe, die auf dem Herd standen. Kurz darauf kehrte Anne aus dem Kinderzimmer zurück.

»Dir kann ich ein Essen ja nicht abschlagen, aber dieser kleine Macho … Hat er heute ordentlich gearbeitet?«

Brander nickte ernst.

»Na gut.« Sie nahm zwei Teller aus dem Schrank. »Ich darf ihn nicht zu sehr verwöhnen. Nicht, dass er meint, er hat hier ein liebes Hausmütterchen, das ihn umhegt und pflegt, sobald er von der Arbeit kommt.« Sie füllte Nudeln und Gulasch auf die Teller und erhitzte die Gerichte kurz in der Mikrowelle.

»Teilt euch doch die Elternzeit, dann kann er mal für dich sorgen.« Brander hätte nichts dagegen, die junge Kollegin wieder in seinem Team zu haben.

»Bring sie nicht auf dumme Ideen«, protestierte Hendrik aus dem Flur. Er war gerade dabei, sein Hemd zuzuknöpfen, und eilte in die Küche.

»So dumm ist die Idee gar nicht«, befand Anne.

»Siehst du, was du jetzt angerichtet hast?« Hendrik ließ sich auf einen Stuhl fallen. »Na gut, ich mach dann die Sommermonate. So ab Mai, Juni. Und dann gehe ich mit Louis in die Eisdiele, ins Schwimmbad oder schlürf 'nen Eiskaffee auf dem Marktplatz, während du in unseren nicht klimatisierten Büros Akten wälzt, langweilige Protokolle liest und zwischendurch stinkende Wasserleichen aus dem Neckar ziehen darfst.« Er grinste zufrieden vor sich hin.

Anne knallte den Teller vor Hendrik auf den Tisch. »Es wird nächsten Sommer drei Monate lang regnen und dir werden Schwimmhäute zwischen den Fingern wachsen!«

»Ist sie nicht wunderbar?«, fragte Hendrik Brander und begann zu essen.

»Was hat es denn mit dieser Eisblume auf sich?«, erkundigte sich Anne neugierig bei Brander. »Hat das vermisste Mädchen sich nicht so genannt?«

»Ja.« Er erzählte in kurzen Sätzen von der Begegnung am Vortag.

»Hast du Andi von unserer Theorie erzählt?«, hakte Anne bei Hendrik nach.

»Nee, was für 'ne Theorie?«, erwiderte Hendrik mit spitzbübischem Grinsen.

»Er hat sie uns erzählt«, fiel Brander ihm in den Rücken.

»Und?«

»Kann was dran sein, muss aber nicht.« Brander schob den leeren Teller ein Stück von sich und lehnte sich zurück. »Merkwürdig ist das schon. Warum leugnet Radeke vor zwei Tagen, dass sie bei ihm gewesen ist, und heute behauptet er, sie wäre kurz da gewesen und er hätte sie wieder weggeschickt.«

»Wollt ihr noch einen Espresso?«

»Merkste was, Andi?« Hendrik grinste Brander verschwörerisch an. »Die will mitspielen.«

»Wart nur, wenn du heute Abend nach Hause kommst!«, drohte Anne.

»Krieg ich dann eins auf den Hintern?«

»Nein, dann darfst du das Klo putzen.« Auch Anne konnte sehr boshaft lächeln.

Hendrik stieß einen fassungslosen Seufzer aus. »Wie kannst du mich vor meinem Boss so bloßstellen?«

»Also, ich würde sehr gern einen Espresso trinken«, meldete sich Brander. Die beiden jungen Kollegen waren ja heute in Bestform!

»Stellt sich die Frage, wann war Nathalie bei Radeke und wie schnell konnte sie von dort in der Eugenstraße sein?«, überlegte Hendrik laut.

»Wenn sie es denn tatsächlich war.«

»Vielleicht kann euch dieser Pjal … Pajlow … wie heißt der?«, fragte Anne.

»Poljakow.«

»Vielleicht kann der euch die genaue Zeit sagen.«

»Wenn wir den mal finden würden«, seufzte Hendrik.

Aus dem Treppenhaus drang lautes Geschrei in die Wohnung. Anne verdrehte die Augen. »Mittwochnachmittag, vierzehn Uhr zehn. Yannik, Leon und Kevin aus der zweiten Etage stürmen das Haus.«

Branders Gesicht hellte sich auf. »Danke, Anne.«

»Gerne, wofür?«

»Nathalie ist kein leises Mädel, vielleicht hat sie Krach gemacht, als sie bei Radeke war. Lass uns mal seine Nachbarn befragen, ob die in der Nacht etwas gehört haben.« Er stand auf. »Danke für das Essen.«

Auch Hendrik erhob sich und gab Anne einen Abschiedskuss. »Muss ich wirklich heute Abend das Klo putzen?«

»Worauf du dich verlassen kannst.«

Die Haustür des renovierungsbedürftigen Altbaus stand offen. Zum zweiten Mal an diesem Tag betraten Brander und Hendrik das dunkle Treppenhaus. Die Wand zu ihrer Linken war mit obszönen Graffiti beschmiert worden. An der Decke hing eine nackte Neonröhre. Ein muffig-feuchter Geruch stieg Brander in die Nase, vermischte sich mit den Düften fremdländischer Mittagsgerichte.

Radekes Wohnung befand sich im Erdgeschoss. Brander klingelte an der Tür der Nachbarwohnung. Aus der oberen Etage drang laute Musik. Sie meinten Schritte auf der anderen Seite der Tür zu hören, aber die Tür blieb verschlossen. Brander klingelte erneut.

»Hallo? Jemand zu Hause?«

»Da will wohl jemand nicht mit uns sprechen«, stellte Hendrik fest.

Sie versuchten es an den anderen Türen. In der oberen Etage öffnete ihnen eine übergewichtige Frau in zu engen rosa Leggins und einem zwei Nummern zu kleinen Sweatshirt. Brander schätzte sie auf Mitte dreißig. Sie konnte aber auch wesentlich jünger sein. Ein stark geschminktes Gesicht sah sie Kaugummi kauend an. Hätte sie blonde Locken gehabt, wäre sie als kleine Schwester von Cindy aus Marzahn durchgegangen.

»Frau Sailer?«

»Wer will das wissen?« Sie musterte die beiden Kommissare.

Brander hob die Hand, in der er seinen Dienstausweis hielt. »Brander, Kripo Tübingen.«

»Welche Ehre. Und der da?«

»Mein Kollege, Herr Marquardt.«

Sie stellte die Kaubewegungen einen Moment lang ein, musterte Hendrik und glitt mit der Zunge über ihre Lippen. »Heut Abend schon was vor?«

»Glücklicher Familienvater«, entgegnete Hendrik.

»Waren Sie letzte Woche Dienstagabend zu Hause?«, fragte Brander.

»Nee, da war ich bei jemanden, der noch nichts vorhatte.« Sie grinste Hendrik lüstern an.

»Ich meinte nicht gestern Abend, sondern letzte Woche Dienstagabend«, präzisierte Brander noch einmal.

Frau Sailer sah ihn an. »Ich hab Ihre Frage schon verstanden. Ich war weder Dienstagabend letzte Woche noch gestern Abend zu Hause. Bin abends viel unterwegs.«

In einer anderen Wohnung trafen sie einen Frührentner an, der abends früh schlafen ging und sein Hörgerät dazu ablegte. Er hatte in der fraglichen Nacht weder etwas gehört noch gesehen.

Keiner der Hausbewohner, die sie antrafen, hatte etwas gehört oder gesehen. Entweder hatten sie schon geschlafen, ferngesehen oder sie waren nicht zu Hause gewesen. Zwei Mieter waren nicht anzutreffen.

»War einen Versuch wert«, befand Brander, während sie die Treppen wieder hinunterstiegen.

Als sie den letzten Treppenabsatz erreicht hatten, betrat ein Mädchen das Haus. Dunkle Locken umrahmten ein südländisches Gesicht. Sie trug eine Einkaufstasche und stieg die Stufen hinauf, nicht ohne die beiden Männer misstrauisch zu beobachten. Sie war vielleicht neun oder zehn Jahre alt. An der Wohnungstür, an der Brander zuvor erfolglos geklingelt hatte, blieb sie stehen und steckte den Schlüssel ins Schloss.

»Kann ich dich kurz etwas fragen?«, sprach Brander das Mädchen an.

Sie öffnete die Tür und sah ihn noch immer misstrauisch an. »Was denn?«

»Du musst keine Angst haben. Wir sind von der Kriminalpolizei.« Brander zeigte dem Mädchen seinen Ausweis. »Wir würden gern mit deinen Eltern sprechen. Sind die zu Hause?«

Im selben Augenblick dröhnte eine männliche Stimme zu ihnen durch. »*Chi è*? Giulia?«

»Si, si. Sono io«, rief das Mädchen in die Wohnung. *»È la polizia che vuole parlare con te.«* Sie drehte sich wieder zu den Kommissaren. »Mein Vater spricht nicht gut deutsch. Ich kann übersetzen.«

»Das wäre sehr nett«, erklärte Brander erfreut. Seine Kenntnisse der italienischen Sprache beschränkten sich auf einen Wortschatz von maximal dreißig Wörtern, Pizza, Vino Rosso und Espresso eingeschlossen.

Ein untersetzter Mann in Achselhemd und Jogginghose trat hinter das Mädchen. Sie erklärte ihm noch einmal, dass Brander und sein Kollege von der Polizei waren. Der Mann sah sie fragend an.

»Signore Angelosanto?«, fragte Brander und hoffte, dass er den Namen auf dem Türschild richtig ausgesprochen hatte.

»Si.«

»Ich wüsste gern, ob Sie letzte Woche am Dienstagabend zu Hause waren?«

Angelosanto hörte sich die Übersetzung seiner Tochter an und antwortete mit einem misstrauischen »Si«.

»Haben Sie zufällig mitgekriegt, dass ein Mädchen hier gewesen ist? Sie wollte zu Ihrem Nachbarn, Herrn Radeke. So groß …« Brander deutete mit der Hand Nathalies Größe an. »Sie hatte glatte lange schwarze Haare.«

Wieder übersetzte Giulia ihrem Vater, aber schon nach den ersten Worten begann er den Kopf zu schütteln und fiel seiner

Tochter ins Wort. Giulia erwiderte etwas, woraufhin ihr Vater in strengerem Ton fortfuhr.

Sie wandte sich wieder Brander zu: »Papa sagt, wir haben niemanden gesehen und nichts gehört. Wir kümmern uns nicht um ihn.« Sie deutete unbeholfen auf die Nachbarwohnung. »Er sein kein guter Mensch, sagt Papa.«

»Vielen Dank ... ähm ... *Grazie, Signorina.*« Brander lächelte Giulia an. Signore Angelosanto brummte irgendetwas in seiner Landessprache und schob seine Tochter in die Wohnung.

»Giulia Angelosanto. Was für ein klangvoller Name«, schwärmte Hendrik, während sie zu ihrem Wagen zurückkehrten.

»Lass uns zu Nathalies Eltern fahren.«

»Was willst du da?«

»Ich wüsste gern, wo sie gestern waren, als ich versucht habe, sie anzurufen, und ich möchte mir mal Nathalies Zimmer ansehen.«

Eine Alkoholfahne schlug ihnen entgegen, als Nathalies Mutter die Tür öffnete. Eine kleine, stämmige Frau mit dicken Tränensäcken unter den Augen. Sie trug Jogginghose und ein langes Shirt, das über der Körpermitte spannte. Das dunkle Haar war ungewaschen und zu einem nachlässigen Zopf zusammengebunden.

»Ja?«

»Frau Böhme, meinen Kollegen Herrn Marquardt kennen Sie ja schon.« Brander deutete auf Hendrik. Die Frau sah Hendrik an, als könnte sie sich nicht mehr an die Begegnung im Bowlingcenter erinnern. »Ich bin Kriminalhauptkommissar Brander. Dürften wir bitte kurz hereinkommen?«

»Haben Sie Nathalie gefunden?« Sie machte keine Anstalten, die Beamten in ihre Wohnung zu lassen.

»Sie wurde gesehen«, erklärte Brander. Er drehte den Kopf ein Stück zur Seite, suchte Frischluft. Die Frau war sturzbetrunken.

»Und wo ist sie?« Gudrun Böhme sah an Brander vorbei, als erwarte sie, dass Nathalie sich hinter seinem Rücken versteckt hätte.

»Vermutlich irgendwo im Raum Stuttgart. Hat Nathalie irgendwelche Freunde oder Verwandte in Stuttgart?«

»Was weiß ich, mit wem die sich rumtreibt.« Die kräftige Figur schwankte leicht im Türrahmen hin und her.

»Sie sind ihre Mutter«, sah Brander sich bemüßigt, sie an ihre Rolle in der Angelegenheit zu erinnern.

Die Frau sah ihn mit halb geschlossenen Lidern an. Fahle, gelbliche Haut verlief faltig über das Gesicht. Sie sah nicht gesund aus.

»Schon lange nicht mehr.«

»Frau Böhme, ich möchte mir gern Nathalies Zimmer ansehen.«

»Es ist nicht aufgeräumt.«

»Das macht nichts.«

Nur widerwillig gab Nathalies Mutter den Weg frei. Brander hatte gedacht, dass Nathalies Zimmer nicht aufgeräumt wäre, aber sie hatte wohl die gesamte Wohnung gemeint. Bier- und Schnapsflaschen standen im Flur, im Wohnzimmer und in der Küche. In der Spüle stapelten sich schmutziges Geschirr und leere Verpackungen von Tiefkühlgerichten. Die Wohnung war muffig und überheizt, und Brander spürte das dringende Bedürfnis, ein Fenster aufzureißen. Die Frau deutete auf eine Zimmertür, ging selbst ins Wohnzimmer und setzte sich auf ein altes, verschlissenes Sofa.

Während Brander in das Zimmer der Tochter ging, folgte Hendrik Frau Böhme ins Wohnzimmer und bat darum, ein Fenster öffnen zu dürfen.

In Nathalies Zimmer erwartete Brander eine Überraschung. Es war aufgeräumt. Auch wenn das Bett nur zurückgeschlagen war, so waren doch die Kleidungsstücke einigermaßen ordentlich in einem Regal verstaut. In einem anderen Regal lagen ihre Schulsachen. Das riesige Poster eines amerikanischen Trucks vor einem Gebirgszug mit Sonnenuntergang hing über dem Bett. Brander sah sich verwundert um. Dieses Zimmer passte überhaupt nicht zu dem Mädchen, dem er in Stuttgart begegnet war. Er öffnete eine Schublade ihres Nachttisches und war fast erfreut, ein Chaos aus Bildern, Zetteln und Schminkutensilien vorzufinden. Er zog ein paar Papiere heraus und setzte sich auf das ungemachte Bett.

Ein Blatt war vollgeschmiert mit einem einzigen Wort: HASS.

Mal groß, mal klein geschrieben, mal rot, mal schwarz, mal dicke, bauchige Buchstaben, mal eckig und kantig. Als hätte sie ausprobiert, die richtige Form für dieses Wort zu finden.

Auf den anderen Zetteln waren kurze Texte, Gedanken in Versform geschrieben:

»Eiskalt möchte ich sein.
Wie ein Stein.
Hart und ohne Gefühle.
Ihr könnt auf mich treten.
Aber ich spüre nichts.
Niemand. Niemand wird mich erweichen.
Keine Tränen werde ich mehr weinen.
Eiskalt wie ein Stein.«

Brander spürte eine stille Betroffenheit. Er erinnerte sich an den Text, den ihr Klassenlehrer ihm gegeben hatte. Sie konnte mit Worten umgehen, auch wenn er davon am Tag zuvor wenig bemerkt hatte. Sie war in der Lage, ihre Gefühle auszudrücken, aber anscheinend wollte sie nicht, dass jemand anderes etwas von diesen Gefühlen erfuhr. Sie wollte sich lieber verstecken – unter einem großen Tuch. Hart werden. Kalt wie ein Stein. Man kommt meistens zu spät, echoten die Worte von Ebru Iscan in seinem Kopf. War diesem Mädchen noch zu helfen?

Er las den nächsten Zettel:

»Wenn nur ein Mensch mich lieben würde,
wäre das Leben lebenswert.
Ich liebe Ricky.
Aber Ricky will nur ficken.«

Ricky. Patrick Radeke. Er stellte sich vor, er hätte eine Tochter, die sich in so einen Mann verliebt hätte. Was würde er tun? Energisch schüttelte er den Kopf, um die Gedanken loszuwerden. Nathalie Böhme war ein Vermisstenfall. Mehr nicht. Brander legte die Zettel wieder zurück und sah sich die Bilder in der Schublade an. Die meisten waren Bilder aus Zeitschriften, viele zeigten amerikanische Trucks und Lkws. Dazwischen lag ein Fotostreifen, der anscheinend mit einem Passbildautomaten erstellt worden war. Zwei Gesichter waren darauf, die lachend Fratzen zogen. Nathalie Böhme und Patrick Radeke. Er nahm den Streifen heraus. Auf der Rückseite stand »Ricky«, und ein Herz war darum gezeichnet.

Gab es vielleicht doch eine engere Beziehung zwischen diesen beiden verlorenen Menschen? Nathalie schien in diesen Junkie verliebt zu sein. Was war mit Radeke? Schätzte er den Mann falsch ein?

Brander verließ das Zimmer, stieß im Flur gegen eine leere Wodkaflasche, die scheppernd über den Boden rollte. Er stellte sie wieder auf und ging zu Hendrik ins Wohnzimmer.

Frau Böhme hatte ein Glas mit einer braunen Flüssigkeit vor sich, die definitiv kein dünner Kaffee war. Hendrik sah Brander genervt an. Durch seine Lüftungsaktion ging zumindest ein frischer, kalter Zug durch den muffigen Raum.

»Frau Böhme, kennen Sie Patrick Radeke?«

»Wer soll das sein?«

»Ein Freund Ihrer Tochter. Sie nennt ihn Ricky.«

»Die hat viele Freunde. Heut den, morgen den. 'n kleines Flittchen ist se geworden.«

»Frau Böhme, reißen Sie sich ein bisschen zusammen.« Brander riss der Geduldsfaden. »Es geht um Ihre Tochter. Sie werden ja wohl irgendetwas über Ihre Tochter wissen!«

»Sie schwänzt die Schule, sie prügelt sich, sie klaut und sie hurt rum. Lehrer, Jugendamt und Polizei gehen hier ein und aus wegen der.« Sie leerte in einem Zug das Glas, wobei ein paar Tropfen aus ihrem Mundwinkel über ihr Kinn liefen. Sie wischte sie mit dem Handrücken weg. »Ich komm nicht mehr mit der klar. Aber mir hilft ja auch keiner!«

»Wir melden uns, wenn wir Ihre Tochter gefunden haben.« Brander forderte Hendrik mit einem Kopfnicken zum Aufbruch auf. Fast fluchtartig verließ dieser die Wohnung.

»Luft!« Hendrik atmete tief durch, als käme er von einem langen Tauchgang. »Ich hab gedacht, ich erstick da drin.« Er holte noch einmal tief Luft und stieß sie dann mit einem lauten Seufzer wieder heraus. »Glaubst du mir jetzt, dass es der Mutter scheißegal ist, was mit ihrer Tochter ist?«

Brander sah Hendrik traurig an. »Das Mädchen braucht Hilfe.«

»Pfff. Wenn du mich fragst, kommen wir da leider zu spät.«

Am frühen Abend hatte leichter Regen eingesetzt, der auf dem kalten Boden gefror und zu gefährlicher Straßenglätte führte. Mit Tempo dreißig fuhr Brander in einer langen Autokolonne über die B 28 von Tübingen nach Entringen und war verwundert, Beckmanns Auto vor seinem Haus stehen zu sehen. Er fand Karsten und Cecilia im Wohnzimmer bei einer Tasse Tee.

»Ich denke, du bist krank?«, begrüßte er Beckmann, während er Cecilia einen flüchtigen Kuss auf die Wange gab.

»Geht schon wieder«, sagte Beckmann. Seine Stimme klang noch heiser, aber ansonsten wirkte er tatsächlich wieder einigermaßen fit.

»Ich war nach der Arbeit bei ihm, um zu schauen, wie es ihm geht«, erklärte Cecilia, »und da hat er mir angeboten, mich nach Hause zu bringen.«

»Warum muss deine Frau eigentlich mit Bus und Bahn fahren, während du so ein tolles Fahrrad in der Garage stehen hast und das Auto gar nicht bräuchtest?«, erkundigte sich Beckmann mit tadelndem Blick. Er wusste zu gut, was für ein hervorragendes Fahrrad Brander besaß – es hatte seinem verstorbenen Ehemann gehört, und Beckmann hatte es Brander vor wenigen Monaten geschenkt.

»Falls es dir entgangen ist. Wir haben Winter. Es liegt Schnee und Eis auf den Straßen.«

»Schon mal was von Spikereifen gehört?«, widerlegte Beckmann Branders Ausrede.

»Ich bin halt nicht so ein Supersportler wie du. Was trinkt ihr da?«, lenkte Brander ab und sah misstrauisch auf die zwei Teetassen.

»Ceci hat einen leckeren Kräutertee und ich meinen köstlichen Artemisiatee. Willst du auch eine Tasse?«

Brander zeigte Beckmann einen Vogel. »Ich hab eine andere Medizin.« Er ging grinsend zu seinem Whiskyregal. »Mal sehen, was wir da haben …« Er entschied sich für einen zehnjährigen Talisker.

»Willst du nicht vorher wenigstens eine Kleinigkeit essen?«, empfahl ihm Cecilia.

»Ihr habt schon?«

»Es ist bereits nach neun«, erfuhr er statt einer Antwort auf seine Frage.

Er ging in die Küche und machte sich ein Brot, kehrte damit ins Wohnzimmer zurück.

»Habt ihr Nathalie gefunden?« Die Sorge in Cecilias Stimme war nicht zu überhören.

»Nein, das Mädchen ist wieder abgetaucht.« Ist vielleicht auch besser so, ging es Brander bei der Erinnerung an den Besuch in ihrem Elternhaus durch den Kopf. »Da fällt mir ein, dass ich Daniel noch anrufen wollte! Entschuldigt mich.« Brander stand wieder auf und ging in den Flur.

»Hey, Daniel«, begrüßte Brander seinen Bruder. »Wie geht es dir?«

»Wie soll's gehen?«, kam es ungewohnt hart von Daniel zurück.

»Ähm ... ja ... entschuldige. Ich dachte nur ... Hat Julian mit dir gesprochen?«

»Ja, hat er.«

Brander hatte gehofft, dass Daniel sich mehr darüber freuen würde.

»Gut ... und ... wie geht es Babs?«

»Keine Ahnung. Ich darf ja nicht zu ihr. Ich bin hier ja für alle nur noch das große Arschloch.«

»Ähm ... was?«

»Julian macht mir Vorwürfe. Unsere Eltern machen mir Vorwürfe. Ihre Eltern machen mir Vorwürfe. Alles meine Schuld. Irgendeiner muss ja der Arsch sein. Warum nicht ich?«

»Daniel ... Ich komme da, ehrlich gesagt, gerade nicht ganz mit.«

»Ist auch egal. Aber eins sage ich dir: Ich werde es nicht erlauben, dass Julian vor Beginn der Weihnachtsferien zu euch kommt. Er ist schulpflichtig. Und wenn er krankgeschrieben ist, dann werde ich für ihn sorgen. Ich bin immer noch sein Vater!«

»Ja, natürlich bist du das. Das ist in Ordnung. Er ...«

»Ich wollte nur, dass du das weißt.«

»Du wolltest doch, dass ich mit Julian rede. Habe ich irgendetwas …?«

»Ich …« Daniel verstummte. Brander hörte ihn am anderen Ende laut atmen. »Wir sprechen später. Tschüss.«

»Tschüss.« Brander sah verdutzt auf das Telefon. Was war denn jetzt los?

Wortlos setzte er sich neben seine Frau auf das Sofa und goss sich den Whisky in ein Glas. Cecilia und Karsten sahen ihn fragend an.

»Was war los?«, erkundigte sich Cecilia besorgt.

»Ich glaube, Daniel ist gerade mächtig sauer auf mich.«

»Warum?«

Brander hob ratlos die Hände, nahm sein Glas und trank einen Schluck des torfigen Insel-Whiskys. Er schloss einen Moment die Augen, um wieder zur Ruhe zu kommen, ließ den Schluck langsam die Kehle hinuntergleiten. Ganz allmählich breitete sich das scharfe, rauchige Aroma in seinem Gaumen aus.

»Was hat er denn gesagt?«, bohrte Cecilia weiter.

Brander gab das kurze Telefonat mit seinem Bruder wieder.

Beckmann sah ihn nachdenklich an. »Was für ein Problem haben Daniel und Julian denn miteinander?«

»Lange Geschichte«, sagte Brander, und Cecilia berichtete ihm von dem Selbstmordversuch ihrer Schwägerin.

»Kann es sein, dass dein Bruder ein bisschen eifersüchtig ist, weil Julian dir anscheinend so sehr vertraut?«, mutmaßte Beckmann schließlich.

»Wir sind erwachsene Menschen!«, protestierte Brander.

»Na ja, Daniel ist im Moment auch sicher etwas überfordert mit der Situation«, gab Cecilia zu bedenken. »Was für Vorwürfe machen sie ihm denn?«

»Keine Ahnung. Vermutlich, dass er zu wenig Zeit hatte. Das habe ich zumindest bei Julian rausgehört. Aber er ist doch Alleinverdiener in der Familie, und er hat nun mal einen Job, bei dem er ständig unterwegs ist.«

»Du solltest noch mal mit ihm reden«, schlug Beckmann vor.

»Mach ich auch. Aber nicht heute. Für heute ist mein Bedarf an Familienzwist gedeckt. Ich hätte gern einen harmonischen, friedlichen Ausklang des Abends.«

Er nippte noch einmal an seinem Glas, sah Beckmanns sehnsuchtsvollen Blick. »Es ist spiegelglatt auf den Straßen.«

Beckmann verstand sofort. »Bekomme ich Whisky-Asyl?«

»Nimmst du noch Medikamente?«, fragte Brander.

»Nein, ich bin clean – wenn man mal von diesem vorzüglichen Tee absieht.«

Brander stand auf und holte ein zweites Glas.

Donnerstag

Beckmann nahm Brander am nächsten Morgen mit zur Polizeidirektion. So hatte Cecilia, die donnerstags ihren freien Tag hatte, den Wagen zur Verfügung. Die Temperaturen waren milder geworden, und ein leichter Dauerregen hatte eingesetzt. Der Schnee war zu großen Teilen verschwunden, lediglich die zusammengeschobenen Schneehaufen trotzten dem Wetter noch standhaft.

»Sag mal, Becks. Du hast doch damals als Teenager auch Drogen genommen, oder?«, fragte Brander, als Beckmann den Wagen am Straßenrand vor der Polizeidirektion anhielt.

»Wieso ›auch‹? Wer noch?«

»Vergiss das ›auch‹. Also, du hast Drogen genommen?«

Beckmann sah ihn skeptisch an. »Ich hab meine Strafe abgesessen.«

»Darum geht es doch gar nicht. Ich meine, stell dir mal vor, du bist ... sagen wir mal Anfang zwanzig. Du hättest eine Freundin, und die kommt zur dir, weil die Riesenbockmist gebaut hat. Was würdest du tun?«

»Andi, was für eine Freundin? Ich bin schwul und habe mit fünfzehn zum ersten Mal einen Schulkameraden verführt.«

»Herrje, dann kommt eben ein Freund zu dir.«

Beckmann blickte durch die Frontscheibe in die Ferne. Es sah nicht so aus, als fiele es ihm leicht, an seine Vergangenheit zu denken. »Also, zu der Zeit, zu der ich richtig drauf war, da hab ich echt nur an mich gedacht.« Er sah zu Brander. »Von was für einem Bockmist reden wir denn?«

»Kann ich dir nicht sagen.«

Beckmann dachte eine Weile nach, bevor er antwortete. »Ich will mal so sagen: Ich war völlig unzuverlässig und total egoistisch. Wenn mir einer blöd kam, gab's was auf die Fresse. Ich glaub, ich war gar nicht fähig, einen richtigen Freund zu haben. Wenn da jemand mit Problemen zu mir gekommen wäre, dem hätte ich 'nen Joint angedreht, und die Welt wäre wieder schön gewesen. Oder ich hätte ihn zum Teufel geschickt, weil ich mit dem Mist nichts zu tun haben wollte.«

»Hm«, machte Brander nachdenklich.

»Das hilft dir nicht weiter, oder?«

»Nicht wirklich. Trotzdem danke.« Brander legte die Hand auf den Türgriff, hielt inne und drehte sich noch einmal zu seinem Kumpel um. »Hast du heute eigentlich manchmal noch den Drang, was zu nehmen?«

Wieder ließ Beckmann sich Zeit. Sein Kiefer war angespannt und die Augen musterten Brander aufmerksam, als er antwortete. »Selten. Manchmal, wenn ich einsam bin, denke ich, dass jetzt ein Joint gar nicht schlecht wäre.«

»Und was machst du dann?«

»Dann zieh ich meine Laufschuhe an und renn so lange, bis es vorbei ist.«

»Du weißt, dass Ceci und ich immer für dich da sind.«

Beckmann lächelte angestrengt. »Steig aus, oder ich fang an zu heulen.«

»Jens, was hat sich bei euch gestern ergeben?«, begann Brander kurz darauf die morgendliche Sitzung.

»Was wir von Freunden und Kommilitonen gehört haben, bestätigt die Aussagen von Dollhofer und Dupont. Die Beziehung scheint sehr stabil und Eifersucht kein Thema zu sein. Es gibt wohl auch schon Heiratspläne bei den beiden. Sie kommen beide hier aus der Gegend, Michelle Dupont wohnt ja auch noch bei ihren Eltern. Roman Dollhofer kommt aus Sindelfingen. Daher kennen Lüdke und er sich auch. Sie waren beide am Goldberg Gymnasium und haben gemeinsam im Sportverein Basketball gespielt. Dollhofer hat nur noch eine Mutter, aber mit der scheint er sich ganz gut zu verstehen. Sein Vater starb an Krebs, als er sechzehn war. Wir sind auch mal die Strecke vom emka zum Tatort abgefahren. Er hätte zügig fahren müssen, um rechtzeitig dort zu sein, und ihr wisst ja selber, wie das Wetter vor einer Woche war.«

»Also können wir Dollhofer als Täter ausschließen?«, überlegte Brander laut.

»Wenn du mich fragst, ja.« Peppi sah zu Jens, der bestätigend nickte.

»Das bedeutet, wir knöpfen uns Lüdke noch einmal vor«, resümierte Brander. »Hendrik, irgendwas Neues von Nathalie?«

»Nothing.« Der Kollege hob bedauernd die leeren Hände.

Brander berichtete dem Team von dem Besuch bei Nathalies Mutter.

»Dia Jonge deand, was se bei de Alde seahnt«, kommentierte Magnus Neidhart die Geschichte. »Desch Mädle muaß in a Pfleg'familie.«

»Falls sie nicht direkt in den Jugendknast wandert«, prophezeite Hendrik.

»Ha-noi. Meinsch, die hôt's doa?«

Hendrik zuckte ratlos die Achseln.

Brander versuchte, Mike Lüdke anzurufen, erreichte ihn aber weder auf dem Festnetz noch mobil. Vermutlich saß er gerade in einer Vorlesung.

»Habt ihr eigentlich auch mal mit der Nachbarin von der Risch gesprochen?«, erkundigte sich Brander bei Peppi. »Wie hieß die noch? Gille, stimmt's?«

»Laura Gille. Mit der haben wir doch direkt in der Nacht gesprochen, als das mit Vockerodt passiert ist.«

»Hast du die Telefonnummer von der gerade parat?«

Peppi blätterte durch ihren Notizblock. »Ja. Soll ich anrufen und sie herbestellen?«

Brander nickte.

»Sie ist krank zu Hause. Wenn wir keine Angst haben, uns bei ihr anzustecken, können wir vorbeikommen.« Peppi hielt das Telefon gegen ihre Schulter und sah ihn fragend an.

»Hier sind ständig irgendwelche Schnupfnasen um mich rum, da kommt es auf die eine auch nicht mehr an. Wir fahren hin.«

Laura Gille trug wie bei ihrer ersten Begegnung Jogginghose und Kapuzenshirt. Lediglich statt des Nudelholzes hatte sie dieses Mal eine Packung Taschentücher in der Hand.

»Kommen Sie rein. Ich gebe Ihnen lieber nicht die Hand.« Die Studentin ging vor ihnen in ein Zimmer, das ähnlich wie bei Jasmin Risch als Wohn- und Schlafraum diente. Eine Kanne Tee stand auf einem Stövchen, daneben lag eine Schachtel Grippostad, ein Duftlämpchen verbreitete einen frischen zitronigen Duft.

Während Laura Gille sich mit einer Decke auf das Sofa setzte, nahmen Brander und Peppi auf zwei kleinen Sesseln Platz.

»Frau Gille, Sie kannten Jasmin Risch doch recht gut, oder?«, fragte Brander.

»Ja, seit Mike und sie hier damals eingezogen sind. Das war vor ungefähr drei Jahren, glaube ich.« Sie putzte sich die Nase, steckte das Papiertaschentuch in eine kleine Plastiktüte und nahm ein frisches Tuch, das sie startbereit in der Hand behielt.

»War Herr Lüdke nach der Trennung öfter mal hier?«

»Bei mir?«, fragte die junge Frau erstaunt.

»Nein, ich meine, war er noch öfter bei Frau Risch? Vielleicht haben Sie da mal das eine oder andere mitgekriegt.«

»Na ja, er war schon noch einige Male bei ihr. Aber nachdem Nael bei ihr eingezogen war, ist er eigentlich nicht mehr hergekommen.«

»Wissen Sie, wie die Beziehung zwischen Frau Risch und ihrem neuen Freund lief?«

Wieder mussten sie warten, bis die Studentin ihre Nase geputzt hatte. Sie hustete einige Male. Die Haut um Nase und Mund war spröde und gerötet. Es hatte sie wirklich schlimm erwischt.

»Eigentlich ganz gut. Sie kam am Anfang mit seiner Unruhe nicht so klar. Der ist ja immer nachts durch die Gegend getigert, und Jasmin konnte dann nicht mehr schlafen, bis er wieder zu Hause war. Sie hatte ihn erst wohl in Verdacht, dass er eine andere hätte, weil er ... na ja, er war halt sehr nett. Aber ich glaub nicht, dass es da eine andere gab. Er wollte einfach Freundschaften schließen. Ich weiß nicht, ob Jasmin Ihnen das erzählt hat, aber er hatte wohl ein bisschen Heimweh. Seine Freunde, seine Familie, die waren alle weit weg.«

»Frau Risch erwähnte es.« Branders letztes Wort ging in einem Gepolter aus der Nachbarwohnung unter.

»Was war das?«, fragte Peppi erstaunt.

»Ist die Wohnung nebenan schon wieder vermietet?«, fragte Brander die Studentin.

»Nicht, dass ich wüsste. Da sind ja auch noch Jasmins Sachen drin.«

Wieder polterte etwas.

Brander und Peppi sahen sich an, verständigten sich mit Blicken.

»Sie haben nicht zufällig einen Schlüssel zu …«

»Doch.« Laura Gille stand auf, ging in den Flur und nahm einen Schlüssel von einem Bord.

»Bleiben Sie bitte in Ihrer Wohnung.«

Brander und Peppi postierten sich links und rechts von der Wohnungstür. Lauschten. Erneut hörten sie ein Poltern aus der Wohnung. Sie standen sich gegenüber, nahmen die Waffen aus den Halftern, richteten die Läufe auf den Boden. Peppi drückte auf den Klingelknopf. Warten.

Niemand öffnete. Peppi steckte den Schlüssel ins Schloss, drehte ihn herum. Brander drückte vorsichtig die Tür auf.

»Ist da jemand?«, rief er in den Raum. Er meinte, ein leises Rascheln zu hören. Sein Herzschlag hatte sich beschleunigt. Die Waffe lag unangenehm kalt und schwer in seinen Händen. Er gab Peppi ein Zeichen, warf einen schnellen Blick in die Wohnung, schlich in den Flur. Leer. Sie stießen die Tür zum Badezimmer auf. Leer. Die Tür zum Wohnraum.

»Herr Lüdke?«, fragte Brander überrascht. Er steckte die Pistole wieder zurück ins Halfter. Peppi behielt ihre noch in der Hand.

Lüdke kauerte mit dem Rücken an die Wand gelehnt auf dem Boden. Das Gesicht in den Händen versteckt. Ein Karton lag auf dem Boden, einige Gegenstände waren herausgenommen und anscheinend mit Wucht auf den Boden geworfen worden. Es waren wohl einmal Holzfiguren gewesen, vermutete Brander. Lüdke weinte.

»Herr Lüdke, was machen Sie hier?«

Statt einer Antwort, stammelte Lüdke: »Sie kommt nicht mehr zurück.«

»Wie sind Sie in diese Wohnung gekommen?«

Nur mühsam konnte sich Lüdke auf den Kommissar konzentrieren. Er hob den Kopf. Rote, geschwollene Augen sahen Brander an. »Ich hatte einen Schlüssel.«

»Aber das gibt Ihnen nicht das Recht, einfach in die Wohnung zu gehen.«

»Ich liebe Jasmin. Wissen Sie, wie das ist, wenn man einen Menschen richtig liebt?«

»Ja, das weiß ich«, entgegnete Brander. »Aber Frau Risch hat sich von Ihnen getrennt.«

Lüdke starrte an ihm vorbei ins Leere.

»Herr Lüdke, ich möchte, dass Sie jetzt aufstehen. Wir nehmen Sie mit zur Polizeidirektion.«

»Aber warum?«

»Sie sind in diese Wohnung eingedrungen. Ich glaube nicht, dass Sie Frau Risch um Erlaubnis gebeten haben. Oder haben Sie?«

»Nein. Nein, das habe ich nicht.« Lüdke schien langsam wieder etwas klarer zu werden. »Ich ... ich wollte ihr doch einfach nur noch einmal nahe sein. Sie ist so weit weg. So weit ...«

»Kommen Sie.« Brander forderte Lüdke mit einer Handbewegung auf, aufzustehen.

Lüdke saß apathisch vor Branders Schreibtisch, als habe das Leben seinen Sinn verloren. Wahrscheinlich war es für ihn auch gerade so.

»Herr Lüdke, was wollten Sie in Frau Rischs Wohnung?«

»Ich weiß es nicht.«

»Ich werde jetzt Frau Risch anrufen und sie darüber informieren.«

Lüdke nahm es ausdruckslos zur Kenntnis. Was war aus dem dynamischen Sportstudenten geworden, der vor kaum einer Woche hier vor ihm gesessen hatte?

Jasmins Mutter meldete sich. Brander erklärte den Sachverhalt, dann reichte er den Hörer an Lüdke weiter. »Jasmins Mutter möchte mit Ihnen sprechen.«

Das Gespräch dauerte wenige Minuten, während der Lüdke nur mit kurzen »Ja« und »Nein« antwortete. Am Ende entschuldigte er sich und gab Brander den Hörer zurück.

»Ich soll Ihnen den Schlüssel geben. Entweder Sie schicken ihn ihr zu oder Laura Gille, das ist Jasmins Nachbarin, holt ihn hier ab.« Er kramte in seiner Jackentasche, löste einen Schlüssel vom Bund.

Brander legte ihn zur Seite, stützte sich mit verschränkten Armen auf seinen Schreibtisch. »Frau Risch will keine Anzeige erstatten. Aber ich möchte mit Ihnen noch einmal über Ihre Beziehung zu Jasmin Risch sprechen und über den Abend am Dienstag vor einer Woche.«

Fast eine Stunde lang dauerte die Vernehmung. Am Ende stand Brander genauso da wie zuvor. Lüdke war bei seinem Freund in Reutlingen gewesen und danach direkt nach Hause gefahren. Er hätte Nael Vockerodt niemals ein Haar gekrümmt, weil er wusste, dass er Jasmin damit vollends verlieren würde. Er hatte gehofft, dass Jasmin eines – möglichst nahen – Tages wieder zu ihm zurückkäme, wenn sie erst einmal gemerkt hätte, dass die Geschichte mit Nael nur ein Sommerflirt in Afrika gewesen war.

»Herr Lüdke, Sie sollten sich vielleicht Hilfe suchen«, empfahl Brander dem Studenten am Ende.

»Wie meinen Sie das?«

»Es gibt doch eine psychologische Beratungsstelle an der Uni. Vielleicht sollten Sie da mal mit jemandem reden. Es ist ja nicht zu übersehen, wie schlecht es Ihnen geht.« Es war ein gut gemeinter Rat. Manchmal brauchte man einfach Hilfe, um wieder Boden unter den Füßen zu bekommen.

»Ich war es nicht. Bitte glauben Sie mir.«

»Das eine hat mit dem anderen nichts zu tun.« Hoffe ich für Sie, ergänzte Brander im Stillen. Er reichte dem jungen Mann zum Abschied die Hand. »Soll Sie jemand abholen?«

»Nein, ich gehe zu Fuß.« Er sah zum Fenster. »Der Regen wird mir guttun.«

Brander begleitete Lüdke zum Eingang der Polizeidirektion. Als er zurückkehrte, hatte ein gemeiner Kobold einen Stapel Berichte auf seinen Schreibtisch gelegt. Ganz oben lag eine kurze Notiz.

»Johannes Härtel, PD Stuttgart anrufen.« Mit Härtel hatte Brander lange Jahre bei der Kripo in Stuttgart zusammengearbeitet. Ihn überkam ein wenig das schlechte Gewissen, weil er sich schon so lange nicht mehr bei seinen ehemaligen Kollegen gemeldet hatte.

Brander wählte die angegebene Telefonnummer.

»Hallo, Hannes, ich bin's, Andi«, meldete sich Brander. »Du hattest angerufen?«

»Ja, lange nichts mehr von dir gehört. Geht's gut?«

»Kann nicht klagen. Uns geht die Arbeit leider nicht aus.«

»Wem sagst du das! Du, ich hab leider nicht viel Zeit, muss gleich in eine Besprechung. Ich wollte dich informieren, dass heute Nacht ein junges Mädchen im Rosensteinpark gefunden wurde. Vermutlich ist das eure Böhme. Sie sieht ein bisschen anders aus.«

»Sie hat sich die Haare abrasiert.«

»Stimmt«, bestätigte Härtel.

»Wo ist das Mädchen jetzt?«

»Im Olgäle.«

Damit meinte der Kollege das Stuttgarter Olgahospital.

»Sie war unterkühlt und ziemlich zugedröhnt. Wir haben versucht, ihre Mutter zu erreichen, aber da meldet sich niemand.«

Die war vermutlich auch gerade zugedröhnt. Brander seufzte innerlich. »Wir kümmern uns drum.«

»Wir haben das schon weitergeleitet. Aber weswegen ich dich eigentlich sprechen wollte: Das Mädle ist ziemlich verstockt. Das Einzige, was sie gesagt hat, war, dass sie mit einem Brander von der Kripo sprechen wollte. Und du bist der einzige Brander, der mir spontan eingefallen ist.«

»Schön, dass ihr mich nicht vergessen habt.«

»Nachdem du uns so schmählich im Stich gelassen hast, um dir in Tübingen ein schönes Leben zu machen«, lästerte Härtel.

»Manchmal vermisse ich euch«, erklärte Brander grinsend. Ein paar schöne Erinnerungen an seine Stuttgarter Ermittlerzeit kamen hoch. Sie waren ein gutes Team gewesen, und der Abschied war ihm nicht leicht gefallen.

»Wie geht es ihr?«

»Na ja, man hat ihr den Magen ausgepumpt und ein paar Infusionen gegeben. Das linke Handgelenk ist verstaucht. Vermutlich ein Sturz.«

»Danke, dass du mich angerufen hast.«

»Was willst du jetzt machen?«

Brander sah auf seine Uhr und auf den Stapel Berichte. »Ich werde mal zu ihr fahren.«

»Na, du musst ja Zeit haben.«

»So komme ich endlich mal wieder in die große, weite Welt.«

Von ihrem Verdacht, dass das Mädchen unter Umständen in einen Mordfall verwickelt sein könnte, wollte Brander noch nichts sagen.

Im Flur traf er Peppi und Hendrik, die sich gerade mit dem Zwei-Uhr-Kaffee versorgt hatten.

»Was hast du denn vor?«, wunderte sich Peppi, als sie Brander mit Jacke und Mütze vor sich stehen sah.

»Ich muss noch mal weg.«

»Wohin?«

»Weg«, entgegnete Brander ungehalten.

»Hat es damit zu tun, dass die Stuttgarter Kollegen angerufen haben?« Peppi sah ihn mit zusammengekniffenen Augen an. Sie war kurz davor, ernsthaft böse zu werden.

»Woher weißt du das?«, fragte Brander verblüfft.

»Das hat die Schreibkraft mir gesagt, als sie die Unterlagen auf deinen Tisch legte. Der Kollege hätte um schnellen Rückruf gebeten.«

»Wieso Stuttgarter Kollegen?«, fragte Hendrik jetzt ebenfalls verwundert.

Brander gab sich geschlagen. »Sie haben Nathalie gefunden. Sie wurde heute Nacht ins Olgäle eingeliefert.«

Nun war auch Hendrik sauer. »Und warum willst du da allein hin?«

»Sie hat darum gebeten, mit mir zu sprechen.«

»Darf ich dich daran erinnern, dass erstens du mich mit dem Fall beauftragt hast, und zweitens da immer noch ein gewisser Verdacht gegen das Mädchen im Raum steht?«

»Und ich bin mir sicher, dass sie sofort dicht macht, wenn wir zu zweit da auflaufen.«

Hendrik verschränkte die Arme vor seinem Körper, so weit es mit der vollen Kaffeetasse möglich war. »Wir fahren trotzdem gemeinsam hin. Ich warte vor der Zimmertür, falls sie dir wieder vors Schienbein tritt und abhauen will.«

»Dann beeil dich!«

»Geht's um Leben oder Tod, oder was?«, schimpfte Hendrik. Er ging in sein Büro, um seine Jacke zu holen.

»Mensch, Andi! Was sollte das denn jetzt?«, schimpfte Peppi.

»Ich weiß auch nicht … Im Moment …«

Sie waren beide zu Recht verärgert. Es gab keine Rechtfertigung. Warum wollte er allein zu dem Mädchen fahren? Wollte er sich nach der Pleite vor zwei Tagen irgendetwas beweisen? Oder wollte er den edlen Ritter spielen? Als großer Held das Mädchen aus der Gosse ziehen?

Hendrik kam aus dem Büro, einen orangefarbenen Plüschelefanten in der Hand.

»Was willst du denn damit?«, fragte Brander wenig begeistert.

»Hey, sie ist ein Mädchen. Alle Mädchen fahren auf orange Rüsseltiere mit großen Kulleraugen ab.«

»Das ist nicht dein Ernst, oder?«

Hendrik drückte ihm den Elefanten in die Hand. »Der Polifant, dein Freund und Helfer. Mach was draus.« Anscheinend war er nicht mehr ganz so wütend auf seinen Kollegen.

Brander betrachtete das Tier, das zwischen den großen Elefantenohren eine Polizeimütze trug und ihn breit angrinste.

Das niedliche Plüschtier war seit einiger Zeit ein Begleiter der Beamten, wenn sie zu Straftaten oder Unfällen gerufen wurden, in die Kinder verwickelt waren. Es half, zu trösten und Vertrauen aufzubauen. Vielleicht half es Brander in diesem Fall tatsächlich, einen Zugang zu dem Mädchen zu finden? Eine vierzehnjährige Halbstarke. Vermutlich würde sie ihm das Tier in hohem Bogen an den Kopf werfen.

Auf der B 27 Richtung Stuttgart kamen sie ungewohnt zügig voran. Lediglich als sie auf der Weinsteige ins Stuttgarter Zentrum fuhren, stauten sich die Autokolonnen vor den Ampeln. Im Krankenhaus sprach Brander mit der Stationsschwester. Eine Polizeistreife hatte Nathalie morgens um vier im Rosensteinpark auf einer Bank gefunden. Sie war nicht ansprechbar gewesen. Sie hatte einen Cocktail aus hochprozentigem Alkohol und XTC-Tabletten zu sich genommen, war irgendwann gestürzt und hatte sich vermutlich dabei die Hand verstaucht. Für die Minusgrade, die nachts herrschten, war sie viel zu dünn bekleidet gewesen. Was genau in der Nacht passiert war, hatten sie nicht herausfinden können. Die Polizisten, die mit ihr sprechen wollten, hatte sie zunächst beschimpft und sich dann in stoisches Schweigen gehüllt. Irgendwann hatte sie verlangt, mit einem Herrn Brander von der Kripo zu sprechen.

Brander klopfte und öffnete nach kurzem Warten die Tür. Nathalie lag in einem Zweibettzimmer. Sie hatte das hintere Bett am Fenster. Das Bett zur Linken war leer, sah jedoch benutzt aus. Nathalie drehte das Gesicht zu ihm, als er das Zimmer betrat. Beim Anblick ihres kahl rasierten Schädels dachte Brander unwillkürlich an Krebserkrankung und Chemotherapie. Dazu passte auch das blasse, ausgezehrte Gesicht des Mädchens. Aber sie war nicht krebskrank. Sie hatte neun Nächte bei Eiseskälte auf der Straße verbracht und sich mit Tabletten zugedröhnt. Er ging auf ihr Bett zu.

»Ey, Brander, alles fit im Schritt?« Sie grinste ihn aus ihrem blassen Gesicht breit an.

Brander lächelte nicht zurück. So eine Begrüßung von einem vierzehnjährigen Mädchen war nicht zum Grinsen und ließ sein gerade noch empfundenes Mitleid auf der Stelle verschwinden. »Die Stationsschwester sagte, du wolltest mit mir sprechen«, entgegnete er so ernst, dass sie seinen Unmut nicht überhören konnte.

»Ey, mach dich mal locker.«

»Ich bin nicht hergekommen, um mir deine dummen Sprüche anzuhören.«

»Was denn? Willste ficken?«, entgegnete sie wütend.

Brander sah zum Fenster, atmete einmal tief durch. Was hatte er erwartet? Was hatte er gedacht, was er erreichen könnte? Hatte er ernsthaft daran geglaubt, dass das Mädchen auf wundersame Weise Vertrauen zu ihm gefasst und sich plötzlich in ein braves Kind mit höflichem Benehmen verwandelt hätte? Er beschloss auf der Stelle, diesen idiotischen Alleingang zu beenden. Nathalie würde eine Vorladung zur Vernehmung bekommen. Das Beste würde sein, Hendrik und Peppi mit der Vernehmung zu beauftragen. Er hatte keine Lust, sich weiterhin die ordinären Sprüche von diesem Gör anzuhören. In seinem Leben gab es im Moment genug andere Sorgen.

»Nathalie, so nicht. Ich werde jetzt mit dem Arzt sprechen, ihn fragen, wie lange du noch hier bleiben musst. Dann werde ich deiner Mutter Bescheid geben, damit sie dich abholt.« Er wandte sich ab und ging zur Tür.

»Ey, warte! Scheiße, Mann, tut mir leid!«, rief sie ihm hinterher. Er meinte Verzweiflung in ihrer Stimme zu hören. Vielleicht bildete er es sich aber auch nur ein? Er blieb stehen, drehte sich wieder zu ihr um. Sie hatte den Kopf leicht angehoben und sah ihn an. Unsicher und gleichzeitig kampfbereit.

»Red nie wieder so mit mir, hast du das verstanden?« Die Drohung in seiner Stimme war nicht zu überhören. Er meinte eine Spur von Schuldbewusstsein in ihrem Blick zu erkennen, als sie langsam nickte.

»Ja.«

Na gut, diese eine Chance würde er ihr noch geben. Eine einzige Chance.

Er kehrte an ihr Bett zurück.

»Was hast 'n da?« Sie deutete mit dem Kopf auf den Elefanten in seiner Hand.

»Einen Polifanten. Hab ich dir mitgebracht« Er hielt ihr das Tier entgegen. »Mein Kollege meint, der könnte dir gefallen.«

Sie verzog spöttisch das Gesicht. »Ich bin doch kein Baby!«

»Das habe ich ihm auch gesagt.« Brander zog den Arm zurück. Blitzschnell schoss ihre rechte Hand nach vorn und entriss ihm den Elefanten. Sie presste das Tier an ihre Brust und sah Brander dabei böse an.

»Du kannst ihn behalten. Ich schenk ihn dir.«

Ihr Gesicht entspannte sich ein wenig. »Echt?«

»Ja.«

Sie zog die Decke über den Elefanten, legte den gesunden Arm schützend darüber, sah sich dabei verstohlen um, ob es niemand gesehen hatte. Aber außer Brander war niemand sonst im Raum. Er zog sich einen Stuhl ans Bett und setzte sich.

»Warum bist du vorgestern abgehauen?«

»Weil ich nicht zu meiner verfickten Mutter und ihrem verschissenen Macker wollte. Die gehn mir auf 'n Sack.«

»Das heißt, du willst nicht wieder nach Hause.«

»Boah, bist du schlau, ey!«

»Wir könnten versuchen, dich in einer Pflegefamilie oder in einer Wohngruppe unterzubringen.«

»Wer wir? Die Schwanzlutscher vom Jugendamt, oder was? Die Wichser! Weißte, was die sagen? Da muss ich erst vor so ein Kackgericht und denen verklickern, dass meine Mutter eine Schlampe und versoffene Fotze ist und ...«

Brander hob bremsend eine Hand. »Nathalie, stopp! Reiß dich zusammen! Kannst du nicht einmal normal reden? Ohne diese ganzen Kraftausdrücke?«

»He? Warum?«

»Weil es mich tierisch nervt.«

»Na und? Mich nervt auch einiges!« Sie sah ihn trotzig an.

»Bitte, Nathalie, versuch es mal, nur eine halbe Stunde.«

»Was krieg ich dafür?«

Er sah das Mädchen an. Da, wo vor zehn Tagen noch lange schwarze Haare gewesen waren, glänzte nun blasse, helle Kopfhaut. Wie ungewohnt, wie kalt musste das sein? »Eine neue Strickmütze«, bot er ihr an.

Sie strich sich kurz über den kahlen Kopf. »Die Wichser haben mir die Mütze geklaut. Meine Jacke auch.«

»Wer hat dir die Sachen geklaut?«

»Keine Ahnung. Ich war scheißestoned. So zwei verfickte Typen. Hab mit denen 'n bisschen abgehangen. So allein ist halt scheiße. Aber das waren Arschlöcher! Verfickte, scheiß Arschlöcher! Haben mir die Mütze geklaut. Und die Jacke ausgezogen und so.« Sie drehte den Kopf schnell zur Seite, aber Brander hatte das Blinzeln gesehen.

»Nathalie, was heißt ›und so‹?«

»Und so halt.« Sie schniefte, wischte sich energisch mit dem Ärmel über die Augen. »Bin abgehauen, aber die Jacke war weg. Diese dreckigen Arschficker!«

Brander bemühte sich, ruhig zu bleiben. Er überhörte ihre Kraftausdrücke und wünschte, er hätte Peppi bei sich. »Nathalie, haben die beiden dir irgendetwas getan?«

»Nein.«

»Schau mich bitte an.«

Sie drehte sich wieder zu ihm. »Nein! Die Pisser haben mir die Jacke geklaut. Ich hab dem einen Wichser in die Eier getreten, als der mich anpacken wollte, und bin abgehauen. Mir tut keiner was! Ich kann auf mich aufpassen.«

Brander spürte eine Welle der Erleichterung, hoffte, dass das Mädchen ihn nicht anlog. »Und so.« Es klang nicht nach einer harmlosen Abzocke.

Nathalie sah zum Fenster, presste dabei den sorgfältig unter der Decke versteckten Elefanten an sich. »Wenn mein Arm wieder okay ist, hau ich richtig ab, nach Kanada oder Amerika oder so. Und dann lern ich Truck fahren und alle können mich am Arsch lecken.« Ihre Augen begannen zu leuchten. »Ich fahr mit dem Truck durch ganz Amerika, und keiner kann mir was. Ich fahr immer nach der Sonne, nicht hier in diese Kackkälte!«

Brander erinnerte sich an das Poster in ihrem Zimmer und die vielen Truckbilder in ihrer Nachttischschublade. »Da bist du vielleicht noch ein bisschen zu jung«, gab er zu bedenken.

»Ist doch egal. Das interessiert in Amerika doch kein Schwein. Hier denken auch alle, ich wäre schon achtzehn.«

»Bist du aber nicht.«

»Ja und? Wen interessiert das?«

»Mich zum Beispiel.«

»Klar. Bis du aus 'm Zimmer raus bist. Dann bin ich nämlich wieder scheiß allein. So ist das nämlich immer! Da kommen se vom Schulsozialdienst, vom Jugendamt, von der Bullerei. ›Ach, du armes kleines Mädchen!‹ Tüttel, tüttel, tüttel. ›Wir sprechen mal mit deiner Mutter. Und das geht ja so nicht. Möchtest du ein Bonbon?‹ Und dann quatschen die mit meiner besoffenen Mutter, winken noch mal und das war's. Die Alte heult, der Macker stresst rum, und ich verpiss mich in mein Zimmer oder hau gleich ab, damit ich die verfickte Scheiße nicht ansehen muss. ›Deine Tochter! Immer nur Ärger mit dem Flittchen. Deine Tochter! Deine Tochter!‹ – ›Ich kann doch nichts dafür. Ich muss immer arbeiten.‹ – ›Jetzt heul hier nicht rum, du blöde Schlampe!‹ –›Lass mich doch in Ruhe, du Penner! Du könntest mir auch mal helfen.‹«, ahmte Nathalie den Streit ihrer Mutter mit deren Lebensgefährten nach.

»Die zoffen sich nur. Morgens, mittags, abends. Das geht mir so was von auf 'n Sack! Und dann sind die ständig besoffen! Überall stehen Flaschen und dreckiges Geschirr und es stinkt. Wenn ich die ganze Scheiße nicht mal aufräumen würde, da würden bei uns die verfickten Kakerlaken auf'm Tisch tanzen. Interessiert die Alten nicht, ey. Das kotzt mich total an. Und dann heißt's, ›Mit deiner scheiß Tochter gibt's nur Ärger‹. Die sollen sich gegenseitig in den Arsch ficken und mich in Ruhe lassen. Und du sagst, dich interessiert es. Einen Scheißdreck tut es. Keinen interessiert's. Keinen verfluchten, verfickten Flachwichser!«

»Was ist mit deinem Freund?«

Sie zog die Nase kraus, als hätte sie an einem stinkenden Käse gerochen. »Welcher Freund?«

»Ricky? Magst du den nicht?«

»Woher kennst 'n Ricky?« Sie sah ihn misstrauisch an.

Brander zuckte die Achseln. »Ich bin Polizist«, erklärte er lapidar. »Und? Was ist mit Ricky? Der interessiert sich doch für dich.«

»Ach der! Der ist doch genauso ein Wichser wie alle anderen. Zum Ficken war ich gut genug. Aber weißte, letzte Woche, wo ich ihn echt mal gebraucht hätte, da lässt die Drecksau mich hängen.«

Branders Herz tat einen aufgeregten Hüpfer. Das Blut schien etwas schneller durch seine Adern zu rauschen. »Meinst du letzte Woche Dienstag?«, hakte er vorsichtig nach, wobei er hoffte, dass sie seine Anspannung nicht bemerkte.

»Was weiß ich, was das für 'n verschissener Tag war!«

»Was ist denn da passiert?«

»Nix.«

Brander hob skeptisch die Augenbrauen. Es gab da andere Vermutungen.

»Oh Mann, ey! In der Schule, die blöde Chantal, die alte Schlampe mit ihrem Arschgewackel. Ging mir schon lang auf die Eier. Die Fot...« Als Nathalie Branders genervten Blick sah, hielt sie kurz inne. »Die blöde Kuh hat mich blöd angemacht. ›Na, du Opfer. Lässt dich von Junkies ficken.‹ Die war doch nur neidisch, dass die noch keinen Stecher hatte. Ich hab ihr dann eins in die scheiß Fresse geschlagen. Wenn einer ein Opfer ist, dann die.«

»Und dann?«

»Ach, der Schubert kam gleich angerannt, und natürlich war ich wieder schuld. Ey, die Tussi hat mich provoziert! Aber das glaubt mir ja keiner. Muss ich mir das scheiß Gelaber von der Fo... von der Tussi gefallen lassen? Und dann kommt der Schubert abends auch noch zu uns nach Hause und faselt was von Schulverweis und so ‘ne Kacke. Ey, der war noch nicht mal weg, da fingen die Alten schon an zu zoffen. ›Die gehört ins Heim! Die ist gemeingefährlich.‹ Ey, bin ich ein Monster?« Sie sah Brander fragend an.

»Na ja, besonders freundlich bist du nicht.«

»Ich muss mich beschützen, ey! Tut ja sonst keiner.«

Brander beugte sich ein Stück vor, stützte die Ellenbogen auf den Oberschenkeln ab. Bequem waren die Besucherstühle nicht. »Was hast du denn dann gemacht, als deine Eltern sich wieder stritten?«

»Ey, der Macker ist nicht mein Vater. Mein Vater ist nämlich Truckfahrer. Aber meine blöde Alte verrät mir seinen Namen nicht. Sonst wär ich schon längst bei dem, verstehste? Soll’n die sich doch gegenseitig die Fresse einschlagen. Interessiert mich einen Scheißdreck!«

»Bist du in dein Zimmer gegangen?«

»Nee, ich weiß auch nicht. Ich war scheiße drauf, stinkwütend. Weißte, ich dachte, der Schubert, der ist schon okay, mit dem komm ich klar. Was faselt der dann von Schulverweis? Ich will auf keine andere verfickte Schule! Ich bin dann abgehauen. Konnt das verlogene Gelaber von denen nicht mehr hören. Ich wollt zu Ricky. Bei dem hab ich öfter gepennt. Eigentlich war Ricky echt immer okay. Weißte, einmal hatte ich kein Bock auf ficken. Und das war für ihn in Ordnung. Hat mich einfach so bei sich pennen lassen.«

Sie sah Brander an, als wäre das ein Wahnsinnsfreundschaftsdienst von Patrick Radeke gewesen. Vielleicht war es das auch?

»Du bist also zu Ricky gegangen. Hast du unterwegs noch jemanden getroffen?«

»Ist doch egal.«

»Hast du jemanden getroffen?«

»Ey, lässt du jetzt den Fuck-Bullen hier raushängen, oder was?«

»Nein, mich interessiert nur, ob du jemanden getroffen hast.« Natürlich interessierte ihn ihre Aussage als Kriminalpolizist, aber das hier war keine offizielle Vernehmung.

»Die Sofie. Wir haben was geraucht …« Sie sah zu Brander.

»Ich weiß, ich bin erst vierzehn und darf noch nicht rauchen. Willste mich jetzt verhaften?«

»Dafür kann man dich nicht verhaften.«

»Gut zu wissen, ey. Wir haben geraucht, aber war scheiße kalt in dem Kackschnee. Sofie ist nach Haus, und ich bin zu Ricky. Aber der war nicht da. Ich hab in dem Dreckstreppenhaus gewartet. Das war scheiße kalt draußen. Das hat voll geschneit und so. Irgendwann kam Ricky, und weißte, was der sagt? Der sagt, ich soll mich verpissen! Motzt mich voll an. Er hätte keinen Bock auf so 'ne Heulsuse, hätt keine Zeit und all so 'n Kack. Ey, Mann, ich wusste nicht wohin! Ich hab total gefroren. Ich hab ihn echt angebettelt, dass er mich bei sich pennen lässt. Und dann kommt sein scheiß Itaker-Nachbar auch noch und quatscht was von Polizei rufen und so 'n Scheiß. Und weißte was? Sein verfickter Kumpel baut sich vor mir auf, knallt mir eine und schubst mich aus 'm Haus. Und Ricky, der Schlappschwanz, der macht nix! Ich war echt fertig. Ey, der Ricky hat mich sonst nie hängen lassen!«

»Was war das für ein Kumpel?«

»Irgend so ein Kackrusse.« Sie drehte ihr Gesicht ein Stück zur Seite, zeigte auf einen Kratzer an ihrer Schläfe. »Hier, hat mir voll ins Gesicht geschlagen, die Sau.«

»Und das war Rickys Kumpel?«

»Sag ich doch!«

»Weißt du, wie der heißt?«

»Warum? Sperrst du den Pisser ein?« Sie sah ihn hoffnungsvoll an.

»Sag mir einfach seinen Namen«, wich Brander einer Antwort aus.

»Ich glaub, Niko oder so.«

Niko. Nikolai Poljakow.

»Da warst du sicherlich ziemlich sauer, als der dich so rausgeschmissen hat, oder?«, versuchte Brander unverfänglich, ihren Bericht wieder voranzutreiben.

»Kannste aber einen drauf lassen! Ich war echt stinksauer. Ey, was sollte das? Ich dachte, der Ricky mag mich, und dann schaut der zu, wie der Kackrusse mir eine knallt!«

»Hast du danach noch mal bei Ricky geklingelt?«

»Nee.«

»Also bist du doch nach Hause gegangen?«

»Spinnst du? Ich wollt nicht nach Haus zu den verschissenen Alten. Ich bin zum Bahnhof gerannt. Ey, meinst du, da fuhr noch irgendein Kackzug? Tote Hose! Bin dann getrampt bei dem Scheißwetter. War rattenkalt. Aber ich hat Glück, ey. So ‘n alter Knacker hat mich bis nach Stuttgart mitgenommen.«

»Und was hattest du in Stuttgart vor?«

»Nix. Wollt nur weg aus Kacktübingen. Hätt mir ein paar Euros zusammengebettelt, und dann ab nach Amerika.«

Brander saß eine Weile schweigend neben dem Mädchen. Sie lag still in ihrem Bett, spielte mit dem Rüssel des Elefanten, der unter der Decke hervorlugte. Sie schien sich tatsächlich ein wenig entspannt zu haben, nicht mehr ganz so auf Konfrontationskurs zu sein. Vielleicht hatte es ihr gutgetan, ihre Geschichte jemandem zu erzählen. Er fragte sich, warum sie sich gerade ihn dazu auserkoren hatte, und spürte ein diffuses Gefühl von Sorge um dieses junge Mädchen.

»Nathalie, stimmt das, was du mir gerade erzählt hast?«

»Ey, ja, logisch. Warum denken immer alle, dass ich lüge, ey? Vielleicht hätte ich der Chantal nicht in die Fresse hauen sollen. Aber müssen die mich deswegen gleich von der Schule schmeißen?«

Er griff nach der bandagierten Hand des Mädchens. »Da sprechen wir noch mal mit deinem Lehrer, und vielleicht entschuldigst du dich bei dieser Chantal.«

»Aua! Ey, ich bin verletzt, Alter.« Auf ihrem Gesicht deutete sich dennoch ein zaghaftes Lächeln an. Verwundert und vielleicht auch ein wenig dankbar für die freundliche Geste, die sie nicht erwartet hatte.

»Ich bin immer noch Herr Brander.«

»Klar, tat trotzdem weh.«

»Entschuldige.« Brander zog die Hand wieder zurück. »Wir brauchen deine Aussage, Nathalie. Ich spreche mit den Ärzten, wann du hier rauskommst. Und dann kommst du zu mir in die Polizeidirektion, damit wir deine Aussage protokollieren können.«

»Warum das denn? Ich hab dir das doch alles jetzt erzählt.«

»So ist das halt bei den Bullen.«

»Fuck.«

Er saß unschlüssig neben ihrem Bett. Einerseits drängte es ihn hinaus, um das, was das Mädchen ihm erzählt hatte, in Ruhe zu durchdenken, andererseits fiel es ihm schwer, Nathalie allein zu lassen. Wie verlassen musste sich diese Kleine fühlen? Er konnte sich nicht vorstellen, dass es der Mutter so egal war, was mit ihrer Tochter war. Gab es denn wirklich niemanden, der sich um das Mädchen sorgte?

»Brander«, drang ihre Stimme leise in seine Gedanken ein. Er sah zu ihr. Nathalie musterte ihn stumm. Die Wut, die Aggressivität war in diesem Augenblick verschwunden. In diesem Augenblick war sie ein vierzehnjähriges Mädchen, das sich zu fragen schien, ob sie diesem Typ mit den Geheimratsecken und Falten um Augen und Mund wirklich vertrauen konnte.

»Ich hatte 'ne scheiß Angst heut Nacht.« Es fiel ihr schwer, so ehrlich zu sein, aber sie brauchte offensichtlich jemanden, dem sie sich anvertrauen konnte. Vielleicht jemanden, der ihr sagte, dass alles wieder gut werden würde. Aber das wäre in diesem Moment zu viel versprochen gewesen.

Brander strich ihr sanft über den rechten Unterarm, der noch immer den Elefanten unter der Bettdecke an ihre Brust drückte. »Jetzt lässt du dich hier erst mal ein bisschen aufpäppeln. Ich komme morgen noch mal wieder, und dann schauen wir, wie es weitergeht, okay?«

»Denkste, die lassen mich noch 'ne Nacht hier?«

»Wenn du dich benimmst und die Krankenschwestern mit deinen Kraftausdrücken verschonst.«

»Hm.« Sie verzog unwillig das Gesicht.

»So warm und trocken hast du's lange nicht gehabt, oder?«, versuchte er, ihr den Aufenthalt schmackhaft zu machen. Er befürchtete, dass sie, wenn er erst einmal gegangen war, auch gleich wieder verschwinden würde.

»Du kommst echt morgen wieder?«

»Versprochen. Kann aber Abend werden.«

»Okay, ich bleib bis morgen Abend. Aber wenn du nicht kommst, bin ich weg. Dann geh ich nach Amerika!«

Ob sie eine Vorstellung davon hatte, wie sie dort hinkommen wollte ohne Geld und Ausweis, dazu noch minderjährig und in der Vermisstenkartei der Polizei? Aber so weit dachte sie vermutlich nicht.

Er stand auf. »Wir sehen uns morgen. Bleib anständig, okay?«
»Klar, ey.« Und zum zweiten Mal sah er sie lächeln.

Er verließ das Krankenzimmer. Sein Kollege war nirgends zu sehen. Brander lehnte sich mit dem Rücken an die Wand und schloss die Augen. Er versuchte, seine Gedanken zu sortieren, alle Informationen in seine Skizze einzuarbeiten, die er im Kopf gespeichert hatte.

»Ich dachte schon, sie hätte dich in ihre Gewalt gebracht«, hörte er Hendriks Stimme. »Ich war drauf und dran, das SEK zu informieren.«

Brander öffnete die Augen, sah Hendrik gut gelaunt aus dem Schwesternzimmer kommen.

»Und ich dachte, du schiebst hier Wache?«

»Die haben hier sehr nette Krankenschwestern. Hab mir gleich mal den Blutdruck und meinen Zuckerwert messen lassen.«

»Und?«

»Alles bestens.« Er grinste breit, als eine Krankenschwester aus einem Zimmer kam und ihm zulächelte. »Ciao, Esther, danke für den Espresso.« Er zwinkerte ihr zu.

Brander schüttelte den Kopf. Manche Dinge würden sich nie ändern.

»Jens hat übrigens angerufen«, wurde Hendrik wieder dienstlich. »Wir haben Poljakow.«

»Wo ist er?«

»Die haben ihn vor einer Stunde in Reutlingen aufgegriffen. Stoned bis unter die Haarspitzen. Ist leider im Moment nicht vernehmungsfähig. Die Kollegen geben uns Bescheid, sobald da was möglich ist.«

»Sehr gut«, sagte Brander zufrieden. So langsam fanden sich alle Gesuchten wieder ein. »Frag deine Esther mal, wo wir den Arzt finden. Sie müssen das Mädchen noch bis morgen hierbehalten. Und dann fahren wir zurück nach Tübingen. Es gibt eine Menge Arbeit für uns.«

»Du machst mich neugierig.«

»Ich erzähle es dir unterwegs.«

»Was macht dich so sicher, dass Nathalie nicht gelogen hat?«, fragte Peppi, nachdem Brander in der Soko-Sitzung von dem Gespräch mit der Ausreißerin berichtet hatte.

»Sie hatte keinen Grund, mich anzulügen. Sie weiß nicht, welche Vermutung wir haben, und ich glaube, sie weiß nicht einmal, dass in derselben Nacht, in der sie abgehauen ist, ein Südafrikaner getötet wurde.«

»Und wenn doch? Sie ist eine Streunerin. Du hast gesehen, was für einen Umgang sie hat. Meinst du, die weiß nicht, wie man einen Polizisten anlügt?« Peppi schüttelte den Kopf. »Wahrscheinlich ist sie längst wieder abgetaucht.«

»Die bloße Vermutung, dass sie etwas mit der Tat zu tun haben könnte, reicht nicht aus, um sie einzusperren oder sie bewachen zu lassen. Was haben wir denn gegen das Mädchen in der Hand? Sie war vermutlich zum Zeitpunkt in der Gegend. Ich betone das noch einmal, es ist nur eine Vermutung! Es gibt keine Zeugen, keine Beweise, nichts. Es war eine Idee, mehr nicht. Ich möchte nicht, dass wir uns da jetzt in irgendetwas verrennen.«

»Wir sollten Signore Angelosanto befragen«, meldete sich Hendrik zu Wort. »Nathalie hat doch gesagt, Radekes Nachbar wäre dazugekommen, als Radeke sie im Treppenhaus rausschmeißen wollte. Wenn Angelosanto bezeugen kann, dass sie zur Tatzeit dort war, ist ja wohl klar, dass sie nichts mit dem Toten zu tun hat.«

»Kannst du ihn anrufen und ihn für morgen einbestellen?«, bat Brander den Kollegen.

»Si, Padre.«

»Kannst du noch mal den Namen sagen?«, fragte Peppi mit verzücktem Blick.

»Signore Angelosanto«, tat Hendrik Peppi den Gefallen und schenkte ihr dazu noch ein verführerisches Lächeln.

»Können wir weitermachen oder braucht ihr noch einen Cappuccino?«

»Cappuccino nicht, aber Pizza wäre prima.« Hendrik deutete auf seinen Bauch. »Du kennst meine Frau. Wenn ich nach neun Uhr nach Hause komme, krieg ich nichts mehr zu essen. Und es ist bereits halb neun.«

»Wir machen Schluss für heute«, nahm Brander das Stichwort auf.

»Das heißt, wir beginnen morgen wieder bei null und suchen weiter nach dem großen Unbekannten?«, fragte Peppi.

»Vielleicht nicht. Ich muss die Protokolle noch einmal sichten und über ein paar Dinge nachdenken.«

»Ich habe mit Giulias Mama gesprochen«, berichtete Hendrik wenige Minuten später in Branders Büro und legte einen italienischen Akzent in seine Stimme. »Signore Angelosanto hat Nachteschichte. Morgen um zweie Uhr mittage kommt el Signore in die Dienststelle.«

»Du hast hoffentlich nicht so mit Frau Angelosanto gesprochen?«

»Natürlich nicht! Da war ich ganz der biedere deutsche Beamte.«

»Ausgerechnet du!«, spottete Peppi.

»Kann ich jetzt gehen oder brauchst du mich noch?«, wandte Hendrik sich an Brander. »Du weißt, ich muss meine Frau noch im Haushalt unterstützen. Ich arbeite zwar sechzig Stunden die Woche, aber …«

»Mir kommen gleich die Tränen!« Peppi lachte laut auf. »Ich kann mir dein Leid ganz genau vorstellen: Du kommst nach Hause, trittst die Schuhe in die Ecke, schmeißt dich aufs Sofa und rufst Anne, damit sie dir dein Feierabendbier bringt und den Rücken massiert.«

»Das habe ich einmal ausprobiert«, entgegnete Hendrik mit Grabesmiene. »Du glaubst gar nicht, wie grausam Anne sein kann!« Er sah zu Brander. »Andi, du hast es gestern Mittag erlebt.«

»Ja, der arme Hendrik hat es wirklich nicht leicht«, fiel Brander in das Gejammer mit ein.

Peppi hob beide Hände zur Decke. »Männer!«

»Ich muss jetzt los und das Klo putzen. Das hab ich gestern nicht mehr geschafft.« Hendrik winkte in die Runde und verschwand.

»Macho-Hendrik putzt das Klo! Eher geht ein Kamel durch ein Nadelöhr.« Peppi sah ihm kopfschüttelnd hinterher.

Brander verkniff sich einen Kommentar über Peppis Menschenkenntnis und vertiefte sich wieder in seine Unterlagen.

»Was machen wir jetzt eigentlich mit Lüdke?«, wurde er dieses Mal von der Kollegin unterbrochen.

»Um das herauszufinden, versuche ich gerade noch einmal, die Gesprächsprotokolle zu lesen. Aber dazu bräuchte ich ein wenig Ruhe.«

»Oh«, entgegnete Peppi konsterniert. »Ich denke, wenn wir Lüdke noch ein- oder zweimal richtig in die Mangel nehmen, gesteht er.«

»Was hast du vor? Willst du ihn mit Guantánamo-Methoden zu einem Geständnis zwingen?«

»Ach, sei nicht albern!« Peppi stand auf und stellte sich mit dem Rücken zum Fenster. »Der war doch völlig fertig heute. Er hat selber mal gesagt, dass das alles nicht passiert wäre, wenn sie sich nicht in diesen Afrikaner verliebt hätte.«

»Na, ganz so wörtlich hat er das nicht gesagt.«

»Aber überleg doch mal. Erinnerst du dich, wie selbstbewusst er hier beim ersten Mal aufgetaucht ist? Und dann begann die Fassade zu bröckeln. Sein Zustand wurde doch zusehends schlechter!«

»Er liebt noch immer diese Frau, Peppi.«

»Und er kommt um vor Schuldgefühlen!«

Das Klingeln von Peppis Telefon unterbrach das Gespräch. Sie ging zu ihrem Schreibtisch. »Pachatourides … Oh, hallo.« Sie lächelte überrascht, sah kurz zu Brander und wandte ihm den Rücken zu. »Ich bin nicht allein … Morgen Abend? Ich muss sehen, wie die Ermittlungen … Ja … Ich freu mich.« Sie legte auf, presste die Lippen zusammen, um das glückliche Grinsen, das sich auf ihrem Gesicht breitmachen wollte, zu unterdrücken.

Brander sah sie neugierig an.

»Wo waren wir stehen geblieben?«, versuchte sie, ihn abzulenken.

»Auf wen freust du dich?«

»Geht dich nichts an.«

»Och, Peppi, erzähl schon.«

»Das geht dich nichts an.«

»Er hat auf jeden Fall schon deine dienstliche Telefonnummer. Da ist es doch etwas Ernstes, oder?«

»Du bist neugierig wie ein altes Waschweib!«, schimpfte Peppi.

»Kenne ich den Glücklichen?«

»Ich, ähm ... können wir jetzt weiterarbeiten? Ich will nicht die ganze Nacht hier verbringen.«

Brander rieb sich zufrieden grinsend über das Kinn. Sie hatte sich also mit jemandem verabredet, den er kannte.

»Hallo, du Spätheimkehrer. Gruß von Daniel«, rief Cecilia ihm zur Begrüßung aus dem Wohnzimmer entgegen, als Brander um Viertel nach elf endlich zu Hause ankam. Viel zu spät war ihm eingefallen, dass Beckmann ihn morgens zur Dienststelle gefahren hatte und ihm somit weder Auto noch Fahrrad für den Heimweg zur Verfügung standen. Peppi war bereits eine viertel Stunde vor ihm nach Hause gegangen, und er hatte zum Bahnhof rennen müssen, um die Ammertalbahn noch zu bekommen, die so spät abends nur noch stündlich verkehrte.

Er hängte seine Jacke an die Garderobe. »Gib mir zehn Minuten zum Ankommen. Ich hatte einen anstrengenden Tag«, bat Brander und verzog bei diesem abgedroschenen Satz innerlich das Gesicht. Aber solche Plattitüden ließen sich wohl in einer langjährigen Ehe nicht vermeiden. Er zog die Schuhe aus, schlurfte auf Socken ins Wohnzimmer und ließ sich mit einem lauten Seufzer neben seine Frau auf das Sofa fallen.

»Möchtest du etwas trinken?«

Er winkte ab. »Ich hol mir gleich was. Lass mich einfach nur ein paar Minuten hier sitzen.«

Er schloss die Augen, hörte, wie Cecilia vorsichtig aufstand.

»Was machst du?«

»Ich hole dir ein Glas Wein, oder möchtest du lieber einen Whisky?«

»Egal.«

Er ließ sich mit dem Oberkörper zur Seite fallen und legte die Füße hoch. Peppis Gespräch mit Hendrik kam ihm in den Sinn. Er musste schmunzeln.

»Warum grinst du?«, hörte er Cecilias Stimme neben sich. Er öffnete die Augen, sah zwei Gläser Rotwein auf dem Tisch stehen.

»Würdest du mir den Nacken massieren? Ich glaube, ich bin ein bisschen verspannt.«

»Wann hat Daniel angerufen?«, fragte Brander. Er saß mit nacktem Oberkörper auf dem Fußboden vor dem Sofa, während Cecilia hinter ihm saß und ihm wahrhaftig den Nacken massierte.

»Ich habe ihn angerufen.«

»Ach so?«

»Nach dem Anruf von gestern war ich besorgt. Alles dreht sich um Babs und um Julian, und er muss der starke Familienvater sein. Ich dachte mir, es tut ihm vielleicht ganz gut, wenn mal jemand nach seinem Befinden fragt. Wir haben ziemlich lange telefoniert.«

Brander schürzte nachdenklich die Lippen. Er hatte Daniel doch auch immer gefragt, wie es ihm ging. »Und was hat er erzählt?«

»Na ja, dass sein eigener Sohn in dieser Situation anscheinend mehr mit dir spricht als mit ihm, hat ihn stärker getroffen, als er sich selbst eingestehen wollte. Einerseits ist er froh, andererseits fragt er sich natürlich, warum. Er macht sich ohnehin so viele Vorwürfe, aber er hat keinen anderen Ausweg mehr gewusst.«

»Ich kann dir gerade nicht folgen.«

»Daniel hatte Babs am Tag vor dem Unglück mit Scheidung gedroht, wenn sie nicht endlich eine Therapie machen würde. Er wusste einfach nicht mehr weiter. Das war anscheinend der Auslöser, der Babs zu … zu dieser Tat getrieben hat.«

Brander ließ das Kinn auf die Brust sinken. Was war da los in der Familie seines Bruders? Warum hatte er nicht bemerkt, dass Daniel und Babs Hilfe brauchten? Hatte er ihre Hilferufe einfach nicht sehen wollen, weil er selbst genug zu tun hatte? Weil ihm genug Elend in seinem Job begegnete?

Cecilia griff kräftig in seinen Nacken. Er war tatsächlich ziemlich verspannt. Kein Wunder, wenn man den ganzen Tag am Schreibtisch oder im Auto saß. Ihm fehlte die Bewegung. Er nahm sich vor, am nächsten Tag wieder mit dem Fahrrad zur Arbeit zu fahren. Die Landwirtschaftswege müssten nach dem Regen eigentlich inzwischen frei vom Schnee sein.

»Warum hat er nicht mit uns gesprochen? Das verstehe ich einfach nicht«, fragte Brander ratlos.

»Das ist wohl auch nicht so einfach zu verstehen. Er musste selbst erst einmal einsehen, dass Babs krank ist und nicht einfach nur antriebslos und schlecht drauf. Und er wollte Babs auch nicht in ein schlechtes Licht bei uns bringen, weil er wusste, dass ihr Selbstwertgefühl ohnehin sehr gering ist.«

»Ich bin sein Bruder. Was denkt er denn von mir?«

»Dass du dein Leben im Griff hast, in einer glücklichen Ehe lebst, niemals bei Rot über die Ampel gehst und ein perfektes Leben führst.«

»Oh Mann, wenn er wüsste ...«

»Ganz genau, wenn er wüsste.« Sie malträtierte seine Schultern mit leichten Handkantenschlägen. »Er weiß eben nicht, dass bei uns auch nicht immer alles nach Plan verläuft und auch hier hin und wieder die Fetzen fliegen.«

Brander legte den Kopf in den Nacken und sah Cecilias Gesicht über sich. »Bei uns fliegen die Fetzen?«

»Und wie!«

Er zog ihr Gesicht zu seinem, küsste sie. Was für ein Glück hatte er, mit dieser wunderbaren Frau verheiratet zu sein. Es hatte manche Krise in ihrer Beziehung gegeben, und doch hatten sie immer gemeinsam eine Lösung gefunden. Allerdings musste er sich auch eingestehen, dass oft genug Cecilia diejenige war, die die Dinge beim Namen nannte, während er noch für sich allein nach einer Lösung gesucht hatte.

»Darf ich dir mal die Fetzen vom Leib reißen?« Er strich ihr durch die Haare.

Sie rutschte neben ihn auf den Boden. »Und wie war dein Tag, Liebling?«

»Später.« Sein Mund suchte erneut ihre Lippen, während seine Finger zielstrebig unter ihre Bluse glitten.

Freitag

Erst beim Frühstück am nächsten Morgen erzählte Brander seiner Frau, dass sie Nathalie gefunden hatten.

»Das erzählst du mir erst jetzt?«, rief sie empört.

»Sei froh, dass ich es dir überhaupt erzähle. Eigentlich geht es dich nämlich gar nichts an. Ich dachte nur, es würde dich beruhigen.«

»Natürlich beruhigt es mich!«, entgegnete Cecilia energisch.

Brander zog skeptisch die Stirn in Falten und biss in sein Brötchen.

»Und es geht mich sehr wohl etwas an«, setzte sie hinzu. »Wo ist sie?«

Er erinnerte sich an ihre Reaktion, als er ihr den Text von Nathalie gegeben hatte. Du machst deinen Job. Ich mache meinen. Er setzte sein bestes Pokerface auf. »Das darf ich dir nicht sagen. Dienstgeheimnis.«

»Andi, also wirklich. Ich mache mir Sorgen um das Mädchen!«

»Ja, die mache ich mir auch.« Er biss wieder von seinem Brötchen ab.

»Und?«

»Was und?«

»Hörst du jetzt auf mit diesem Spielchen?«

»Liebste Ceci, die Suche nach diesem Mädchen gehörte zu meinen Ermittlungen, und diese Ermittlungen sind noch nicht abgeschlossen.«

»Frag du mich noch einmal um meinen Rat!«, schmollte Cecilia. »Ich will doch gar nichts über deine Ermittlungen wissen. Ich will nur wissen, wo das Mädchen ist und ob es ihr gut geht.«

Er trank einen Schluck Kaffee, spürte ein leichtes Unbehagen, als er merkte, wie sehr seine Frau sich um das Mädchen sorgte. »Es geht ihr gut ... einigermaßen.«

»Was heißt ›einigermaßen‹?«

»Sie hat sich die Hand verstaucht, und ihre Mütze wurde geklaut.«

Cecilia verzog kummervoll das Gesicht. »Ist sie wieder bei ihren Eltern?«

»Im Moment noch nicht.«

Sie sah ihn beunruhigt an. »Ihr habt sie doch nicht eingesperrt?«

»Nein, sie ist im Krankenhaus und nervt dort vermutlich die Krankenschwestern mit ihrem unmöglichen Benehmen.«

Brander beobachtete seine Frau. Er hatte es geahnt, befürchtet. Schon bei der ersten Begegnung mit Nathalie in Stuttgart. Wie sie Nathalie angesehen hatte und auf das Mädchen eingegangen war. Cecilias Blick ging in die Ferne, ein regungsloses Gesicht, die Gedanken weit, weit fort, in einer Welt, die niemals die ihre sein würde. Auch wenn er diesen Blick schon lange nicht mehr gesehen hatte, erkannte er ihn sofort. Wann hatten sie zuletzt über das Thema Kinder gesprochen? Bis vor wenigen Tagen hatte er gedacht, sie hätten es abgeschlossen. Endgültig. Er legte seine Hand auf ihre.

»Hey, alles in Ordnung?«

Sie blinzelte kurz, um die inneren Bilder zu vertreiben. »Ich weiß nicht. Mir geht viel durch den Kopf.«

»Wir reden später, okay?«

Sie sah ihn an, eine Mischung aus Enttäuschung und Ärger. »Später? Wie oft habe ich das schon von dir gehört?«

Er schluckte hart. »Bitte, Ceci, jetzt ist wirklich nicht der richtige Zeitpunkt. Wir müssen beide zur Arbeit.«

Sie deutete ein Nicken an.

Noch immer hingen graue Regenwolken über dem Ammertal. Trotzdem hatte Brander seine Fahrradkleidung angezogen und sich mit dem Rad auf den Weg zur Arbeit gemacht. Vermutlich würde er spätestens am Abend bei der Heimfahrt ordentlich nass werden. Aber das war ihm gleichgültig. Er versuchte, die Gedanken an Cecilia zur Seite zu schieben, stattdessen die frische Luft zu genießen, während er über den Landwirtschaftsweg fuhr. Nass und dunkel lagen die Felder und die Gleise der Ammertalbahn neben ihm. Auch der Schönbuch, der sich in der Ferne zu seiner Linken erhob, stand düster da. Dazwischen rauschte der Verkehr über die B 28. Die Sankt Remigius Kapelle, die landläufig Wurmlinger Kapelle genannt wurde, verschwand auf einem Hügel im Dunst der Regenwolken. Wenige Hundert Meter vor ihm war ein anderer Radfahrer unterwegs. Aber an diesem Morgen nahm Brander das Rennen nicht auf, er blieb bei seinem Tempo. Er hatte das Gefühl, dass sich die Gedanken im Rhythmus des Auf und Ab seiner Beine in seinem Kopf lockerten, entwirrten und jeder Gedanke automatisch in die richtige Richtung wanderte. Seit er am Vortag aus dem Krankenhaus gekommen war, hatten sich diese Gedanken miteinander verknotet, waren zu einem verwirrten Knäuel geworden. Doch so langsam fand er einen Anfang, um alles in eine Ordnung zu bringen. Je näher er Tübingen kam, desto klarer wurde ihm, wie er vorgehen musste. Die Unsicherheit wich. Vielleicht war er dieses Mal auf der richtigen Fährte.

Er stellte sein Fahrrad in den Unterstand gegenüber der Polizeidirektion, deren blassblaue Fassade sich an diesem Morgen gleich einem Chamäleon dem Grau des Himmels angepasst hatte. Auf dem Weg zum Eingang stieß Hendrik zu ihm, der ebenfalls gerade angekommen war.

»Und? Gestern noch das Klo geputzt?«, fragte Brander mit schadenfrohem Grinsen.

»Was denkst du denn?«, entgegnete Hendrik mit Leidensmiene.

Brander lachte kurz auf. Er dachte an die wohltuende Massage. Sein Abend war schöner gewesen.

»Meinst du, wir können heute Abend pünktlich Feierabend machen?«

»Hast du was vor?«

»Ich hab eine Überraschung für Anne geplant. Ich habe einen Babysitter bestellt und will sie heute Abend zur Feuerzangenbowle am Haagtorplatz entführen. Es ist ihr drittes Weihnachten in Tübingen, und sie war noch nie dort.«

»Ich war auch noch nie dort.«

»Ein Grund mehr, dass wir heute keine Überstunden machen sollten.«

»Sonst müsst ihr nächste Woche nach Entringen kommen.«

»Wieso? Gibt's da auch Feuerzangenbowle?«

»Ja, allerdings eine etwas kleinere Veranstaltung. Eine Familie aus Cecilias Volleyballtruppe hat eine geräumige Scheune. Vor Weihnachten trifft sich da die ganze Mannschaft samt Familie und Freunden, schaut in klirrender Kälte den Film, und draußen vor der Scheune gibt's Feuerzangenbowle im Kessel über einer Feuertonne gekocht.«

»Klingt auch nicht schlecht.«

»Ja, letztes Jahr kam ich mir vor wie ein Gettobruder aus der Bronx, als wir da nachts frierend um die glühende Tonne standen.«

Brander blieb noch eine halbe Stunde bis zum Beginn der Soko-Sitzung. Er holte seine Skizze hervor, betrachtete das Blatt, zeichnete schließlich eine dünne Linie von Nathalies Symbol unten rechts hinauf zu dem Stiefel oben in der Mitte des Blattes. Die Linie streifte an einer Ecke beinahe die Skizze von Vockerodt in der Mitte des Blattes. Zufall? Brander schrieb die Zahl zwei neben den Stiefel. Es war nur ein Gedanke, ein Zusammensetzen von Puzzlestücken, die vielleicht passen konnten.

Peppi kam gut gelaunt ins Büro getanzt und trällerte »Ich geh heut Abend zur Feuerzangenbowle« vergnügt vor sich hin.

Brander beobachtete sie amüsiert. »Hendrik will mit Anne auch hin. Ich könnte eigentlich Cecilia fragen, und dann könnten wir alle gemeinsam gehen.«

Peppi hielt erschrocken inne. »Nein, auf keinem Fall. Ich will euch da heute Abend nicht sehen.«

»Das ist ein öffentlicher Platz.«

»Ach nee, komm. Ich will heut Abend keine Kollegen um mich haben.«

»Ist er so hässlich?«, fragte Brander mit hinterhältigem Grinsen. Früher oder später würde er herausfinden, mit wem sich die Kollegin traf.

»Blödsinn. Es ist … es ist erst unsere erste richtige Verabredung. Und wenn ihr alle da seid, dann wird das nichts.«

»Vielleicht hättet ihr euch da einen etwas weniger öffentlichen Platz suchen sollen?«

»Ach, Andi! Ich …« Sie hielt inne. »Vielleicht hast du recht.« Sie griff zum Telefonhörer und drückte auf eine Kurzwahltaste.

Also doch ein Kollege! Aber wer? Peppi bemerkte Branders

lauernden Blick, legte schnell wieder auf, lächelte unschuldig. »Später. Gehen wir zur Sitzung?«

»Ja, ich muss hier noch eben ...« Er deutete diffus auf die Papiere vor sich.

»Ich geh schon vor. Will mir noch 'n Kaffee holen.«

Brander nickte. Kaffee! Natürlich wollte sie von ihrem Handy aus mit ihrer geheimen Verabredung telefonieren!

Er sah wieder auf seine Skizze, überflog kurz die Notizen, die er sich am Abend zuvor beim Lesen der Protokolle gemacht hatte, dann packte er seine Unterlagen und stand auf. Einen Moment lang war er versucht, die Anrufliste in Peppis Telefonspeicher aufzurufen, dann schalt er sich, dass sie sicherlich ihre Gründe für die Geheimniskrämerei und er nicht das Recht hatte, in ihrem Privatleben herumzuschnüffeln.

»Hendrik, ist Poljakow noch in Reutlingen?«, eröffnete Brander die Sitzung.

Hendrik hob die Schultern. »Ich denke schon.«

»Informier dich, und wenn er noch da ist, lass ihn hierherbringen. Ich will mit ihm sprechen. Was ist mit Radeke?«

»Wurde gestern bereits wieder aus der U-Haft entlassen. Aber ein Verfahren wird wohl gegen ihn eröffnet werden.«

»Den will ich auch hier haben.«

»Warum?«, erkundigte sich Peppi.

»Warum! Weil ich wissen will, ob es stimmt, was Nathalie mir erzählt hat.« Das war nur die halbe Wahrheit.

Peppi lehnte sich zurück und stützte das Kinn auf ihre rechte Hand. »Muss ich das jetzt verstehen? Ich dachte, du bist überzeugt davon, dass die Kleine dich nicht angelogen hat?«

»Wir überprüfen es trotzdem. Nathalie sagt, Radeke war nicht zu Hause.«

»Weil er im Kino war, in der Spielhalle, bei Freunden, weiß der Kuckuck wo?«, schlug Peppi vor.

»Radeke hat aber behauptet, er wäre den ganzen Abend zu Hause gewesen. Und jetzt frag noch einmal ›Warum?‹.«

»Warum?«, fragte Peppi brav.

»Das will ich durch die Gespräche mit Radeke und Poljakow herausfinden.«

»Sollten wir nicht erst noch das Gespräch mit Signore Angelosanto abwarten?«, schlug Hendrik vor.

»Nein, ich will nicht, dass Poljakow und Radeke eine Chance bekommen, miteinander zu reden. Außerdem wollt ihr doch alle heute Abend ausgehen! Soll ich dann die ganze Arbeit allein machen?«

»Okay, okay«, wehrte Hendrik ab.

»Warum ist es so wichtig, dass Nathalie die Wahrheit sagt?«, hakte Peppi weiter nach.

Brander sah die Kollegin an, die ihrerseits ihn prüfend ansah, wobei sie beständig eine ihrer schwarzen Locken um den Zeigefinger wickelte. Plante er schon wieder einen Alleingang wie am Tag zuvor, als er allein zu Nathalie fahren wollte?

»Weil dann nicht Nathalie zur Tatzeit in der Gegend unterwegs war, sondern Radeke.«

»Oh.« Peppi ließ die Locke los und richtete sich in ihrem Stuhl auf. »Würdest du uns bitte in deine Gedankengänge einweihen? Was geht da vor?« Sie deutete auf Branders lichte Haarpracht.

»Nathalie hat ausgesagt, dass Radeke nicht zu Hause war. So, wie Nathalie die Situation beschrieben hat, scheint er gestresst gewesen zu sein, als er schließlich auftauchte. Wo war er? War er tatsächlich mit Poljakow zusammen unterwegs? Oder allein? Warum hat er uns etwas anderes erzählt? Hätte er nicht auch zur Tatzeit in der Eugenstraße sein können?«

Hendrik nickte zustimmend.

Peppi schüttelte den Kopf. »Welches Motiv?«

»Lust auf Randale«, schlug Brander vor.

»Nie und nimmer wird der Staatsanwalt da mitziehen.«

»Er muss doch erst einmal gar nichts davon wissen.«

»Herrgott, Andi, muss das sein?« Peppi verzog unwillig das Gesicht.

»Das Mindeste, was wir abklären müssen, ist, wer hier gelogen hat. Und da wird auch ein Herr Staatsanwalt Schmid keinen Einspruch erheben.«

Peppi hob kapitulierend beide Hände.

»Gut. Also, heute Vormittag befragen wir Radeke und Poljakow. Hendrik, Jens, ihr kümmert euch heute Mittag um Angelosanto. Peppi und ich informieren Frau Böhme, dass wir ihre Tochter aus dem Krankenhaus abholen und zur Vernehmung zur Polizeidirektion bringen.«

»Sofern das brave Mädel noch im Krankenhaus ist«, spottete Peppi.

»Ist sie. Ich habe heute Morgen mit der Stationsschwester telefoniert. Sie hat die ganze Nacht geschlafen wie ein Engel und heute Morgen Theater gemacht, weil sie keinen Kaffee zum Frühstück bekommen hat.«

Brander hoffte, dass sowohl Nathalie als auch die Krankenschwestern bis zum Nachmittag durchhalten würden.

Nikolai Poljakow war ein kleiner, stämmiger Mann mit grimmigem Gesichtsausdruck und hellen, kalten Augen. Er trug eine abgewetzte Lederjacke und die dazu passenden abgetragenen Jeans. Die Füße steckten in Turnschuhen, die bei den gegenwärtigen Witterungsbedingungen sicherlich nur leidlich ihren Zweck erfüllten. Hendrik hatte den Mann in ein Vernehmungszimmer bringen lassen. Brander beschloss, die Befragung mit ihm zu beginnen. Er grüßte kurz, als er den Raum betrat, und setzte sich dem Mann gegenüber an den Tisch.

»Herr Nikolai Poljakow, ich bin Kriminalhauptkommissar Brander. Ich habe einige Fragen an Sie.«

Poljakow sah ihn misstrauisch an. »Bin ich angeklagt?«

»Nein. Hätten wir einen Grund dazu?«

Der Mann bleckte die Zähne. Ein paar Goldkronen funkelten zwischen maroden Zahnstummeln. Anscheinend hatte es mal bessere Zeiten im Leben von Nikolai Poljakow gegeben.

»Ich möchte mit Ihnen über die Nacht vom ersten auf den zweiten Dezember sprechen. Der erste Dezember war ein Dienstag.«

Poljakow zuckte die Achseln. Er schien kein Mann der vielen Worte zu sein.

»Wo waren Sie in der Nacht zwischen zehn Uhr abends und zwei Uhr morgens?«

»Keine Ahnung.«

»Waren Sie unterwegs? Zu Hause? Bei Freunden?«

»Keine Ahnung.«

»Könnte es sein, dass Sie mit einem Kumpel unterwegs waren?«

»Kann sein.«
»Geht's ein bisschen genauer?«
»Was weiß ich, was vor zehn Tagen war?«
»Kennen Sie Patrick Radeke?«
Poljakow zuckte gelangweilt die Schultern. Brander seufzte genervt.
»Herr Poljakow, gibt es irgendetwas, an das Sie sich erinnern?«
Der Mann grinste schmierig. »Meine Mutter war 'ne Hure, und ich hab als Kind immer durchs Schlüsselloch geguckt. Die ging ganz schön ab. Woll'n Sie ihre Adresse?«
Brander spürte eine gereizte Übelkeit aufsteigen. Dieser Kerl schlug ihm auf den Magen.
»Nein danke. Aber jetzt, da Ihr Gehirn sich langsam in Bewegung gesetzt hat, denken Sie doch noch einmal darüber nach, wo Sie Dienstagnacht vor einer Woche waren.« Brander verließ den Raum.

Auch Patrick Radeke wartete in einem Vernehmungszimmer auf Brander. Er schien wenig erfreut, dem Kommissar schon wieder zu begegnen.
»Ey, das ist Schikane, wa! Ich beschwer mich, wa!«, moserte er sofort los, sobald Brander den Raum betrat.
»Herr Radeke, warum haben Sie uns angelogen?«
»Wieso angelogen?« Radeke saß mit krummem Rücken und dem gewohnten Kopfnicken vor Brander.
»Sie haben uns gesagt, dass Sie in der Dienstagnacht, in der Nathalie Böhme verschwand, zu Hause waren.«
»War ich auch, wa.«
»Da liegt uns inzwischen aber eine andere Zeugenaussage vor.«
»Was soll 'n der Scheiß? Ich hab nix gemacht, wa!« Augenblicklich setzte das nervöse Beinwippen wieder ein.
»Wo sind Sie denn nun tatsächlich in der Nacht gewesen?«
»Zu Hause, wa. Fragen Se doch den Niko.«
»Der kann sich an nichts erinnern.«
»Die Sau!«, zischte Radeke wütend. Er schlug mit der Faust auf seinen Oberschenkel. Sein Oberkörper sank ein Stück nach vorn. »Ey, wir waren den ganzen Abend zusammen, wa. Ich … Scheiße.« Er sah wieder hoch, musterte Brander argwöhnisch. »Sie

verarschen mich, wa. Das ist doch irgend so ‘n scheiß Spiel, was ihr hier treibt. Ich sag gar nichts mehr, wa.«

»Das ist kein Spiel, Herr Radeke. Es wäre schön, wenn Sie das auch mal langsam kapieren. Sie lügen mich doch in einer Tour an. Erst sagen Sie, Nathalie war nicht bei Ihnen, dann war sie es doch. Erst sagen Sie, Sie waren den ganzen Abend mit ihrem Kumpel zu Hause, und dann waren Sie es gar nicht. Wo waren Sie, Herr Radeke?«

»Ich war zu Hause, wa. Was woll’n Se denn von mir?«

»Nathalie sagt etwas anderes.«

»Nathalie?«

»Ja.«

»Ey, scheiß Nathalie. Die ist doch total durchgeknallt.«

»Nathalie kam zu Ihnen. Sie wollte Ihre Hilfe, aber Sie waren nicht da, und als Sie endlich kamen, haben Sie das Mädchen weggeschickt.«

»Ja und? Die ist vierzehn. Die soll nach Hause zu ihrer Mutti gehen, wa.«

»Sonst haben Sie das Mädchen aber nicht weggeschickt.«

»Ich sag doch, die war total durchgeknallt, wa. Krallt sich an mir fest, wa, und heult voll rum. ›Lass mich bleiben. Ich weiß doch nicht wohin.‹ Bin doch kein Babysitter, Mann.«

»Haben Sie sich nicht gefragt, warum das Mädchen so verzweifelt war?«

»Ey, nee, wa!«

»Hat Nathalie angedeutet, dass ihr etwas Schreckliches passiert wäre? Ist sie überfallen worden?«

»Tz!« Radeke schüttelte den Kopf. »Die Eisblume doch nicht! Die war einfach nur hackedicht.«

»Warum haben Sie sie nicht mit in die Wohnung genommen?« Peppi hatte sich bisher im Hintergrund gehalten und trat nun an den Tisch.

»Ey, ich war nicht allein, wa.«

»Ach, Sie wollten mit Ihrem Kumpel allein sein?« Peppi warf ihm einen anzüglichen Blick zu.

»Ey, tickt ihr hier alle? Was soll die Scheiße? Ich lass mich nicht in ‘n Arsch ficken, wa.«

»Nein, Sie treiben es lieber mit kleinen Mädchen, nicht wahr?«

Radeke sprang so heftig auf, dass sein Stuhl polternd nach hinten auf den Boden fiel. »Ich hab doch nicht gewusst … ich dacht, die wär mindestens sechzehn. Scheiße, Mann, die hat das doch gewollt! Ey, will die mich jetzt anzeigen, oder was? Scheiße, Mann, die Schlampe lügt doch, wenn die 's Maul aufmacht!«

Hendrik stellte schweigend den Stuhl wieder hin.

»Herr Radeke, bitte setzen Sie sich wieder«, übernahm Brander wieder das Gespräch.

Radeke folgte der Aufforderung mit einem wütenden Schnaufen. Mittlerweile wippten beide Beine nervös auf und ab.

»Ey, was wollt ihr von mir? Ich hab nichts gemacht, wa!«

»Was zwischen Ihnen und Nathalie lief, lassen wir jetzt mal außer Acht. Ich möchte wissen, wo Sie in der Dienstagnacht gewesen sind.«

»Zu Hause. Kann ich eine rauchen?«

»Tut mir leid, im ganzen Gebäude ist Rauchverbot.« Brander stand auf. »Ich bin in einer halben Stunde wieder bei Ihnen. Denken Sie so lange noch einmal über den Dienstagabend nach.«

»Von den beiden erfährst du nichts«, prophezeite Peppi, während sie sich am Kaffeeautomaten einen Kaffee herausließ. »Find dich damit ab, dass das Mädchen dir Märchen aufgetischt hat.«

»Ich weiß nicht«, sagte Brander nachdenklich. Die lügt doch, wenn die 's Maul aufmacht. Hatte er sich so in Nathalie geirrt? Hatte seine Menschenkenntnis ihn dieses Mal tatsächlich vollkommen im Stich gelassen? Radeke verbarg etwas, da war er sich sicher, und eigentlich war er sich auch sicher, dass Nathalie ihn nicht angelogen hatte. Eigentlich.

»Du denkst immer noch, die haben was mit dem toten Südafrikaner zu tun, oder?«

Brander nahm sich ebenfalls eine Tasse und füllte sie mit Kaffee. »Ich dachte, ich hätte das Puzzle richtig zusammengelegt.«

Peppi verzog das Gesicht. »Wie wäre es mit einem Tangram? Nur leider habe ich das Gefühl, dass du das falsche Bild zusammenlegst. Es mag ja sein, dass Radeke gelogen hat und nicht zu Hause war. Es mag auch sein, dass er und Poljakow zusammen irgendeinen Mist gebaut haben. Aber der eine Fall muss doch mit dem anderen gar nichts zu tun haben.«

»Muss nicht, könnte aber.«

»Andi, ich will hier nicht den Bremsklotz spielen, aber ich denke, du prescht zu sehr voran. Was haben wir denn?«

»Erstens: Radeke hat uns vermutlich angelogen. Er war zur Tatzeit nicht zu Hause.«

»Dafür kann es tausend Gründe geben! Ein Junkiereflex. Der denkt, wir wollen ihm was. Also sagt er, er war zu Hause. Ein sicherer Ort. Was soll bei ihm zu Hause schon passieren?«

»Zweitens: Er beteuert ständig seine Unschuld. Haben wir ihm irgendetwas vorgeworfen?«

»Junkiereflex. Außerdem ist er mit einer Vierzehnjährigen in die Kiste gestiegen, und er weiß, dass wir das wissen. Dafür könnten wir versuchen, ihn dranzukriegen, aber das hat nichts mit unserem toten Südafrikaner zu tun.«

Brander fuhr fort: »Drittens: Radeke und Poljakow bekommen Panik, als der Nachbar mit der Polizei droht, und sie setzen Nathalie mit Gewalt auf die Straße.«

»Und wieder sage ich: Junkiereflex. Wer weiß, vielleicht hatten die eine größere Menge Stoff bei sich. Da hatten die keinen Bock auf Party mit Uniformierten. Im Übrigen ist ja noch nicht erwiesen, dass die Kleine sich das nicht mal locker flockig alles ausgedacht hat.«

Genau die gleichen Gedanken waren ihm am Morgen auch durch den Kopf gegangen. Für alles gab es eine mögliche Erklärung, die nichts mit Nael Vockerodt zu tun hatte. »Du gehst mir auf den Keks, mit deinem Junkiereflex«, murrte Brander.

Peppi grinste nachsichtig. »Andi, du hast die beiden zur Zeugenvernehmung herkommen lassen und nicht als Beschuldigte. Wenn du sie verdächtigst, am Totschlag des Afrikaners beteiligt zu sein, musst du es ihnen sagen, bevor du sie in die Mangel nimmst. Das gibt sonst hinterher nur Ärger.«

Er sah Peppi entschlossen an. »Einen Versuch ist es wert. Lesen wir ihnen ihre Rechte vor.«

»Himmel, Andi!« Peppi hatte anscheinend gehofft, ihn damit auf einen anderen Weg zu bringen.

»Vielleicht bin ich tatsächlich auf dem Holzweg«, räumte Brander ein.

Peppi nickte zustimmend.

»Vielleicht aber auch nicht. Wir werden noch einmal mit beiden sprechen. Mal sehen, wie sie reagieren, wenn wir sie mit unserem Verdacht konfrontieren.«

»Mit deinem Verdacht! Welche Foltermethoden gedenkst du einzusetzen, um sie zu einem Geständnis zu bringen?«

»Foltermethoden? Wer soll hier gefoltert werden?«, meldete sich eine Stimme von der anderen Seite der Wand. Kurz darauf stand Staatsanwalt Schmid vor ihnen. Peppi presste die Lippen zusammen und sah Schmid unschuldig an.

»Wir haben vielleicht zwei Tatverdächtige im Fall des toten Südafrikaners«, erklärte Brander.

»Das ist erfreulich. Und die sollen jetzt gefoltert werden?« Schmid sah zu Peppi.

»Das hab ich nur so daher gesagt ...«, kam es kleinlaut von der Kollegin.

»Das hoffe ich, Frau Pachatourides.« Er bedachte sie mit einem strengen Blick, wandte sich dann wieder Brander zu. »Um was für Verdächtige handelt es sich?«

Brander gab ihm eine kurze Zusammenfassung seiner Vermutungen. Schmid hörte ihm konzentriert zu, starrte anschließend eine Minute schweigend vor sich hin, wobei er sich nachdenklich abwechselnd über den Nacken rieb und durch die dunkelblonden kurzen Haare strich.

»Kann ich Sie kurz unter vier Augen sprechen?«, fragte er schließlich.

Brander runzelte die Stirn. »Sicher, gehen wir in mein Büro.«

»Ja, geht nur und führt ein nettes Männergespräch. Ich trink hier derweil noch drei Tassen Kaffee«, murrte Peppi, der es offensichtlich nicht gefiel, dass Schmid sie von diesem Gespräch ausschloss.

Schmid schloss die Tür und setzte sich Brander gegenüber. Er zupfte an den Kniefalten seiner Hose und ordnete sein gut sitzendes graues Jackett, bevor er langsam zu sprechen begann.

»Ich kann Ihren Gedankengang nachvollziehen, Herr Brander.« Er schien sich jedes Wort mit Bedacht zurechtzulegen. »Ich kann auch verstehen, dass Sie zehn Tage nach der Tat gerne einen Erfolg verbuchen würden.«

Brander lehnte sich zurück und verschränkte die Arme vor seiner Brust. Worauf wollte der Staatsanwalt hinaus? Einen Erfolg verbuchen? Das hier war kein Wettkampf. Er suchte einen Mann, der einen anderen – wenn vielleicht auch nicht vorsätzlich – getötet hatte!

»Natürlich könnte es so sein, wie Sie sich die Handlungskette zurechtgelegt haben. Radeke und Poljakow sind abends unterwegs, vielleicht brauchen sie Geld für Drogen, vielleicht sind sie einfach nur auf Ärger aus, und es kommt zu der unglücklichen Begegnung mit Nael Vockerodt, die schließlich zu dem Totschlag führte. Absicht oder nicht sei dahingestellt. Vielleicht kannten sich Täter und Opfer sogar?«

Wie vorsichtig sich der gute Mann doch ausdrücken kann, dachte Brander und ahnte Schlimmes.

»Aber …«

Aha, kam der Herr Staatsanwalt endlich zur Sache!

»… wir sprechen hier von Indizien, von Vermutungen, ja, von simplen gedanklichen Konstruktionen. Haben Sie irgendeinen Beweis für Ihre Vermutung? Irgendeinen klitzekleinen, handfesten Anhaltspunkt, der Ihre Theorie unterstützt?«

»Nun ja …« Nein, hatte er nicht. Nicht den Hauch eines Beweises, eines Zusammenhangs. Der Erkennungsdienst hatte keine brauchbaren Beweise gefunden. Es gab keine Augenzeugen. Er hatte nichts, außer seiner jahrelangen beruflichen Erfahrung und seiner Intuition. »Die Aussage von Nathalie Böhme könnte …«

Schmid schüttelte den Kopf. »Herr Brander, wer glaubt einer vierzehnjährigen Ausreißerin? Einem Mädchen, das sich herumtreibt, sich ins Koma trinkt, sich prügelt, die Schule schwänzt, bereits einmal von der Schule verwiesen wurde. Wird sie überhaupt bei ihrer Aussage bleiben, wenn sie damit ihren Freund ins Gefängnis bringt?« Schmid sah ihn entschlossen an. »Muss ich weitermachen?«

»Nein.« Dunkle Gewitterwolken zogen in Branders Kopf auf. Das war kein Schneesturm, das war ein vernichtender Blizzard, der auf ihn zukam. Jetzt wusste er, worauf der Staatsanwalt aus war.

»Verstehen Sie mich nicht falsch, Herr Brander.«

Was sollte dieses ewige »Herr Brander«? Hatte er das in einem Kommunikationsseminar gelernt?

»Ich denke, ich habe Sie sehr gut verstanden«, knurrte Brander.

»Nein, das glaube ich nicht. Ich kann Ihrer Theorie folgen. Ich kann ihr sogar einiges abgewinnen. Mein Problem ist, dass wir damit vor Gericht nicht durchkommen werden. Man wird uns einen Verfahrensfehler vorwerfen, weil wir die beiden Männer nicht sofort bei der ersten Vernehmung von unserem Tatverdacht informiert und sie belehrt haben. Und kommen Sie mir nicht mit ›Es war nur eine Zeugenbefragung!‹ Ihre Vorgehensweise … Ich muss Ihnen nicht erklären, was Beweisverwertungsverbot bedeutet, oder?« Schmid sah Brander ernst an.

Nein, das musste der Staatsanwalt ihm nicht erklären. Wenn Poljakow oder Radeke während der Vernehmung eine Aussage machten, mit der sie sich belasteten, ohne zuvor belehrt worden zu sein, dass ein Verdacht gegen sie bestand, durfte diese Aussage vor Gericht nicht als Beweis verwendet werden.

»Ich war gerade auf dem Weg, die beiden darüber zu informieren, dass wir sie nicht mehr als mögliche Zeugen, sondern als Beschuldigte im Fall Vockerodt vernehmen würden«, räumte Brander ein.

Wieder schüttelte Schmid den Kopf. »Selbst wenn Sie ein Geständnis bekommen sollten, Sie wissen doch, wie das läuft. Das Geständnis wird widerrufen, und dann wird der Rechtsbeistand zunächst Ihnen und dann mir die Hölle heißmachen. Schlussendlich besteht die große Gefahr, dass das Verfahren aus Mangel an Beweisen eingestellt wird. Ein Indizienprozess …« Schmid ließ den Satz unvollendet im Raum und verzog zweifelnd das Gesicht. »Wir brauchen einfach …«, er wedelte mit einer Hand in der Luft, »… mehr.«

Wollte dieser Neuling ihm erzählen, wie er seinen Job zu machen hatte? Brander kamen einige unschöne Worte aus Nathalie Böhmes Wortschatz in den Sinn. Er stützte die Ellenbogen auf den Tisch, rieb sich mit den Händen durch das Gesicht, um dem Staatsanwalt nicht einen unbedachten Kommentar an den Kopf zu werfen. Schließlich sah er sein Gegenüber mühsam beherrscht an. »Das heißt, ich soll die beiden laufen lassen?«

Schmid nickte.

»Und wenn sie es waren?«

»Dann kriegen wir sie auch.« Es klang – trotz der vorangegangenen Kritik – überzeugt aus dem Mund des Staatsanwalts.

Brander dachte über Schmids Worte nach. Die Befragungen von Radeke und Poljakow waren eine Gratwanderung gewesen. Keiner von beiden wusste von dem unausgesprochenen Verdacht. Vielleicht war jetzt tatsächlich der richtige Zeitpunkt, die Befragung abzubrechen und nach weiteren Indizien, nach Beweisen für einen Tatzusammenhang zu suchen. Es musste doch etwas geben! Er würde noch einmal mit Nathalie sprechen, und er würde den Iscans die Bilder der beiden Männer zeigen. Vielleicht hatten sie ja doch irgendetwas gesehen, klammerte er sich an einen winzigen Hoffnungsschimmer. Und gab es da nicht einen Zeugen, der zwei Männer in der Nähe des Tatorts gesehen hatte?

»Herr Brander, Sie kriegen das hin. Ich habe volles Vertrauen in Ihre Arbeit.« Schmid tippte sich mit dem Zeigefinger kurz an die Nase. »Herr Lehmann sagte mir, Sie hätten einen guten Riecher.«

Und dennoch musste er Radeke und Poljakow laufen lassen.

»Scheiße«, entfuhr es Brander, und die flache Hand landete krachend auf dem Tisch.

»Sie bekommen meine volle Unterstützung, Herr Brander. Aber geben Sie mir etwas an die Hand. Ich hasse es, vor Gericht nackt dazustehen. Und ich denke, Sie wollen auch nicht, dass Ihre Arbeit umsonst war.« Schmid stand auf und reichte Brander seine Rechte. Sie fühlte sich etwas klamm an, als hätte er geschwitzt.

Schmid verließ das Büro, und Brander hörte ihn kurz darauf im Flur mit Peppi sprechen. Hatte ihn der Staatsanwalt also ausgebremst. Gut, er könnte Schmids Forderung ignorieren und mit der Befragung fortfahren. Es wäre nicht das erste Mal, dass er seinen eigenen Weg ging. Aber vielleicht hatte Schmid ja recht? War es nicht das Gleiche, was Peppi versucht hatte, ihm klarzumachen? Was nützte es, wenn er Radeke oder Poljakow tatsächlich ein Geständnis entlockte, das vor Gericht null und nichtig wäre? Das die Männer sofort widerrufen würden, sobald ein Rechtsanwalt neben ihnen saß. Was machte ihn überhaupt so sicher, dass er auf der richtigen Fährte war?

Er sah auf seinen Adventsteller, suchte das Päckchen mit der

Nummer elf und steckte sich die Praline in den Mund. Er dachte an Beckmann, der ihm dieses Geschenk gemacht hatte. An Daniel, Julian und Babs, die Probleme hatten, spürte die Schuldgefühle, weil er nicht bei ihnen war. Er dachte an Nathalie und ihre hilflose Wut. Er sah die Augen seiner Frau vor sich, ihr trauriger Blick am frühen Morgen beim Frühstück. Eine Traurigkeit, die er ihr nicht nehmen konnte. Jasmin Risch, Vockerodts Familie. War er nicht all diesen Menschen etwas schuldig?

Mit einem Mal fühlte er sich unendlich müde und ausgelaugt. Als hätte jemand den Stöpsel aus einer Luftmatratze gezogen, und nun trieb er schlaff und orientierungslos auf dem offenen Meer, unfähig zu entscheiden, in welche Richtung er weiterschwimmen sollte. War irgendwo Land in Sicht?

»Wie machen wir weiter?« Peppi kam ins Büro und blieb fragend im Raum stehen.

»Die beiden können gehen. Poljakow soll eine Adresse hinterlassen, unter der wir ihn erreichen können.«

»Okay«, kam es etwas verwundert von der Kollegin. »Wie kommt der Sinneswandel?«

Brander sah sie mürrisch an. »Kannst du dir das nicht denken? Ach, verdammt! Wir haben keine Beweise. Wir haben verdammt noch mal nichts!« Zum zweiten Mal an diesem Tag schlug er auf die Schreibtischplatte.

»Der Tisch kann da jetzt aber auch nichts dafür …«

»Lass mich einfach mal ein paar Minuten in Ruhe, okay?«, bat Brander schlecht gelaunt.

Peppi verzog sich.

Der Nächste, der ihn störte, war Manfred Tropper.

»Ich hab dir ein LKW mitgebracht.« Er legte Brander ein Leberkäsweckle auf den Tisch und setzte sich ungefragt zu ihm. »Peppi meinte, du hättest schlechte Laune.«

»Wo ist sie?«

»Mit den Jungs was essen gegangen. Und? Geht's nicht vorwärts?«

Der Duft des warmen Leberkäses stieg ihm in die Nase, und Brander merkte, dass er tatsächlich Hunger hatte. Er biss in das Brötchen.

»Freddy«, begann er mit vollem Mund zu sprechen. »Wonach müssen wir suchen?«

»Du sprichst von dem toten Südafrikaner?«

»Nein, ich wüsste gern, ob es die Schlümpfe tatsächlich gab«, entgegnete Brander genervt.

»Die Schlümpfe? Tja, das ist so eine Sache, die nie richtig geklärt werden konnte …«

Und zum Dritten. Seine Hand landete auf der Serviette vor ihm auf dem Tisch. »Freddy! Natürlich spreche ich von dem toten … Verflucht, was ist das denn?« Er war Troppers Blick gefolgt, der auf seiner Schreibtischplatte ruhte.

»Senf«, kommentierte der Erkennungsdienstler professionell und betrachtete schadenfroh das Malheur auf Branders Schreibtisch. »Da war noch eine Tüte Senf unter der Serviette.«

»So ein Mist!« Die Tüte war aufgeplatzt, und in gerader Linie hatte der Inhalt zielsicher den Stapel Protokolle getroffen. Tropper reichte ihm seine Serviette, während Brander vor sich hin fluchend versuchte, den schlimmsten Schaden zu beheben.

»Um auf deine Frage zurückzukommen. Vockerodt ist rücklings gestürzt und mit dem Hinterkopf aufgekommen. Die Wunde hat stark geblutet, das heißt, es könnten sich Spuren auf den Schuhen oder vielleicht auch im unteren Bereich der Hosenbeine des Täters finden lassen. Allerdings ist das Blut eher nach hinten und seitlich weggespritzt, und der Täter stand vor dem Opfer und somit mindestens zwei Meter vom Kopf des Opfers entfernt. Vielleicht ist er auch noch im Affekt zurückgewichen.«

»Aber er hat ihn danach noch mehrmals in die Seite getreten«, überlegte Brander. Er sah einen schmalen Lichtstreifen am Horizont. »Die Tat liegt zehn Tage zurück. Könnte man jetzt tatsächlich noch Blutspuren finden?«

»Wenn ihr einen Tatverdächtigen habt … einen Versuch wäre es auf jeden Fall wert.«

»Was noch?«

»Wie, was noch?«

»Womit könnte sich noch ein Tatzusammenhang beweisen lassen?«

»Wenn es jetzt erst ein, zwei Tage her wäre, könnte man vielleicht Spuren an den Fingerknöcheln des Täters finden. Also, ich meine keine DNA, er hat ja Handschuhe getragen. Ich meine eher minimale Hautverletzungen. Aber nach zehn Tagen ist da nichts mehr zu machen. Da fällt mir übrigens die Sache mit dem Mädchen ein. Ich glaube nicht, dass der Schlag von eurer vierzehnjährigen Streunerin ausgeführt wurde.«

Brander horchte auf. »Warum?«

»Nachdem ihr so geballt in mein Büro gekommen seid, habe ich mir die Verletzung im Gesicht des Toten noch einmal genau angesehen. Wir haben die Situation im Computer simuliert. Derjenige, der zugeschlagen hat, muss mindestens so groß gewesen sein, wie Vockerodt, vielleicht sogar etwas größer.«

»Und der Tritt?«

»Das kann ich nicht genau sagen, da war das Verletzungsmuster nicht so eindeutig. Die dicke Kleidung hat viel abgefangen. Wenn das Mädchen ein bisschen gelenkig ist und dazu noch kräftig, bleibt die Möglichkeit bestehen.«

»Blutspuren an den Schuhen.« Brander schnippte mit den Fingern ein paar Brötchenkrümel von seinem Pullover. »Das hättet ihr uns auch früher sagen können.«

»Stand das nicht im Bericht?«

Brander überlegte. »Nein.«

»Tut mir leid. Ich dachte, die Kollegen hätten es reingeschrieben. Es ist zum …« Tropper schüttelte den Kopf. »Wir sind gerade völlig überlastet. Zu viele Fälle, zu wenig Leute. Die Grippewelle hat uns in der letzten Woche böse erwischt. Ich halte mich auch seit Tagen nur noch mit Paracetamol über Wasser.«

»So schlimm?«

»Sitzt alles zu.« Er deutete auf die Mittelpartie seines Gesichts.

»Wehe, du steckst mich an.« Brander meinte, bereits ein leichtes Kratzen im Hals zu spüren. »Was bekommst du für das Brötchen?«

»Das ist mein Weihnachtsgeschenk.« Tropper stand auf. »Ich geh jetzt ins Wochenende, ruf meine Ex an und lass mich von ihr bedauern. Wenn du ein Paar Schuhe für mich hast, melde dich.«

»Schon wieder deine Ex?«, wunderte sich Brander.

»Sie hat sich vor zwei Monaten von meinem Nachfolger getrennt, und bald ist Weihnachten. Wer ist da schon gern allein?« Tropper grinste optimistisch zum Abschied.

Nachdem Peppi aus der Mittagspause zurückgekehrt war, machte Brander sich mit ihr auf den Weg zu Nathalies Mutter. Erst beim dritten Klingeln öffnete sie die Tür. Sie trug wieder einen ausgeleierten Jogginganzug und sah so aus, als käme sie direkt aus dem Bett.

»Ja?«

Auch dieses Mal schlug den Kommissaren eine Alkoholfahne entgegen.

»Frau Böhme, Sie wissen, dass wir Ihre Tochter gefunden haben?«

Sie nickte.

»Waren Sie schon bei ihr?«

Die Frau stieß ein heiseres Lachen aus. »Wie soll ich das denn machen? Ich hab kein Auto. Ich kann nicht mal eben schnell nach Stuttgart fahren. Sie ist da doch gut aufgehoben.«

Brander hatte Mühe, die nuschelige Aussprache zu verstehen.

»Dürften wir bitte kurz hereinkommen?«, bat Peppi.

»Ist nicht aufgeräumt.«

»Bitte.« Peppi drückte die Tür ein Stück weit auf, und Frau Böhme ließ sie gewähren.

Brander hielt kurz den Atem an. Die Wohnung sah schlimmer aus als bei seinem letzten Besuch.

Peppi sah zu ihrem Kollegen und ging in die Wohnung. »Sie sollten lüften und mal das Altglas entsorgen!«, schimpfte sie.

»Wir haben gestern ein bisschen gefeiert. Meine Tochter ist wieder da.« Ein feindseliger Blick traf die Kommissarin.

»Die Sie ja so schmerzlich vermisst haben.« Auch Peppi schien nicht auf eine Freundschaft aus zu sein.

»Das muss ich mir nicht gefallen lassen!«, protestierte Gudrun Böhme. Sie stützte sich mit einer Hand an der Wand ab, als sei ihr schwindelig.

»Oh doch, Sie müssen sich noch eine Menge mehr gefallen lassen«, erklärte Brander. Er ging an der Frau vorbei zu Nathalies Zimmer. Die Tür stand halb offen, ein paar Flaschen hatten es auch in ihr Zimmer geschafft. Das Poster an der Wand war zerrissen. »Frau Böhme, wir werden das Jugendamt informieren. Sie haben eine Aufsichts- und Fürsorgepflicht gegenüber Ihrer Tochter.«

Die Tür am Ende des Flurs wurde geöffnet, ein Mann in Unterhose mit lichtem, zotteligen Haar trat heraus, kratzte sich ungeniert zwischen den Beinen. Anscheinend hatte der stämmige Mann gemeinsam mit seiner Lebensgefährtin das Auffinden von Nathalie gefeiert. Er war etwas größer als Brander, schob einen Bierbauch über seiner Unterhose vor sich her und donnerte jetzt wütend durch den Flur: »Was ‘n hier für ‘n Lärm, verdammt noch mal?«

»Die Polizei is hier. Die wollen uns das Jugendamt auf den Hals schicken«, keifte Nathalies Mutter aufgebracht.

»Was soll der Scheiß?« Der Mann schien erst jetzt die Fremden in der Wohnung wahrzunehmen. »Das Blag braucht mal richtig eins hinter die Ohren, dann spurt die schon wieder. Die soll mir mal nach Hause kommen.«

»Du lässt die Finger von ihr!«, richtete sich Frau Böhme jetzt aufgeregt gegen ihren Lebensgefährten. Anscheinend gab es doch einen Funken Mutterinstinkt in dieser Frau. »Sie ist meine Tochter.«

»Ein verzogenes Flittchen ist sie! Hurt in der ganzen Nachbarschaft rum. Nix als Ärger haben wir mit der. Dauert nicht lange, dann ist die sowieso weg. Die landet auf'm Strich. Beine breitmachen, was anderes kann die doch nicht.«

»Walter!«

»Schluss jetzt!«, unterbrach Brander energisch den Streit. »Herr …« Er suchte in seinem Gedächtnis den Namen des Lebensgefährten.

»Danner.« Der Mann sah ihn verärgert an. »Ist immer noch meine Wohnung, ja?«

»Herr Danner, wir möchten jetzt gern ungestört mit Frau Böhme sprechen. Und Sie ziehen sich vielleicht mal etwas an.«

»Ich lass mir doch nix vorschreiben! Das ist meine Wohnung!«

»Frau Böhme, können wir bitte in Nathalies Zimmer gehen?« Brander deutete mit der Hand auf das Zimmer. Peppi schob Nathalies Mutter vor sich hinein. Bevor Brander der Kollegin folgte, wandte er sich noch einmal an Walter Danner. »Sie halten sich da jetzt raus. Und sollte mir zu Ohren kommen, dass Sie Nathalie geschlagen haben, bekommen Sie eine Anzeige wegen Kindesmisshandlung, schneller, als Sie bis drei zählen können.«

Gudrun Böhme saß auf dem Bett ihrer Tochter, und Brander fragte sich, was das für Tränen waren, die ihr über das Gesicht liefen. Peppi stand schweigend mit dem Rücken an den Schreibtisch gelehnt und sah stirnrunzelnd zu ihm herüber.

»Wer hat das Poster zerrissen?«, fragte Brander.

»Keine Ahnung. Ist irgendwie passiert«, nuschelte die Frau auf dem Bett.

»Wir fahren jetzt gleich nach Stuttgart und holen Ihre Tochter aus dem Krankenhaus ab. Wir nehmen sie zu einer Vernehmung mit zur Polizeidirektion. Möchten Sie mitkommen?«

»Was hat sie denn jetzt wieder angestellt?« Frau Böhme putzte sich geräuschvoll die Nase, schob das Taschentuch wieder in die Tasche ihrer Jogginghose zurück.

»Nichts. Wir benötigen lediglich eine Aussage von ihr. Wollen Sie mitkommen?«, wiederholte er seine Frage.

Sie sah Brander mit großen Augen an. »Warum das denn?«

»Es ist Ihre Tochter!«

»Ach was, die macht doch eh, was se will. Walter hat schon recht.«

»Sie ist ein Kind. Sie braucht eine Mutter.«

»Was wissen Sie denn schon? Nathalie braucht mich nicht. Die kommt doch nur nach Hause, wenn sie keinen anderen Platz zum Pennen gefunden hat. Die ist wie ihr Vater!«, fuhr die Böhme Brander wütend an. Sie deutete auf das zerrissene Poster. »Der kam auch einfach vorbei, macht mir 'nen dicken Bauch und verpisst sich wieder mit seinem Scheißtruck. Falschen Namen hat er mir gesagt. Falsche Adresse. Und ich steh da mit dem Balg. Keinen müden Cent hab ich von dem Kerl gesehen. Und Nathalie himmelt diesen Dreckskerl an. Das ist ein Arschloch, ein verfluchtes, feiges Arschloch. Den Schwanz reinstecken und sich dann verpissen. Was anderes können die Kerle doch nicht.«

»Aber da kann Ihre Tochter doch nichts dafür.«

»Ha! Hier, schauen Sie!« Sie riss die Nachttischschublade auf, warf den Inhalt auf den Boden. »Lkw fahren will sie, wie ihr Vater. Wie ihr verfluchter Vater!«

Da war so viel Wut in ihrer Stimme, dass Brander eine Gänsehaut bekam. Er fragte sich, ob sie jemals einen Blick auf die beschriebenen Zettel geworfen hatte, anstatt nur die Bilder der

Trucks zu verdammen. Er hob die Zettel auf, nahm einen, den er schon beim ersten Mal gelesen hatte, hielt ihn ihr hin.

Sie sah ihn verständnislos an.

»Was soll ich damit?«

»Lesen.«

Sie schüttelte den Kopf, wandte den Blick ab. Entweder konnte oder wollte sie nicht lesen, was da stand.

»Dann lese ich es Ihnen vor: ›Wenn nur ein Mensch mich lieben würde, wäre das Leben lebenswert.‹« Den zweiten Teil des Vierzeilers ließ er aus. »Das hat Ihre Tochter geschrieben. Ihre vierzehnjährige Tochter!«

Gudrun Böhme begann wieder zu weinen. »Was soll ich mit der denn machen?«, herrschte sie Brander an. »Ich habe mir mein Leben auch anders vorgestellt! Denken Sie, ich hatte keine Träume? Ich hatte andere Pläne für mein Leben. Oh ja, ich hatte ganz andere Pläne! Liebe! Was ist das schon? Ich hab auch ein Recht auf Liebe! Was kann ich dafür, dass sie sich mit Walter nicht versteht? Aber ich bin ja immer nur die böse Mutter, die blöde Schlampe. Wissen Sie, wie viel Ärger ich mit der schon hatte? Schule, Jugendamt, Polizei. Es interessiert die doch einen Scheiß, was ich sage. Was soll ich denn machen?«

»Sie könnten damit anfangen, diesen Saustall hier aufzuräumen und sich endlich einmal um Ihre Tochter kümmern!«

»Was wissen Sie denn schon?« Sie schüttelte verbittert den Kopf. »Ihr habt doch alle keine Ahnung!«

Brander legte die Zettel wieder zurück in die Schublade. »Packen Sie uns bitte saubere Kleidung für Nathalie ein. Sie braucht auch Schuhe und eine Jacke.«

»Ey, guck mal, da kommt der gute alte Brand…« Die letzte Silbe blieb Nathalie im Hals stecken, als sie sah, dass Brander nicht allein war. Eilig versteckte sie den Plüschelefanten unter ihrer Bettdecke.

»Wer ist ‘n die Tussi?« Misstrauisch starrte sie Peppi an. »Ist das wieder so eine Sozialtussi? Ey, ihr könnt mich mal mit eurem verfickten Jugendamt. Ich geh nicht in irgend so eine scheiß Wohngruppe.«

»Jetzt bleib mal ruhig, Nathalie. Diese Frau ist meine Kollegin

Kriminalhauptkommissarin Pachatourides«, erklärte Brander. Es ärgerte ihn, dass Nathalie gleich wieder auf Konfrontationskurs ging.

»Ey, Scheiße, ich schwör, ich geh nicht …«

»Nathalie!«

»Wo ist 'n deine Frau? Weiß die, dass du hier mit 'ner anderen rumziehst?«

Brander verdrehte die Augen zur Decke. Er legte die Tüte, die er mitgebracht hatte, auf ihr Bett. »Hier ist saubere Kleidung. Geh bitte ins Bad, wasch dich und zieh dich an. Wir nehmen dich mit.«

»Was ist mit meiner Mutter?«

»Die wartet zu Hause auf dich.«

Es schien, als würde das Mädchen einen Moment lang den Atem anhalten. Wut und Enttäuschung zeichneten sich in ihrem Gesicht ab, kämpften um die Vormacht. Die Wut gewann. »Die ist wieder besoffen, oder? Die alte Fotze hat sich wieder volllaufen lassen! Ey, die ist so scheiße! Scheiße! Scheiße! Scheiße!« Sie schlug wütend mit der Faust auf ihr Bett. »Die soll verrecken! Die soll … die soll …«

»Hey«, Brander griff nach dem Arm, der wieder zu einem Schlag ansetzte. »Hör auf. Hör auf damit, okay? Steh jetzt auf, wasch dich und zieh dich an.«

Sie presste zornig die Lippen zusammen und sah Brander trotzig an. Dann nahm sie wortlos die Tüte und ging in den angrenzenden Waschraum.

»Nettes Mädchen«, kommentierte Peppi die Szene, als sie allein waren.

»Wie würdest du dich denn fühlen?«, entgegnete Brander gereizt.

»Ich hab das nicht böse gemeint. Denkst du, mir tut das Mädchen nicht leid? Ich wollte die Atmosphäre ein wenig auflockern.« Sie lächelte aufmunternd.

»Hm«, brummte Brander. Er zog eine leere Tüte aus seiner Jackentasche, stopfte Nathalies Stiefel dort hinein. »Gib das an die Techniker weiter, wenn wir nachher zurück sind. Freddy soll sich die mal angucken.«

Peppi nahm die Tüte entgegen. Die Tür vom Waschraum öffnete sich. Nathalie kam heraus, sah die beiden Kommissare noch an ihrem Bett stehen und flitzte zur Zimmertür. Brander und Peppi spurteten hinterher, hörten lautes Klirren und einen erschreckten Schrei aus dem Flur. Als sie aus dem Zimmer kamen, rappelte Nathalie sich gerade wieder hoch. Eine Krankenschwester lag am Boden. Ein Strauß Blumen hatte sich zwischen den Scherben einer zerbrochenen Blumenvase verteilt. Brander bekam Nathalies Jacke zu fassen.

»Was soll das denn?«, rief er aufgebracht.

»Lass mich los, scheiß Bulle!«, schrie das Mädchen ihm entgegen. Sie versuchte, sich aus seinem Griff zu befreien. »Ich geh nicht zurück. Lass mich los!« Sie schlug mit der verstauchten Hand nach ihm, schrie auf vor Schmerz. »Verfickte Scheiße! Ich geh nicht zurück. Ich geh nicht zurück! Die blöde Fotze, die ...« Mit aller Kraft wand sie sich unter seinem Griff. Brander hatte Mühe, Nathalie festzuhalten. »Lass mich los! Ich hasse dich! Ich hasse euch alle!«

Türen öffneten sich, Eltern, die ihre Kinder besuchten, blieben im Flur stehen und betrachteten stumm das Schauspiel. Peppi half der Krankenschwester aufzustehen, schob mit den Füßen die Scherben zusammen.

»Schluss jetzt! Du beruhigst dich jetzt mal wieder«, versuchte Brander, das Mädchen zu bändigen.

»Ihr seid Schweine! Schweine! Schweine!« Sie begann zu weinen.

Ein Arzt kam gefolgt von zwei Schwestern aus einem Krankenzimmer. »Geht's ein bisschen leiser?«

»Verpiss dich, du Sau!«, schrie Nathalie den Mann an, der erschrocken zu Brander sah.

»Hör auf, Nathalie. Es ist genug«, redete Brander weiter besänftigend auf sie ein. Er lockerte seinen Griff und legte einen Arm um die Schultern des Mädchens. Ihr Kinn fiel auf die Brust, weinend schimpfte sie weiter vor sich hin. Nicht mehr so laut. Hilflos.

»Wir gehen jetzt zurück ins Zimmer, ja? Komm.« Er zog sie mit sich.

Nathalie setzte sich auf die Bettkante, wischte sich mit dem Handrücken über die Wangen. Mit verheultem Gesicht starrte sie auf den Boden. »Die ist doch froh, dass ich weg bin«, sagte sie leise, und die Verlorenheit in ihrer Stimme ließ Brander nur ahnen, wie einsam sich das Kind vor ihm fühlte. Er reichte ihr ein Taschentuch, stellte sich gegenüber dem Bett mit dem Rücken zum Fenster. Was sollte er ihr sagen? Sie wollte nicht nach Hause, sie wollte aber auch nicht in eine Wohngruppe. Warum nicht? War es nicht besser in einer Gruppe mit anderen Kindern zu leben, als allein in einer so lieblosen Umgebung, in der sie bisher aufgewachsen war? Vielleicht hat sie Angst, überlegte Brander. In einer Wohngruppe zu leben bedeutete, zunächst in einer fremden Umgebung mit fremden Menschen zusammen zu sein. Sie würde sich einfügen müssen in eine Gemeinschaft, in einen Tagesablauf. Aber im Gegenzug würde sich endlich einmal jemand um sie kümmern.

Eine Weile stand er ihr grübelnd gegenüber. Sein Puls beruhigte sich wieder. Er sah auf seine Hände, mit denen er Nathalie sicherlich wehgetan hatte, als er sie festhielt. Blut klebte an der rechten Hand. Er untersuchte die Hand genauer. Da war keine Wunde.

»Zeig mal deine Arme«, forderte er das Mädchen auf. Sie streckte sie ihm entgegen. Der Verband an ihrer verstauchten Hand war verrutscht, am anderen Arm hatte sie eine Schnittwunde. Vermutlich von den Scherben der Vase.

»Ich hol mal eine Schwester«, erklärte er und ging zur Tür. Peppi stand wartend im Flur, sah ihm besorgt entgegen.

»Hat sie sich beruhigt?«

Brander nickte. »Sie hat eine Schnittwunde am Arm. Kannst du mal einer Schwester Bescheid geben?«

»Ja.« Peppi blieb zögernd vor Brander stehen. »Andi, ich werde das Jugendamt informieren.«

Er nickte wortlos.

Nathalie hatte während der Fahrt kein Wort gesprochen. In der Polizeidirektion nahm Brander sie mit in sein Büro.

»Möchtest du etwas trinken, Nathalie?«, fragte Peppi.

»Krieg ich 'ne Cola?« Trotz hatte sich über die Wut gelegt.

»Ich guck mal, was sich machen lässt.« Peppi verschwand und nahm die Tüte mit, in der Nathalies Stiefel waren.

»Hier arbeitest du?« Nathalie drehte sich einmal um ihre eigene Achse, um den Raum genau zu betrachten. Allein mit Brander taute sie wieder ein wenig auf.

»Ja.«

»Was ist das für ein Foto?« Sie deutete auf den Bilderrahmen auf seinem Schreibtisch.

Brander hob es hoch, zeigte es ihr. »Das ist meine Frau.« Sie nahm das Bild, betrachtete es eine Weile schweigend. Ihre Gesichtszüge wurden einen winzigen Augenblick weich, wehmütig.

»Ich find die echt nett. Das hab ich letztens nicht nur so gesagt.« Sie gab Brander das Bild zurück. »Habt ihr Kinder?«

»Nein.« Er stellte das Bild wieder auf den Tisch.

»Warum nicht?«

»Das ist nicht immer so einfach, wie man sich das vorstellt«, erklärte Brander vage. Wie oft hatten er und Cecilia sich diese Frage schon gestellt.

»Versteh ich nicht.«

»Das musst du auch nicht verstehen. Willst du dich nicht setzen?« Er deutete auf den Stuhl vor seinem Schreibtisch und setzte sich selbst auch hin.

»Ich hätte gern eine Schwester. Eine, die genauso alt ist wie ich. Wir könnten dann immer zusammen abhängen, und wir wären nie mehr allein. Keiner könnte uns was. Hast du Geschwister?«

»Ja.« Brander nahm das Diktiergerät aus der Schublade und legte es vor Nathalie auf den Tisch. »Nathalie, wir brauchen deine Aussage. Du musst mir gleich noch einmal erzählen, was du genau in der Nacht zum zweiten Dezember gemacht hast.«

»Warum?«

Wie viel konnte er dem Mädchen verraten? »In der Nacht ist etwas passiert, und deine Aussage könnte uns weiterhelfen. Mehr kann ich dir im Moment nicht sagen.«

»Muss ich das machen?«

»Nein.« Er konnte sie nicht zwingen. »Aber dann würde ich eine richterliche Verfügung beantragen.«

»Ist das so wichtig?«

Brander nickte.

»Was ist 'n mit der Mütze? Du hast gesagt, du schenkst mir eine neue Mütze.«

»Ja, wenn du deine fürchterlichen Kraftausdrücke mal weglässt.«

Sie seufzte abgrundtief. »Ich darf auch nicht Scheiße sagen?«

»Auch nicht Scheiße.«

»Fuck.«

Peppi kam mit der Cola, stellte das Glas vor Nathalie auf den Tisch. »Hendrik möchte dich kurz sprechen«, wandte sie sich an Brander.

Er fand Hendrik in seinem Büro.

»Ich wollte dir von dem Gespräch mit Angelosanto erzählen. Ist vielleicht wichtig für das Gespräch mit Nathalie«, erklärte Hendrik. Er lehnte sich zurück, verschränkte die Arme hinter seinem Kopf.

»Leg los«, forderte Brander.

»Angelosanto hat Nathalie in der Nacht zweimal gesehen. Zum ersten Mal kurz nach elf. Da hat sie bei Radeke an die Tür gehämmert und das halbe Treppenhaus zusammengeschrien, damit er die Tür aufmacht. Angelosanto ist daraufhin aus seiner Wohnung gekommen. Er hat ihr zu verstehen gegeben, dass Radeke nicht zu Hause ist, und verlangt, dass sie geht. Sie hat sich geweigert zu gehen, und er hat ihr klargemacht, dass er die Polizei rufen würde, wenn sie weiterhin so einen Lärm veranstaltet. Daraufhin hat sie sich still auf eine Treppenstufe gesetzt, und er hat sie da sitzen lassen.«

»Woher wusste er, dass Radeke nicht zu Hause ist?«

»Angelosanto ist um dreiviertel elf von der Arbeit gekommen. Als er zum Hauseingang ging, kam ihm Radeke auf dem Fußweg entgegen.«

»Wie ging es weiter?«

»Kurz nach Mitternacht brach im Treppenhaus erneut ein Tumult los. Radeke und noch ein Mann standen im Flur. Radeke schrie Nathalie an, Nathalie weinte und schrie ebenfalls. Angelosanto hat nicht verstanden, worüber die beiden stritten. Er ging erneut auf den Flur und drohte mit der Polizei. Daraufhin hätte der Freund von Radeke Nathalie geohrfeigt und aus dem Haus gestoßen. Die beiden Männer hätten ihm dann noch gedroht, ihn zusammenzuschlagen, wenn er die Polizei rufen würde. Radeke hätte ihn sogar vor die Brust gestoßen. Dann wären sie in Radekes Wohnung verschwunden.«

Brander blies die Wangen auf, ließ die Luft mit einem lauten »Puh« entweichen. »Das heißt, Nathalie war zwischen dreiundzwanzig Uhr und Mitternacht dort, und Radeke hat uns definitiv angelogen.«

»Das ist zu vermuten.«

»Du willst gleich weg, oder?«, fragte Brander mit einem Blick auf die Uhr.

»Wenn's irgendwie möglich wäre, ja.« Hendrik sah ihn mit schlechtem Gewissen an.

»Was ist mit dir, Jens?« Brander drehte sich zu dem Kollegen, mit dem Hendrik das Büro teilte.

»Keine Termine. Ich stell mich bestimmt nicht bei dem Sauwetter in die Kälte, um einen Film zu gucken, den ich schon als Kind fünfmal im Fernsehen gesehen hab.«

»Gut, dann bleib bitte im Büro. Ich brauche dich nachher wahrscheinlich noch.«

Verwundert hörte er Nathalie kichern, als er wieder in sein Büro zurückkehrte.

»Ey, guck mal, der ist voll cool.« Nathalie deutete auf Peppis tanzenden Rudolph. Peppi grinste breit. »Mein Kollege liebt diesen Elch.« Anscheinend hatte sie neue Batterien für das Vieh gekauft.

»Genauso wie Durchfall oder Zahnschmerzen«, entgegnete Brander. Er musste dennoch lächeln. Nathalie schien sich tatsächlich entspannt zu haben.

»Dann legen wir mal los. Nathalie, erzähl mir bitte noch einmal genau von Dienstagabend.«

Nathalie begann zu erzählen. Als sie das erste Schimpfwort in den Mund nahm, machte Brander einen Strich auf seine Schreibtischunterlage.

»Was machst 'n da?«

»Für jeden Kraftausdruck von dir mache ich hier einen Strich. Wenn da nachher fünf Striche sind, wird's nichts mit der Mütze.«

»Schei…« Sie presste die Lippen zusammen. »Das gilt jetzt aber nicht!«

»Ausnahmsweise. Erzähl weiter.«

Am Ende waren es vier Striche. Sie strahlte ihn an. »Ich hab gewonnen!«

»Wir sind noch nicht ganz fertig. Nachdem Herr Angelosanto mit dir geschimpft hatte, hast du da die ganze Zeit auf der Treppe gesessen?«

»Ja.«

»Hat dich jemand gesehen?«

Sie zögerte. »Du darfst es aber nicht weitersagen.«

»Ich kann nichts versprechen.«

»Ey, die Kleine kriegt sonst Ärger, das will ich nicht.«

»Welche Kleine?«

»Die Tochter von dem Itaker.«

»Von Herrn Angelosanto?«

»Ja.«

»Was hat sie denn gemacht?«

»Na ja, die kam 'ne Weile später, nachdem ihr Vater so rumgemotzt hatte, heimlich raus zu mir und hat mir einen Schokoriegel geschenkt. Die hat gemeint, ich hab Hunger. Hatt ich auch, echt. Das war voll süß von der.«

»Okay, das bleibt erst mal unter uns. Jetzt überleg noch mal genau, was Ricky zu dir gesagt hat.«

»Hab ich doch schon gesagt. Der wollte, dass ich abhau.«

»Hat er gesagt, dass er Streit mit jemandem hatte?«

Sie überlegte eine Weile, schüttelte dann den Kopf. »Nee, aber der hat ja ständig Zoff mit jemandem. Ist halt scheiße, wenn du ständig klamm bist und … oh nee!«

»Was?«, fragte Brander überrascht.

»Jetzt hab ich fünf Striche!« Sie verzog enttäuscht das Gesicht. »Ey, das war jetzt gemein.«

»Du kriegst deine Mütze. Ricky ist also ständig klamm und …?«

»Na ja, der pumpt halt jeden an, und dann kriegen die ihre Kohle nicht wieder. Aber eigentlich ist er gar nicht so mies. Der hat halt Pech gehabt.«

»Du magst Ricky, oder?«

»Weiß nicht, der will immer nur fi…« Sie schloss den Mund, sah zum Fenster. »Ich mag niemanden mehr.«

Brander und Peppi sahen sich über die Schreibtische hinweg an. Sie hatten keine weiteren Fragen mehr.

»Nathalie, wir sind hier fertig.« Brander legte seinen Stift aus der Hand und schaltete das Diktiergerät aus. »Was sollen wir jetzt mit dir machen?«

Sie zuckte die Achseln, starrte weiter zum Fenster.

»Wir können mit dem Jugendamt sprechen. Du musst nicht zurück zu deiner Mutter.«

»Ich will aber nicht zu irgendeiner fremden Familie, und ich will auch nicht in so eine Kackwohngruppe. Ich komm da nicht klar.«

»Wo willst du denn dann hin?«

»Keine Ahnung. Ich geh nach Amerika.«

»Wie willst du da hinkommen? Ohne Geld? Ohne Papiere?«

»Ich schlag mich schon durch.«

»Schaust du mich mal bitte an?«, bat Brander.

Widerwillig wandte sie ihm ihr Gesicht zu.

»Nathalie, du bist ein mutiges Mädchen, und du bist auch ein intelligentes Mädchen.«

Sie bekam große Augen, zog skeptisch die Nase kraus. »Ich bin doch nicht intelligent!«

»Dein Lehrer ist da anderer Meinung, und ich auch.«

»Echt?«

Brander nickte. »Ich mache dir jetzt einen Vorschlag. Wir fahren gemeinsam zu dir nach Hause, dann schauen wir mal, wie deine Mutter drauf ist, und du überlegst dir, ob du da bleiben willst. Wenn nicht, gucken wir, dass wir dich vorübergehend in einer Pflegefamilie unterbringen. Das Jugendamt werden wir so oder so einschalten. Die können zum Beispiel einen Familientherapeuten zu euch schicken, der hilft, dass es bei euch ein bisschen ordentlicher zugeht.«

Sie schnaufte schwer, dachte eine Weile über seinen Vorschlag nach. »Könnte ich nicht auch bei Ricky wohnen? Wenn ich den frag …«

»Nein, das geht nicht.« Und der hat vermutlich demnächst andere Probleme, aber damit wollte Brander Nathalie jetzt nicht konfrontieren. Früh genug würde er es ihr sagen müssen, und davor graute ihm schon jetzt.

Nathalie zog sich wieder in ihr Schweigen zurück, als Brander sich mit ihr auf den Weg zu ihrer Mutter machte. Still saß sie auf dem Beifahrersitz, die Tüte mit dem Plüschelefanten im Arm. Es fiel ihm schwer, das Mädchen in diese lieblose Umgebung zurückzubringen. Er fühlte sich verantwortlich für Nathalie, und er wollte nicht, dass sie wieder auf der Straße landete.

An der Blauen Brücke bog er in ihr Wohnviertel ab. Er erinnerte sich daran, wie er vor wenigen Tagen mit Peppi hier entlanggefahren war, um mit Drewitz zu sprechen. Zwischenzeitlich war viel geschehen.

Er fand keinen Parkplatz vor dem Wohnblock, in dem Nathalie wohnte, fuhr weiter, bog in die Bismarckstraße. Schließlich parkte er in einer Parkbucht auf der Neckarseite. Es war ein Kontrast, der ihm erst jetzt bewusst wurde. Auf der einen Seite die kleinen, renovierten Häuschen mit Blick auf den Fluss, direkt dahinter in der Parallelstraße die alten Eisenbahnerhäuser mit Blick auf den ehemaligen Güterbahnhof. Sie stiegen aus und liefen schweigend den Weg zurück. Beim Neckarstauwehr ging Nathalie zu den Bänken, stellte sich an das Gitter und starrte auf den Fluss.

Brander stellte sich neben sie. Ein kalter, feuchter Wind wehte ihnen um die Ohren. Brander schob Nathalie die Kapuze ihrer Jacke über den Kopf und stellte seinen Kragen hoch. Es war ungemütlich. Der Schnee war größtenteils geschmolzen, dennoch waren die Temperaturen nur knapp über Null, und die Luft fühlte sich eisig an.

»Manchmal träume ich davon, wie es wäre, auf der anderen Seite zu wohnen. In einer der schicken Villen da oben. Oder so ein Häuschen am Fluss. In einer sauberen Wohnung und mit richtigen Eltern.«

Brander sah über den Neckar. Irgendwo auf der gegenüberliegenden Seite war die Praxis, in der Cecilia als Therapeutin arbeitete. Er stellte sich vor, wie sie am Fenster stand und jetzt gerade zu ihnen herübersah, und für einen winzigen Augenblick gab er sich der Sehnsucht hin, selbst eine Tochter zu haben. Wenn es damals nach der Hochzeit so geklappt hätte, wie sie es sich erträumt hatten, wäre ihr Kind jetzt auch dreizehn oder vierzehn Jahre alt. Er stellte sich vor, wie er mit seiner Tochter Cecilia von der Arbeit abholte, wie sie gemeinsam zu Hause am Tisch saßen und Abendbrot aßen und hinterher irgendein Spiel spielten und sich erzählten, was sie den ganzen Tag über getrieben hatten. Während draußen die Kälte durch die Straßen zog, säßen sie in ihrem warmen, gemütlichen Haus.

»Du sagst ja gar nichts«, holte Nathalie ihn aus seinen Gedanken zurück. Sie hatte sich ihm zugewandt, sah ihn in der Dunkelheit fragend an.

»Entschuldige.« Er zog seine Brieftasche aus der Jacke, entnahm ihr eine Visitenkarte, suchte in seinen Taschen nach einem Kuli und notierte eine Nummer auf der Rückseite. Er reichte Nathalie die Karte. »Wenn irgendetwas ist, ruf mich an, okay? Hau nicht einfach wieder ab.« Er wusste, dass er unprofessionell handelte. Er sollte Distanz wahren und ließ sich stattdessen von seiner eigenen Empfindsamkeit treiben. Gab es einen Weg, zu verhindern, dass Nathalie wieder auf der Straße landete?

Zögernd nahm sie die Karte entgegen. »Meinst du das ernst?«

»Sonst würde ich es nicht sagen.«

»Danke.« Sie las die Telefonnummer, steckte die Karte in ihre Hosentasche und sah ihn wieder an. »Ich glaub, ich muss jetzt mal checken, was die Alten machen.«

Peppi war noch in der Dienststelle, als Brander zurückkehrte. Er fand sie mit Staatsanwalt Schmid in der Kaffee-Ecke.

»Guten Abend«, grüßte er den Juristen und sah verwundert zu Peppi. »Was machst du noch hier?«

»Ich denke, wir haben heute noch was vor?«

»Und ich denke, du bist verabredet. Ich hab extra Jens gebeten, länger zu bleiben.«

»Ich werde die Verabredung verschieben. Vielleicht lädt er mich morgen Mittag ja zum Brunch ein.«

Schmid lächelte die Kommissarin amüsiert an.

»Was gibt es da zu grinsen? Ich bin eine attraktive Frau, da wird der Herr ja wohl mal einen Abend lang warten können.«

»Ganz ohne Frage«, entgegnete Schmid unbeeindruckt von Peppis Direktheit. »Ich hoffe, Ihnen kommt morgen nichts Dienstliches dazwischen.«

Peppi sah den Staatsanwalt schräg von der Seite an, schürzte die Lippen. Mit den dunklen Locken, die ihr dabei ins Gesicht fielen, hatte ihr Blick durchaus etwas Sinnliches. »Sie werden der Erste sein, der es erfährt.«

»Ich fühle mich geehrt.« Schmid wandte sich nun doch leicht verlegen an Brander. »Wie machen wir weiter?«

»Wir?«

»Frau Pachatourides hat mir die Ergebnisse Ihrer Vernehmungen bereits kurz zusammengefasst. Und wie es sich anhört, ist ja noch nicht Feierabend.«

Wenn du mir nicht gleich wieder einen Strich durch die Rechnung machst, dachte Brander und suchte nach der richtigen Antwort. »Radeke hat kein Alibi für die Tatzeit. Ich würde ihn gern noch einmal befragen, um herauszufinden, warum er uns angelogen hat und …« Brander zögerte. »Ich würde gern seine Schuhe von unseren Technikern untersuchen lassen.«

»Das heißt, Sie brauchen einen Durchsuchungsbeschluss.«

»Wenn Sie gerade einen dabeihaben …«

»Ich werde mit dem Richter sprechen.« Er zupfte sich an einem nicht vorhandenen Kinnbart. »Ich denke, da lässt sich was draus machen … hinreichender Tatverdacht … Sicherung von Beweismitteln …«, murmelte er vor sich hin. Er sah zu Branders Kollegin und lächelte sie an. »Frau Kommissarin, ich hoffe, Sie können Ihre Verabredung morgen wahrnehmen.«

»Das hoffe ich auch.« Peppi lächelte zurück.

Er sah der Beamtin lange genug in die Augen, dass es Brander nicht entging, hob grüßend die Hand und ging.

»Sag mal, versucht der gerade, mit dir zu flirten?«, fragte Brander etwas irritiert von diesem Geplänkel.

»Ich sagte doch, ich bin eine attraktive Frau.« Peppi warf mit einer selbstgefälligen, lässigen Bewegung ihre schwarze Mähne zurück und strahlte zufrieden. »Wie lief es bei Nathalies Mutter?«

»Der Lebensgefährte war nicht da. Aber Frau Böhme hat tatsächlich das Altglas entsorgt, und sie hat sogar das Poster wieder zusammengeflickt und einen Kuchen gebacken.«

»Na, das ist doch ein Anfang. Ich habe das Jugendamt informiert. Die Familie ist dort bereits gut bekannt. Sie schicken nächste Woche jemanden vorbei. Das Mädchen scheint dir ganz schön zu vertrauen.«

»Sie braucht jemanden, der an sie glaubt und sich um sie kümmert.«

»Pass auf dich auf, Andi.« Sie sah ihn ernsthaft besorgt an, goss dann den Inhalt ihrer Tasse in den Ausguss. »Hach, verdammt, ich trink zu viel Kaffee. Gehen wir?«

Schmid hatte sich anscheinend umgehend mit dem diensthabenden Richter in Verbindung gesetzt, und binnen kürzester Zeit wurde Brander der Durchsuchungsbeschluss zugefaxt. Gemeinsam mit Jens und Peppi fuhr er zu Radekes Wohnung. Patrick Radeke war nicht erfreut, als die Kripobeamten vor seiner Tür standen und ihm den richterlichen Beschluss vor die Nase hielten.

»'n Moment«, sagte er und wollte die Tür wieder schließen. Brander stellte den Fuß dazwischen und drückte die Tür auf.

»Ey, immer mal sachte, wa!«

Brander schob Radeke zur Seite und betrat die Wohnung. »Wo können wir uns unterhalten?« Ohne eine Antwort abzuwarten, marschierte er durch den kleinen Flur ins Wohnzimmer. Oder das, was das Wohnzimmer sein sollte. Zwei Matratzen lagen auf dem Boden, ein kleiner Fernseher stand in einer Ecke, ebenfalls auf dem Boden. Eine Zigarette verglühte in einem Aschenbecher auf einem niedrigen Tisch, daneben lag einsatzbereit Radekes Drogenbesteck. Brander zog Handschuhe an, steckte die Utensilien in einen Asservatenbeutel.

»Ey, was soll das denn?«, beschwerte sich Radeke, der ihm gefolgt war. »Ey, Schikane, wa! Volle Schikane! Das geht an die Zeitung, wa!«

»Herr Radeke, wo bewahren Sie Ihre Kleidung auf?«

»Geht Sie 'n Scheißdreck an, wa.«

»Sie haben den Durchsuchungsbeschluss gerade gelesen. Wir suchen Ihre Stiefel.«

»Ey, was soll das? Was woll'n Se denn mit meine Stiefel, wa?«

»Die Stiefel werden von unseren Technikern untersucht. Wir suchen nach Blutspuren.«

»Was'n für Blut? Kannst mich mal aufklären, Meister? Ey, was hab ich denn gemacht, wa?« Radeke begann nervös im Zimmer auf und ab zu laufen, steckte sich unbeachtet der glimmenden Zigarette im Aschenbecher eine neue Zigarette an.

»Herr Radeke, es besteht gegen Sie der Tatverdacht, dass Sie an der Tötung von Herrn Nael Vockerodt in der Nacht vom ersten auf den zweiten Dezember beteiligt waren. Es kam zu einer Auseinandersetzung, an dessen Folgen das Opfer später starb. Ich mache Sie darauf aufmerksam, dass …«

»Was? Was soll ich? Ihr seid ja wohl total ballaballa.« Radeke versuchte, überrascht zu gucken, wirkte aber eher wie ein gehetztes Tier.

»Wir werden Ihre Schuhe nach Blutspuren vom Opfer untersuchen.«

Radeke schüttelte ungläubig den Kopf.

Brander verlas ihm seine Rechte. »Sie können es uns und sich selbst leicht machen, und uns sagen, wo wir Ihre Schuhe finden, ansonsten …«

»Ey, ich sag gar nichts, wa. Ich hab den Neger nicht umgetreten!«

Eine Sekunde lang herrschte Totenstille im Raum. Brander fixierte Radeke mit den Augen. »Woher wissen Sie, dass das Opfer getreten wurde?«

Er war sich sicher, dass sie diese Information nicht an die Öffentlichkeit gegeben hatten. Natürlich wurde viel geredet und spekuliert. Radeke konnte diese Information sonst woher haben. Aber der Ausdruck auf seinem Gesicht verriet dem Kommissar, dass der Mann sein Wissen nicht vom Hörensagen hatte.

»Ich sag nichts mehr, wa. Ich sag nichts mehr.« Radeke zog nervös an der Zigarette, trat von einem Bein auf das andere.

»Herr Radeke, wo waren Sie in der besagten Nacht?«

»Ey, zu Hause, wa. Hab ich doch schon tausendmal gesagt.«

»Nein, Sie waren nicht zu Hause. Dafür haben wir Zeugen.«

»Was'n für Zeugen?«

»Herr Radeke, warum haben Sie uns angelogen? Wo waren Sie in der besagten Nacht?«

»Keine Ahnung. Vielleicht war ich ja tatsächlich unterwegs, wa. Is schon lange her, wa.«

»Und Sie waren allein unterwegs?«

»Ich weiß es nicht!«, schrie Radeke los. Sein Brustkorb bewegte sich in schnellen, flachen Bewegungen auf und ab, auf der Stirn bildeten sich kleine Schweißtropfen.

»Es gibt einen Zeugen, der zwei Männer in der Nähe des Tatorts gesehen hat, dessen Beschreibung auf Sie und Ihren Freund Poljakow passen könnte.« So konkret war die Aussage zwar nicht gewesen, aber Radeke zuckte dennoch zusammen.

»Sie haben sich also mit Poljakow getroffen«, fuhr Brander energisch fort. »Was haben Sie gemacht?«

»Nichts, wir sind um die Häuser gezogen.«

»Ach, jetzt können Sie sich doch wieder erinnern?«, fragte Peppi mit gespieltem Erstaunen.

»Sie sind um die Häuser gezogen, und in der Eugenstraße begegnet Ihnen dann ein junger Südafrikaner. Haben Sie ihn angesprochen?«

»Nein.«

»Sie haben ihn gleich zusammengeschlagen?«

»Nein! Verdammt, so war das doch gar nicht!«

Die Kommissare tauschten einen Blick miteinander. »Wie war es denn?«, fragte Brander etwas ruhiger.

Radeke sank auf eine Matratze, verschränkte die Arme über dem Kopf, als erwarte er Prügel. »Ich hab das doch gar nicht gewollt! Ey, verdammt. Ich hab das doch gar nicht gewollt!« Er begann am ganzen Körper zu zittern, krümmte sich zusammen, rang nach Luft. »Ich war das nicht. Ich wollt den doch nicht umbringen! Kacke, ey, verdammte Scheiße. Ich hab das doch nicht gewollt!«

Sie nahmen Radeke mit. Er würde am nächsten Tag dem Haftrichter vorgeführt werden. Zwei Paar Stiefel und ein Paar Turnschuhe landeten auf den Arbeitstischen des Erkennungsdienstes. Radeke beteuerte ununterbrochen, dass es ein Unfall gewesen wäre. Er hatte den Mann nicht töten wollen. Er war an dem Dienstagabend schlecht gelaunt gewesen. Als er bei McDonald's essen wollte, hatte er Poljakow getroffen, dem er noch Geld schuldete. Sie hätten sich gemeinsam auf den Weg zu Radekes Wohnung gemacht. Unterwegs sei ihnen der Afrikaner begegnet. Poljakow hätte Vockerodt angesprochen und Geld von ihm verlangt. Vockerodt hätte nur gelacht und in einer Sprache geantwortet, die sie nicht verstanden. Daraufhin schlug Poljakow ihm ins Gesicht. Vockerodt wich aus, wollte an ihnen vorbeigehen, und da hatte

Patrick Radeke zugetreten. Als das Opfer am Boden lag, trat er dem schwer verletzten Mann in die Seite, er dachte nicht darüber nach, was er tat. Er war einfach wütend. Auf den Mann, der ihn ausgelacht hatte. Auf Poljakow, der wollte, dass Radeke seine Schulden bezahlte. Auf die ganze Welt, die ihm nie eine Chance gegeben hatte. Auch Poljakow hätte zugetreten. Als sie erkannten, dass der Mann sich nicht mehr regte, waren sie davon gerannt, zu Radekes Wohnung. Im Treppenhaus stießen sie auf Nathalie, die völlig hysterisch gewesen wäre, und als der Nachbar auch noch mit der Polizei drohte, war Poljakow in Panik geraten und hatte angefangen, auf Nathalie einzuprügeln.

»Ich wollt nicht, dass der die schlägt. Ich hab die Eisblume echt gern, wa«, hatte Radeke zu Brander gesagt. »Aber die ist doch selbst total durchgeknallt.«

Brander war sich nicht sicher, ob es das schlechte Gewissen war, das aus Radeke sprach, oder ob er wirklich Gefühle für das junge Mädchen empfand.

Nikolai Poljakow wurde zur Fahndung ausgeschrieben und wenige Stunden später von einer Polizeistreife an der Reutlinger Straße aufgegriffen. Er bestritt, an jenem Abend mit Radeke unterwegs gewesen zu sein, leugnete jeglichen Tatzusammenhang. Nachdem Brander erklärt hatte, dass es Zeugen gab, die die beiden Männer gemeinsam gesehen hatten, räumte Poljakow ein, Radeke vor dessen Haustür abgepasst zu haben.

Es würde schwer werden, ihm eine Mittäterschaft nachzuweisen. Er hoffte, dass Troppers Genius mit Hilfe der modernen Technik auch an Poljakows Kleidung noch Täterspuren finden würde.

Obwohl der Fall Vockerodt gelöst schien, spürte Brander, wie so oft, keine Freude über den Erfolg seiner Arbeit. Der Tod von Nael Vockerodt war tragisch und so sinnlos wie die vielen anderen Tötungsdelikte, bei denen er ermittelt hatte. Die Ergreifung des Täters würde den Hinterbliebenen vielleicht etwas Ruhe geben, weil die Tat nicht einfach ungestraft hingenommen werden musste, und ein gelöster Fall war gut für die Statistik, aber dennoch war es ein Fall zu viel.

»Ohne deine Eisblume wären wir nie auf Radeke gekommen.«

Peppi lag mehr auf ihrem Schreibtischstuhl, als dass sie saß. Die Müdigkeit hatte ihre Lider schwer werden lassen, und dunkle Schatten zeichneten sich unter ihren Augen ab. Brander war sich sicher, dass er nicht besser aussah. Aber es war nicht nur die Müdigkeit, die ihm zu schaffen machte.

»Sag ihr das bloß nicht«, entgegnete Brander erschöpft.

»Du wirst ihr das sagen. Sie wird sicherlich als Zeugin geladen werden.«

Eisblume. Ob Nathalie zu Hause war und schlief? Vielleicht träumte sie gerade davon, mit einem großen Truck über die amerikanischen Highways zu fahren.

Brander rieb sich über die Stirn. »Sie wird mich hassen.«

»Ja.« Peppi richtete sich ein Stück weit auf in ihrem Stuhl. »Vor allem dann, wenn sie von anderen erfährt, dass wir ihren Ricky verhaftet haben. Du solltest bald mit ihr reden.«

»Morgen früh. Jetzt muss ich erst mal schlafen.« Er würde vermutlich keinen Schlaf finden, aber es würde ihm schon helfen, einfach neben Cecilia im Bett zu liegen.

»Wenn du mich nach Hause bringst, kannst du mein Auto haben«, bot Peppi ihm an.

Er nahm ihr Angebot dankbar an. Er fühlte sich nicht in der Lage, jetzt noch mit dem Fahrrad durch das dunkle, kalte Ammertal zu fahren.

Samstag

Die Wolken hatten sich verzogen. Ein blauer Himmel verhieß einen klaren, kalten Tag. Zwei Kerzen auf dem Adventskranz brannten, am nächsten Tag würden sie die dritte anzünden. Cecilia war beim Bäcker gewesen, hatte Laugenweckle und Croissants gekauft. Der Kaffee duftete heiß aus den Tassen. Im Radio spielte der SWR den Welthit von Band Aid und verbreitete vorweihnachtliche Atmosphäre. Es hätte der perfekte Samstagmorgen sein können.

Brander erzählte Cecilia von Nathalie. Von ihrem Fluchtversuch im Krankenhaus und von ihren Träumen von einem anderen Leben. Es trug nicht zur Verbesserung seiner Stimmung bei, und auch Cecilia schien bedrückt.

»Soll ich mitkommen, wenn du es ihr erzählst?«, bot sie ihm an.

»Ceci, das ist dienstlich«, wehrte er ab.

»Ist das so?« Ihr Blick verriet, dass sie anderer Meinung war. Und vielleicht hatte sie damit gar nicht mal so unrecht, stellte er verärgert über sich selbst fest. Warum machte er sich so viele Sorgen um dieses Mädchen?

Cecilia ließ einen Moment verstreichen, bevor sie weitersprach. »Andi, warum redest du nicht mit mir?«

»Ich rede doch mit dir!«, fuhr er sie ungewohnt gereizt an.

»Nein, das tust du nicht! Du erzählst mir die Fakten, aber du sagst mir nicht, was dich bewegt. Ihr habt Nathalie gefunden, ihr habt die mutmaßlichen Täter gefunden, Nathalie hat dir erzählt, dass sie von einem besseren Leben träumt. Und du? Was ist mit dir? Was geht in deinem Kopf vor? In deinem Herzen?«

Sie kannte ihn. Verdammt, sie waren sechzehn Jahre zusammen, natürlich kannte sie ihn.

»Nicht jetzt«, wehrte Brander ab. Er leerte seine Tasse. »Ich muss los.«

»Andi, ich meine das doch nicht böse. Ich bin deine Frau! Ich will wissen, wie es dir geht.«

»Und ich sage: Nicht jetzt! Respektier das bitte.« Es kam viel zu hart. Er stand auf.

»Na gut«, entgegnete sie verstimmt.

Er hatte sie verletzt, und sie machte sich nicht die Mühe, es zu verbergen.

»Wir reden später. Ich muss jetzt noch einiges erledigen und dann ... dann sehen wir weiter«, lenkte er ein.

»Du sollst Julian noch anrufen. Er hat gestern versucht, dich zu erreichen.«

»Ja, mach ich.«

Brander war zu Peppi gefahren, um ihr ihren Wagen zurückzubringen und sie zu überreden, ihn zu begleiten. Aus dem Brunch mit ihrem Verehrer würde wohl eher ein nachmittägliches Kaffeetrinken werden, aber Brander wollte nicht allein mit Nathalie sprechen. Mit Hendrik oder Jens war ihm nicht geholfen, er hatte eine Frau bei dem Gespräch dabeihaben wollen.

Nathalie öffnete ihnen die Tür. Sie sah müde aus.

»Hey, Brander!« Ihr Gesicht hellte sich auf. »Krieg ich jetzt meine Mütze?«

Die Mütze! Daran hatte er überhaupt nicht mehr gedacht.

»Die muss ich erst noch kaufen«, gestand er. »Nathalie, wir müssen noch einmal mit dir sprechen.«

Sie sah über ihre Schulter ins Wohnungsinnere. »Die Alten pennen noch. Haben gestern wieder gut gepichelt.« Sie verdrehte die Augen, deutete mit der Hand eine Flasche an, die sie zu den Lippen führte.

»Vielleicht können wir einen kleinen Spaziergang machen?«, schlug Brander vor. Die Straße schien ihm neutraler als die bedrückende Stimmung in der Wohnung.

»Klar.« Sie ließ die Tür offen stehen und kam kurze Zeit später mit Jacke und Schal zurück.

Sie nahmen Nathalie in ihre Mitte und liefen schweigend bis zum Neckarufer. Brander suchte nach einem Anfang, nach den richtigen Worten, um die Situation einer Vierzehnjährigen zu erklären.

»Saukalt, ey«, brach Nathalie als Erste das Schweigen.

»Ja. Nathalie ...« Brander trat einen Schritt vor das Mädchen und blieb stehen. Er wollte ihr ins Gesicht sehen. »Patrick Radeke wurde gestern verhaftet.« Der erste Teil war gesagt. Brander spürte eine fadenscheinige Erleichterung.

»Ricky? Warum das denn?« Sie sah ihn überrascht an, nicht ahnend, welche Rolle sie in der Geschichte spielte.

»Er war vermutlich am Totschlag eines jungen Mannes beteiligt.«

»Was?« Nathalie schüttelte ungläubig den Kopf. »Ey, du lügst, oder?«

»Nein.«

»Der Ricky doch nicht! Ey, *fuck*! Was redest du für einen Scheiß?«

»Nathalie …« Jetzt kam der schwierigere Teil. »Es könnte sein, dass du als Zeugin vorgeladen wirst.«

»Was? Wieso das denn? Was hab ich denn … Ey, der Ricky, der bringt doch keinen um!« Ungläubige Verzweiflung klang aus ihrer Stimme. Vor wenigen Minuten noch hatte sie sich gefreut, Brander wiederzusehen, und jetzt brachte er ihr diese Nachrichten.

»Es ist in der Dienstagnacht passiert. Als du zu Ricky wolltest und er nicht zu Hause war«, versuchte Brander zu erklären.

Nathalie riss die Augen auf. »Dienstag?« Sie brauchte nicht lange, um zu verstehen, was Brander ihr gerade gesagt hatte. »Ey, Scheiße, das ist nicht wahr!« Mit einem Schlag kehrte der ganze Zorn wieder in ihr junges Gesicht zurück. »Du hast mich voll gelinkt! Du Arschloch! Du hast mich voll gelinkt. Ich dachte … Boah, du bist so ein Schwein!« Sie sah von Brander zu Peppi, wieder zu Brander. »Scheiß Bullenpack! Fickt euch! Fickt euch alle!«

»Nathalie, reiß dich zusammen.« Brander hätte sich am liebsten die Zunge abgebissen. Das war mit Abstand der dämlichste Satz, den er in dieser Situation sagen konnte.

»Hier!« Sie hob den linken Arm, streckte ihm den Mittelfinger entgegen. »Dreißig Euro, wenn du mich ficken willst.«

»Jetzt mach mal halblang!«, ging Peppi dazwischen. »Wir machen nur unsere Arbeit. Wenn dein Freund so einen Scheiß baut, ist das nicht unsere Schuld.«

Nathalie sah Brander mit zusammengekniffenen Augen an. »Ich hab dir vertraut!« Sie drehte sich um und rannte davon.

Brander legte den Kopf in den Nacken und starrte in den blauen Himmel.

Peppi setzte ihn an der Dienststelle ab. Da das Gespräch mit Nathalie nicht sehr lang gedauert hatte, würde sie noch einigermaßen pünktlich ihre Verabredung einhalten können.

»Willst du reden?«, bot sie ihm dennoch an.

Brander schüttelte den Kopf.

»Andi, fahr nach Hause. Du brauchst ein bisschen Abstand zu der Sache«, riet Peppi ihm besorgt.

Er nickte abwesend, ging in sein Büro, schob die Unterlagen zusammen, die sich auf seinem Schreibtisch stapelten, starrte minutenlang auf die Schreibtischplatte. Cecilia lächelte ihn aus dem Bilderrahmen an. Er griff zum Telefon, wählte ihre Nummer. Eine Minute lang lauschte er dem Freizeichen, dann gab er auf. Weder auf dem Festnetz noch dem Handy erreichte er sie.

Er wählte Julians Nummer. Nach dem zweiten Klingeln nahm der Junge das Gespräch an. Es tat Brander gut, als er bemerkte, dass Julian sich über seinen Anruf freute.

»Nächsten Freitag ist mein letzter Schultag. Darf ich dann zu euch kommen? Mit Papa hab ich gesprochen«, fragte er.

»Natürlich. Wie lange willst du bleiben?«

»Ich weiß nicht, vielleicht die ganzen Ferien. Ich brauch mal ein bisschen heile Welt.«

Brander lächelte traurig. Heile Welt. Vielleicht konnte er wenigstens seinem Neffen etwas Halt geben.

»Soll ich dich abholen?«

»Nicht nötig. Ich fahre mit Oma und Opa mit dem Zug.«

»Ceci und ich freuen uns auf dich.«

Er rief Klaus Schubert an, berichtete dem Lehrer, dass Nathalie wieder zu Hause war. Dann wechselte er seine Kleidung gegen seinen Raddress und ging zu den Fahrradständern. Statt sich auf den Heimweg zu machen, entschloss er sich, zu Karsten Beckmann zu fahren.

»Was verschafft mir die Ehre?«, wunderte sich Beckmann, der ihm mit Schürze um die Hüften die Tür öffnete. Er sah ihn mit gespielter Lüsternheit an. »Du siehst sexy aus in der engen Radhose.«

»Danke, die Schürze macht dich auch ungemein attraktiv.«

Beckmann zog einen Mundwinkel hoch zu einem schiefen Grinsen. »Komm rein.«

Brander trat in den Flur, zog die nassen Schuhe aus und folgte Beckmann ins Wohnzimmer.

»Du bist ein bisschen zu früh, ich habe gerade erst angefangen zu backen.«

»Backen?«

»Es ist Weihnachtszeit! Da backt man Plätzchen. Pierre und ich haben das jedes Jahr gemacht. Da kommt man richtig in Stimmung.«

»Hm.« Weihnachtsstimmung. Die war an ihm bisher völlig vorbeigegangen.

»Was kann ich dir anbieten? Kaffee? Tee?«

»Nichts, danke.«

»Jetzt sei nicht so ungemütlich! Komm, einen kleinen Cappuccino können wir zwei doch zusammen schlürfen.« Beckmann zwinkerte ihm zu.

»Na gut, dann koch einen Cappuccino.«

»Bin gleich wieder da.« Beckmann verschwand in der Küche, kehrte kurz darauf mit den zwei Heißgetränken zurück. Er hatte mit Schokopulver einen Stern auf den Milchschaum gezaubert. »Und? Was hast du auf dem Herzen?«

Brander versuchte ein lockeres Grinsen. »Ich brauchte ein bisschen deine Leichtigkeit des Seins.«

»Oha. Wenn du anfängst, Buchtitel von Kundera halblebig zu zitieren, ist die Lage ernst.« Beckmann packte seine Maske aus sorgloser Fröhlichkeit ein und sah Brander aufmerksam an. »Was ist los?«

Brander rührte in seiner Tasse, noch unschlüssig, ob er tatsächlich reden wollte. Aber warum sonst war er zu Beckmann gefahren, anstatt nach Hause zu seiner Frau? »Ich bin gerade ein bisschen durcheinander.«

Zaghaft begann er, von den Begegnungen mit Nathalie zu erzählen. Ihr Zusammenprall in Stuttgart, die Besuche im Krankenhaus, die Begegnung am Morgen. Ungewohnte Gefühle von Verantwortung für dieses junge Mädchen und dem Wunsch, ihr zu helfen. Nicht auch wieder einer von denen zu sein, die sie im Stich ließen, sobald man das Zimmer verlassen hatte.

»Cecilia und ich können keine Kinder haben«, erklärte Brander schließlich.

»Das tut mir leid.« Beckmann sah ihn ehrlich betroffen an.

»Wir haben uns Kinder gewünscht, aber es hat einfach nicht geklappt. Wir haben damals auch über die Möglichkeit einer Adoption gesprochen, aber … wir haben es nicht gemacht. Ich war mir nicht sicher, ob ich ein fremdes Kind wie mein eigenes lieben könnte.«

Beckmann wartete stumm auf eine Fortsetzung. Als keine kam, fragte er vorsichtig: »Und Nathalie hat diese Zweifel ins Wanken gebracht?«

»Ich weiß es nicht. Aber ich weiß, dass ich sie nicht allein lassen möchte. Das ist ihr schon viel zu oft passiert.« Brander trank einen Schluck Cappuccino. »Ich bin auch unsicher, ob Ceci und ich so einer Aufgabe gewachsen wären. Und selbst wenn wir uns um eine Pflegschaft bemühen würden, Nathalie will ja gar nicht in eine andere Familie.«

»Sich um das Mädchen zu kümmern heißt doch nicht gleich, dass ihr die Pflegschaft übernehmen müsst. Vielleicht würde es ihr schon helfen, wenn da einfach jemand wäre, zu dem sie kommen kann, wenn sie Sorgen hat.«

»Ich denke, seit heute Morgen bin ich nicht mehr derjenige, zu dem Nathalie kommen würde. Und ich bin selbst auch einfach gerade so verdammt unsicher …« Wie sollte er es erklären? Das Mädchen kam aus schwierigen Verhältnissen. Sie war störrisch, misstrauisch und aggressiv. Was für eine Verantwortung lud er sich damit auf?

Beckmann stand auf, ging zu seinem Aquarium, schüttete etwas Fischfutter ins Wasser. Die grünen Sumatrabarben kamen sofort angeschwommen und öffneten hungrig ihre kleinen Mäuler. »In zwischenmenschlichen Beziehungen gibt es keine Garantien. Manchmal muss man den Schritt ins Ungewisse wagen. Pierre hatte damals auch keine Garantie, dass ich nicht wieder mit den Drogen und der Dealerei anfange. Aber er hat mir vertraut, und er blieb auch an meiner Seite, wenn es mir hundsmiserabel ging. Wenn ich ihn zum Teufel schicken wollte, weil ich dachte, ich schaff das alles nicht. Er war der erste Mensch, der an mich geglaubt hat und der mir gezeigt hat, dass ich etwas wert bin.« Beckmann drehte sich zu Brander um. »Die Liebe zwischen Pierre und mir war natürlich eine etwas andere Ebene.«

Er starrte einen Augenblick nachdenklich vor sich hin, dann zeigte er mit der Rechten von Brander auf sich. »Nehmen wir unsere Freundschaft. Wir hatten einen schlechten Start miteinander. Du hast mich für einen Mörder gehalten, ich dachte, du wärst ein intoleranter Cop mit Vorurteilen gegen Schwule. Und dann kommst du zu mir und entschuldigst dich. Ich hab gedacht ›Wow, du hast den Typen völlig falsch eingeschätzt‹. Ich habe angefangen, dich in mein Leben zu lassen. Dir zu zeigen, wer ich wirklich bin. Das hätte auch nach hinten losgehen können. Hätte ja auch sein können, dass du mit 'nem Homo nicht klarkommst.«

»Aber du bist …«

Beckmann ließ ihn nicht ausreden. »Ich bin schwul. Und das war eine ganze Weile ein Problem für dich.«

Dem konnte Brander nicht widersprechen.

»Ist jetzt auch egal. Wir zwei sind Freunde. Ich kann mit meinen Sorgen zu dir kommen und du mit deinen zu mir. Und wir können uns abends gemeinsam betrinken und eine Menge Spaß haben. Für mich war es gut, sich auf diese Begegnung einzulassen. Du … Ceci und du, ihr seid inzwischen fast ein Stück Familie für mich geworden. Ihr seid Menschen, bei denen ich mich …« Er suchte nach dem richtigen Wort. »… geborgen fühle.«

Brander hätte es nie so sagen können. In nur zwei Jahren war diese Freundschaft so intensiv geworden. Wie hatte das so schnell gehen können? Weil er es zugelassen hatte? Weil Karsten es zugelassen hatte?

»Ja, hm, das war jetzt …« Beckmann räusperte sich verlegen, als wäre er selbst ein wenig überrascht über seine offenen Worte. »Was ich dir eigentlich sagen wollte, ist, wenn dir etwas an dem Mädchen liegt, lass sie jetzt nicht allein. Scheiß was drauf, dass sie heute Morgen wieder ausgerastet ist. Sie ist jung, sie ist verwirrt. Sie weiß anscheinend nicht, wie es ist, wenn sich jemand um sie sorgt. Wenn du jemand sein willst, dem sie vertraut, wirst du dich wohl ein bisschen mehr bemühen müssen.«

Sich mehr bemühen. Zulassen, selbst verletzt zu werden. Von einem Kind. Von einem fremden Kind. War er dazu bereit?

Beckmann setzte sich wieder auf das Sofa. »Warum sprichst du nicht mit Cecilia darüber?«

Brander dachte an das morgendliche Gespräch. Cecilia ahnte

etwas von seinen Gedanken, aber er war nicht bereit gewesen, mit ihr zu sprechen. »Ich will sie nicht enttäuschen. Wenn sie sich wegen mir auf das Kind einlässt, und ich pack das nicht? Sie war damals so verzweifelt, als sich rausstellte, dass wir niemals eigene Kinder haben würden.«

»Du solltest trotzdem mit ihr reden.«

»Du bist so ein weiser Mann«, seufzte Brander halb im Spaß, halb im Ernst.

»Hör auf, mich zu verarschen!« Beckmann warf ein Kissen nach ihm. Brander wehrte es mit dem Arm ab.

»Ich werde mit Ceci reden.« Er stand auf. »Danke, fürs Zuhören und ... überhaupt.«

»Keine Ursache, dafür sind Freunde da, oder?«

»Ja.« Brander sah zu Beckmann. »Hast du nächste Woche Sonntag schon etwas vor?«

»Bis jetzt noch nicht.«

»Wir machen am vierten Advent immer einen kleinen Weihnachtsbrunch bei uns zu Hause. Mein Neffe kommt, meine Eltern werden da sein ...«

»Du willst mich deinen Eltern vorstellen?«, fragte Beckmann mit gespieltem Verzücken.

»Nein, ich dachte, du übernimmst den Küchendienst«, feixte Brander. »Wir haben bestimmt auch eine schicke Schürze für dich.«

»Und schon schwinden meine Träume dahin. Statt zum kleinen Bruder werde ich zum Küchen-Boy.«

»Du darfst auch deinen Freund mitbringen.«

»Welchen Freund?«

»Na, du hast da doch letztens so was angedeutet? Du wärst beschäftigt gewesen und so ...«

»Ich wäre ...?« Beckmann stutzte und begann dann herzlich zu lachen. »Babysitting, Süßer! Ich hab auf Angies kleinen Racker aufgepasst, weil sie mit ihrem Mann mal wieder einen trauten Abend zu zweit haben wollte.« Beckmann wischte sich die Tränen aus den Augenwinkeln, während er Brander zur Tür begleitete. »Ein Freund! Wenn ich jemanden kennenlerne, werde ich dir davon berichten. Im Übrigen bin ich in so einem Fall nicht beschäftigt, sondern habe ein Date.«

»Hätte ja sein können …«

»Jetzt weiß ich wenigstens, was du immer so treibst, wenn du ›beschäftigt‹ bist.« Er grinste hintergründig. »Danke für die Einladung. Ich komme gern. Soll ich den Ben Nevis mitbringen oder den Aberlour?«

»Am besten beide.«

Nach dem Gespräch mit Beckmann fühlte Brander sich besser. Er fuhr Richtung Zentrum, machte einen Zwischenstopp beim Zinser und stand dort eine Zeit lang ratlos vor der großen Mützenauswahl. Schließlich entschied er sich für eine bunte Strickmütze, mit Bommel und langen Troddeln an den Seiten. Auch, wenn er Nathalie enttäuscht hatte, er würde sein Versprechen halten.

Gudrun Böhme öffnete ihm. Sie sah ihn aus stumpfen Augen an, erkannte den Kommissar nicht gleich in seiner Radlerkleidung. Er machte sich nicht die Mühe, ihr seinen Aufzug zu erklären, stellte sich lediglich noch einmal bei ihr vor.

»Frau Böhme, ich möchte noch einmal kurz mit Ihrer Tochter sprechen.«

»Da haben Sie Pech. Die ist nicht da.«

»Wo ist sie?«

»Woher soll ich das wissen?«

»Haben Sie sie nicht gefragt, wohin sie geht?«

»Denken Sie, das würde die mir sagen? Die macht doch, was sie will.«

»Wann kommt sie wieder?«

»Keine Ahnung.«

Hatte diese Frau denn überhaupt kein Interesse an ihrer Tochter? Brander schnaufte verärgert.

»Soll ich sie vielleicht zu Hause einsperren?«, fuhr Gudrun Böhme ihn an. »Die lässt sich von mir nix mehr sagen. Ich bin bloß die blöde Alte.«

Brander wollte etwas erwidern, winkte aber nur resigniert ab und ging. Keine vierundzwanzig Stunden hatte Nathalie es zu Hause ausgehalten. Vielleicht trieb sie sich nur in der Stadt herum und war am Abend wieder zu Hause, versuchte er, sich zu beruhigen.

Er fuhr an den Bänken am Neckarstauwehr vorbei, aber natürlich war Nathalie nicht dort. Er wusste, er sollte nach Hause fahren und machte dennoch einen Umweg vorbei am Epplehaus, am Europaplatz und fuhr um den Anlagensee. Keine Spur von Nathalie.

Es war niemand da, als Brander schließlich sein Haus in Entringen erreichte. Er duschte, holte sich ein Glas Apfelsaft aus der Küche und setzte sich mit dem Tagblatt ins Wohnzimmer. Der Fall Vockerodt war so gut wie abgeschlossen, aber das würde erst am Montag in der Zeitung stehen.

Cecilia kam nach Hause, als es bereits dunkel war. Er hörte, wie sie die Schuhe auszog, ins Schuhregal stellte und den Mantel an die Garderobe hing. Kurz darauf stand sie im Türrahmen.

»Hallo.« Sie klang nicht besonders gut gelaunt.

Auch seine Stimmung war nicht die Beste. Er nickte ihr zu. »Wo warst du?«

»Kaffee trinken mit Alexandra. Danach waren wir in Reutlingen auf dem Weihnachtsmarkt und sind ein bisschen durch die Boutiquen gezogen.«

»Ich habe versucht, dich anzurufen.«

»Ich hatte kein Handy dabei.« Noch immer stand sie an der Tür, machte keine Anstalten, zu ihm zu kommen.

»Ich glaube, Nathalie ist schon wieder abgetaucht.«

»Ist das dienstlich? Dann will ich es nicht wissen«, bremste Cecilia ihn hart.

»Nein, es ist nicht dienstlich, und das weißt du genau!«, entgegnete Brander gereizt. Warum schmollte Cecilia noch immer? Das war doch sonst nicht ihre Art. Gedanklich hatte er das bevorstehende Gespräch mit seiner Frau einige Male durchgespielt. Aber er hatte nicht damit gerechnet, dass sie ihre Wut den ganzen Tag mit sich herumgetragen hatte.

»Nein, ich weiß es nicht genau! Denkst du, ich kann Gedanken lesen? Solange du nicht bereit bist, mit mir zu reden, brauchen wir hier gar nicht weitermachen.«

»Ceci, bitte nicht. Ich habe zwei harte Wochen hinter mir.«

»Ach ja? Und ich nicht, oder wie? Denkst du, ich habe keinen anstrengenden Job? Denkst du, ich mache mir keine Sorgen um die Familie deines Bruders? Denkst du, ich habe mir keine Gedanken um das Mädchen gemacht? Du gibst mir dieses Gedicht von ihr. Ich sehe dieses hilflose Kind. Und du sagst, es geht mich nichts an, weil es dienstlich ist. Und das findest du auch noch fair? Tut mir leid, dass deine letzten vierzehn Tage anstrengend waren. Meine auch!« Sie war auf hundertachtzig. So wütend hatte er seine Frau selten erlebt.

»Ceci …«

»Nichts ›Ceci‹. Ich hab die Schnauze voll! Ich bin deine Frau, und wenn du nicht mit mir …«

»Stopp!«, rief Brander energisch. Er hob die Hand, hielt sie ihr entgegen, als wollte er sie auch körperlich bremsen. »Ich bin ja bereit, mit dir zu reden, aber bitte in Ruhe! Was ist denn mit dir los?«

Sie ließ die Luft aus ihren Lungen weichen, ihre Schultern sackten herab. »Ich weiß auch nicht. Der Selbstmordversuch von Babs, die Sorge um Julian. Und dann dieses Mädchen. Mir geht so viel durch den Kopf, seit wir ihr in Stuttgart begegnet sind. Ich … ich würde so gern helfen. Ich weiß nicht, ob du das Gleiche denkst wie ich, was du überhaupt denkst. Und ich … ich fühl mich einfach von dir allein gelassen.«

Betroffen sah er seine Frau an. Er hatte sie allein gelassen.

»Es tut mir leid.« Brander klopfte neben sich auf das Sofa. »Lass uns reden.«

Ein Klingeln weckte Brander aus dem Tiefschlaf. Es dauerte, bis er erkannte, dass es nicht zu einem wirren Traum gehörte, sondern sein Telefon war. Es war kurz vor drei. Er überlegte, das Klingeln zu ignorieren. Dachte an Daniel, dachte an Nathalie, quälte sich aus dem Bett und schlurfte schlaftrunken in den Flur.

Es waren die Kollegen vom Tübinger Innenstadtrevier.

»Herr Brander, wir haben hier ein junges Mädchen, sie heißt Nathalie Böhme. Wir können ihre Eltern nicht erreichen, und das Mädchen sagte, Sie würden sie kennen.«

Brander konnte nicht verhindern, dass ihm ein leises Stöhnen entfuhr. »Was hat sie angestellt?«

»Sie ist angetrunken und hat in der Stadt randaliert.«

»Geht es ihr gut?«

»Na ja, mehr oder weniger«, erklärte der Kollege. »Was sollen wir mit ihr machen?«

Brander rieb sich über den Nacken. »Ich bin in einer halben Stunde da.«

Er schlich zurück ins Schlafzimmer, setzte sich neben Cecilia auf die Bettkante. Sie blinzelte ihn verschlafen an.

»Ich muss nach Tübingen. Die Kollegen haben Nathalie aufgegriffen.«

»Ich komme mit«, erklärte Cecilia.

Dieses Mal ließ er sie gewähren.

Nathalie saß im Büro eines Beamten. Sie hatte die Arme verschränkt auf eine Schreibtischecke gestützt und den Kopf darauf gelegt. Sie hob müde den Blick, als Brander hereinkam.

»Hey, Brander«, entgegnete sie träge. Er konnte nicht erkennen, ob sie sich freute oder seine Anwesenheit einfach nur zur Kenntnis nahm.

»Können wir irgendwo in Ruhe mit ihr sprechen?«, fragte Brander den Kollegen. Er nickte und stand auf.

»Komm mit.« Brander deutete Nathalie mit einer Kopfbewegung an, ebenfalls aufzustehen und ihm zu folgen. Der Kollege führte sie in ein leeres Zimmer und ließ sie allein.

Nathalie ließ sich matt auf einen Stuhl fallen, saß halb liegend auf dem Stuhl.

»Warum bist du nicht zu Hause?«, fragte Brander. Er hatte Cecilia gebeten, ihm die Gesprächsführung zu überlassen. Sie saß schweigend neben ihm, hatte den Stuhl ein Stück vom Tisch weggerückt.

Nathalie sah Brander stumm an und zuckte die Schultern.

»Du hast getrunken und in der Stadt gegen Türen und Fenster geschlagen.«

Wieder nur ein stummes Schulterzucken.

Er bemerkte einen Bluterguss unter ihrem linken Auge. »Woher hast du das Veilchen?«

Auch darauf antwortete sie nicht.

Brander beugte sich vor, stützte die Ellenbogen auf den Tisch und faltete die Hände. Er spürte die Müdigkeit in seinem Körper. Er hatte knapp zwei Stunden geschlafen, als der Anruf kam. Das

Gespräch mit Cecilia hatte lange gedauert. »Was denkst du, was wir jetzt machen sollen?«

Schulterzucken. »Weiß nicht«, nuschelte das Mädchen undeutlich.

»Ich weiß es auch nicht.«

»Ey, du bist doch der verfickte Bulle«, fand sie endlich ihre Sprache wieder. »Du musst doch wissen, was ...«

»Auf der Ebene brauchen wir nicht weiterreden, Nathalie.« Brander lehnte sich zurück, verschränkte die Arme und sah sie streng an.

»Ich weiß nicht, was wir jetzt machen sollen, Herr Polizist!«, entgegnete sie genervt. Es war nicht zu überhören, dass sie noch immer zu viel Alkohol im Blut hatte.

»Wo ist deine Mutter?«

»Irgendwo saufen.«

»Warum bist du nicht zu Hause?«

»Weil Walter mir eine gedonnert hat. Ich lass mich nicht von dem Wichser schlagen!«

»Warum hat er dich geschlagen?«

»Weil ich ihn 'n dreckiges versoffenes Schwein genannt hab.« Sie richtete sich ein Stück weit auf. »Ey, ich war gestern keine Stunde zu Hause, da hatten die schon die ersten Pullen wieder auf'm Tisch. Das kotzt mich so an! Saufen und zoffen, was anderes können die nicht. Und da hab ich den beiden heut Mittag gesteckt, dass sie versoffene Arschlöcher sind.«

»Und treibst dich gleich wieder rum.«

»Wo soll ich denn hin, Mann? Du hast Ricky ja eingesperrt! Ricky war der Einzige, zu dem ich gehen konnte! Und ihr Kackbullen ...« Sie brach ab, wühlte in ihren Jackentaschen und zog ein Päckchen Tabak hervor. Brander nahm ihr das Päckchen weg.

»Ey, spinnst du?«, fuhr sie ihn an.

»Hier ist Rauchverbot. Im Übrigen bist du erst vierzehn und darfst noch nicht rauchen.«

»Interessiert mich 'n Scheißdreck!«

»Wo hast du den Tabak her?«

»Geklaut.« Sie sah ihm provozierend in die Augen. »Willste mich jetzt auch einbuchten?«

»Tabakklau? Da kriegst du vermutlich nur ein paar Sozialstunden aufgebrummt.«

»Alten Omas den Arsch abputzen, oder was?«

Brander seufzte laut. »Nathalie, können wir bitte versuchen, normal miteinander zu reden?«

»Ich red doch normal!«

»Nein, das tust du nicht. Du motzt nur rum und redest ordinär daher! Wir möchten dir helfen, aber das können wir nur, wenn du das auch willst.«

»Ich will in keine verfickte Wohngruppe, verdammte Scheiße! Kapierst du das nicht?«

»Das verlangt doch keiner von dir.« Brander lehnte sich zurück und ließ die Hände in den Schoß fallen. »Warum hast du mich nicht angerufen, wenn es gestern gleich schon wieder so schlimm zu Hause war? Was denkst du, warum ich dir meine Telefonnummer gegeben habe?«

»Wie denn? Ich hab kein Handy mehr. Die scheiß Wichser in Stuttgart haben mir doch alles geklaut.«

»Es gibt Münztelefone.«

Sie zog eine Grimasse. »Hab ich Kohle?«

»Eine Ausrede hast du zumindest immer.«

Sie benahm sich unmöglich, aber aus irgendeinem Grund mochte er dieses störrische, kämpferische Mädchen. Wie konnte er sie nur erreichen? Aber wollte sie seine Hilfe überhaupt? Cecilia hatte gesagt, sie könnte nur helfen, wenn er hundertprozentig offen zu ihr wäre. Nur gemeinsam könnten sie diese Aufgabe bewältigen, und damit hatte sie sicherlich recht. Hier ging es nicht um Babysitting bei einem süßen Kleinkind der Nachbarn. Hier ging es darum, einem wütenden, verstörten jungen Menschen einen Halt zu geben. Das Mädchen gesellschaftsfähig, lebensfähig zu machen. Ihr zu zeigen, dass sie etwas wert war und das Leben auch eine positive Herausforderung sein konnte. Brander sah fragend zu Cecilia.

Sie rückte etwas näher an den Tisch.

»Du bist müde, oder?«, wandte sie sich an das Mädchen.

»Scheißmüde«, brummte Nathalie.

»Wir haben verstanden, dass du in keine Wohngruppe möchtest, und wir sehen auch, dass das bei dir zu Hause kein Zustand ist. Du kannst heute Nacht bei uns bleiben, wenn du willst. Und morgen, wenn du ausgeschlafen und wieder nüchtern bist, unterhalten wir uns in aller Ruhe über deine Situation. Wir werden dir helfen, eine Lösung für dich zu finden.«

Nathalies Augen gingen unsicher von Brander zu seiner Frau. »Ey, meint ihr das ernst?«

»Ja, es ist uns sehr ernst. Allerdings gibt es ein paar Bedingungen: Alkohol, Zigaretten und Drogen sind Tabu, solange du bei uns bist, und ich will keinen Gossenslang mehr hören. Davon krieg ich Ausschlag.«

»Ey, Scheiße ... Scheiße darf ich sagen, ja?«

Cecilia hob die Augenbrauen hoch.

»Ich darf auch nicht rauchen?«, wandte sich Nathalie an Brander.

Der Kommissar nickte.

»Das ist aber krass streng.«

»Du kannst auch hierbleiben«, erklärte Brander.

»Nee, ich ... Ist kein Trick, oder? Ihr bringt mich jetzt nicht in so eine Kackwohngruppe, oder?«

»Wir bringen dich weder in eine normale noch in eine ›Kack‹-Wohngruppe. Nathalie, du musst nicht mit uns kommen, wenn du nicht willst.«

Ihre Augen bekamen einen leichten Schimmer. Sie drehte den Kopf zur Seite, biss die Zähne zusammen. »Mich will doch sonst keiner.«

Branders Herz zog sich zusammen. Er wollte dieses Kind. In diesem Augenblick wusste er ganz genau, dass er diesem Mädchen helfen wollte. Doch trotz der Gewissheit, machte diese Erkenntnis ihm Angst. Es würde keine leichte Aufgabe werden. Er griff nach Cecilias Hand, und sie erwiderte den Druck seiner Finger. Eine geheime Zusage. Gemeinsam würden sie eine Lösung finden. Man kommt meistens zu spät, erinnerte er sich wieder an Ebru Iscans Worte. Dieses Mal nicht!

Er stand auf und lächelte Nathalie aufmunternd an. »Lass uns gehen. Du darfst heute Nacht in einer spießigen Doppelhaushälfte in einem kleinen Dorf im Grünen übernachten.«

Nathalie sah zu ihm, lächelte schüchtern zurück. »Ey, ich hab's doch gewusst!«

Folgende Whiskys empfiehlt Kriminalhauptkommissar Andreas Brander zu diesem Buch:

Aberlour Double Cask – Single Malt, kräftige Sherry- und Fruchtaromen
Alter: 16 Jahre, 43%
Aberlour Distillery in Charlestown-of-Aberlour (Speyside-Whisky)

Ardbeg – Single Malt, torfig, rauchig
Alter: 10 Jahre, 46%
Ardbeg Distillery bei Port Ellen (Islay-Whisky)

Ballechin (Oloroso Sherry Cask Matured) – Single Malt, torfig, rauchig
(Offiziell ist dieser Whisky nur auf der britischen Insel im Verkauf.)
ohne Altersangabe, 46%
Edradour Distillery bei Pitlochry (Highland-Whisky)

Ben Nevis – Single Malt, kräftig, würzig
Alter: 10 Jahre, 46%
Ben Nevis Distillery bei Fort William (Highland-Whisky)

Glenfiddich Solera Reserve – Single Malt, fruchtig, würzig
Alter: 15 Jahre, 40%
Glenfiddich Distillery in Dufftown (Speyside-Whisky)

Talisker – Single Malt, rauchig, torfig, stark
Alter: 10 Jahre, 40%
Talisker Distillery auf der Isle of Skye (Island-Whisky)

Black Horse – Malt & Grain Whisky
Ohne Altersangabe, 40%
Volker Theurer Destillerie in Unterjesingen

Danke!

Ohne die Hilfe der vielen lieben Menschen, die sich die Zeit nahmen, meine Fragen zu beantworten und mir Zusammenhänge zu erklären, wäre das Schreiben dieses Buches nicht möglich gewesen. Wieder einmal habe ich bei meinen Recherchen sehr viel Interessantes gelernt!

Wie schon in meinen Romanen zuvor, möchte ich an erster Stelle Josef Hönes und seinen Kollegen von der Polizeidirektion Tübingen für die fachliche Unterstützung zur Arbeit der Kriminalpolizei herzlich danken! Ein ebenso herzlicher Dank geht an Privatdozent Dr. Frank Wehner vom Institut für Gerichtliche Medizin der Universität Tübingen für die ausführliche rechtsmedizinische Beratung. Für die Auskunftsbereitschaft zu zahlreichen Detailfragen danke ich Volker Schmidt, Marco Ringger, Axel Pfaff-Schneider, Toni Deubel sowie den Mitarbeitern des Auswärtigen Amtes in Berlin und der Ausländerbehörde Tübingen. Für intensives Probelesen gilt mein Dank Ulrike Ascheberg und meinem Mann. Meinem Mann möchte ich außerdem danken, dass er es mir wieder einmal ermöglicht hat, so viel Zeit in mein Buch zu investieren.

Auch ein herzlicher Dank an Sie, liebe Leserinnen und Leser, für Ihre freundlichen Rückmeldungen, die mich darin bestärken, Brander und sein Team weiter ermitteln zu lassen.

Zu guter Letzt gilt mein Dank dem Emons Verlag und meiner Lektorin Hildegard Czinczoll für die gute Zusammenarbeit.

Dies ist ein Roman. Trotz aller Recherche musste ich mir an einigen Stellen wieder die Freiheit nehmen, die komplexe Arbeit der Kripo aus dramaturgischen Gründen vereinfacht darzustellen. Die Kommissare der Kripo Tübingen mögen es mir weiterhin nachsehen.

Sybille Baecker
IRRWEGE
Broschur, 272 Seiten
ISBN 978-3-89705-610-7

»Spannungsreiche Struktur und psychologisch gelungene Beobachtungen.«
Tübinger Wochenblatt

»In der Region um Tübingen kennt sich die Autorin aus. Davon und von interessanten Figuren profitiert das spannende Krimidebüt.« Badische Neueste Nachrichten

Sybille Baecker
KÖRPERSTRAFEN
Broschur, 288 Seiten
ISBN 978-3-89705-684-8

»Ein spannendes Leseerlebnis.«
Schönes Schwaben

»Nach ihrem Krimidebüt mit ›Irrwege‹ ist Baecker mit ›Körperstrafen‹ erneut ein spannender Plot mit psychologisch interessantem Hintergrund gelungen. Eine tolle Lektüre für ein langes Herbstwochenende.« Staatsanzeiger für Baden-Württemberg

www.emons-verlag.de